マスカレード・ゲーム

東野圭吾

集英社文庫

マスカレード・ゲーム

1

期待せずに注文した国産の赤ワインが意外に美味《おい》しく、驚いた。いや、料理の力がそう感じさせるのか。

新田浩介《にったこうすけ》は小さな椀《わん》に箸を伸ばした。中身は馬肉のユッケと納豆を混ぜ合わせたものだ。口に入れると、生肉と納豆の香りが絶妙に絡み合いながら鼻から抜けていく。肉の柔らかい噛《か》みごたえと納豆の粘りが口に残る感覚は、適度に野性的で上品すぎない。そこですっとワイングラスに手を伸ばしたくなる。赤ワインをひと口含み、やっぱり料理の力だ、と確信した。

カウンターの向こうでは、半袖の白い調理衣を着た男性が、手際よく馬肉をさばいているところだった。真っ白な脂肪を、よく切れる包丁で鮮やかに切り除いていく。残された赤い肉は、タンパク質の塊に見えた。高タンパク低カロリーといわれるのもわかる。

次の料理はメインの焼肉だった。カウンターにカセットコンロが置かれ、小ぶりのジンギスカン鍋が載せられた。若い女性従業員が焼き方を教えてくれたが、さほど難しくはなさそうだ。

焼いた肉に特製の塩ダレを付けて食べると、肉汁と共に香ばしさが口の中に広がった。またしてもワイングラスを手にしかけるが、すでに空だった。罪悪感を覚えつつ、もう一杯注文する。これを最後にしよう。

肉を焼きつつ、時折背後の様子を窺《うかが》った。店内には四人掛けのテーブルが八つあり、その半分ほどが埋まっている。客層は、ばらばらだ。カップルもいれば、仕事帰りと思われるグループもいる。家族連れが見当たらないのは、子供に生肉を食べさせるのを躊躇《ちゅうちょ》する親が多いせいかもしれない。

新田は壁の棚に並んだ焼酎のボトルに目をやった。客がキープしているもののようだ。二十本以上あるから、常連客は多いのだろう。

従業員は二人で、配膳係の女性と調理助手の男性だ。馬肉をさばいている男性が店の主人で、割烹着《かっぽうぎ》姿で接客しているのが彼の妻だということは、事前に訪れた捜査員から聞いて知っている。

午後十時を過ぎると、少し客が減ってきた。新田もコース最後の料理を口にしていた。馬肉スープを使ったうどんで、これまた絶品だった。細めの麺は五島《ごとう》うどんらしい。

食事を終えると新田は女性従業員に声をかけ、会計を頼んだ。クレジットカードで支払いを済ませた後、カウンターの中で調理を続けている店主の男性に、すみません、と声をかけた。

男性が手を止め、顔を上げた。新田は腰を浮かせると、上着の内側から相手にだけ見えるよう配慮しながら警察手帳を覗《のぞ》かせた。「奥様から、少しお話を伺いたいのですが」

カウンター席でひとりで黙々と夕食を摂《と》っていた客が、まさかそういう人間だったとは思っていなかったらしく、店主は戸惑った顔をした。だがさほど意外そうでもないのは、心当たりがないわけではないからだろう。彼は小さく頷《うなず》いた後、おい、と新田の背後に声をかけた。それだけで彼の妻は自分が呼ばれたと気づいたようで、すぐにやってきた。

店主がカウンター越しに、割烹着の女性に何やら耳打ちした。彼女は神妙な顔を新田に向けてきた。

「入江《いりえ》君のことでしょうか？」夫人が小声で訊《き》いてきた。

はい、と答え、新田も抑えた声で続けた。

「すでに捜査員がお邪魔したと思いますが、もう少し聞きたいことがございまして。お忙しいところ申し訳ないのですが、お時間をいただけませんか。手短に済ませますので」

「わかりました」

新田は隣の椅子に座るよう夫人に促した。失礼します、といって彼女は腰を下ろした。

「今、入江君とお呼びになりましたが、やはり常連客だったのですか」

「そうですね。多い時には月に二、三度ぐらいでしょうか。入江君は馬肉のカルビが好きで、いつも最低二人前は食べていました。何しろ若いからよく食べるし、よく飲みます。焼酎のボトルなんて、あっという間に空になって」そういってから彼女は気まずそうな顔をした。「若いからじゃなくて、若かったから、といわなきゃいけませんね」

この訂正には新田は反応しないでおいた。

「職場の仲間たちと来ていたと聞きましたが」

「そうです。いつも三人か四人で。大体同じぐらいの年齢の人たちだったんじゃないでしょうか。女の子が一緒のこともありました」

「あなたの目から見て、入江さんはどんな青年でしたか」

漠然とした質問に聞こえたらしく、夫人は首を捻《ひね》った。「どんな、といわれても……」

「単なる印象だけで結構です。陽気だったとか、逆に根暗そうだったとか」

「私の目から見たかぎりでは、明るくて、元気な子でしたよ。よくしゃべるし。お酒が回ると声が大きくなるのが、ちょっと困りものでしたけど」

「どんな話をしていましたか」

さあねえ、と夫人は首を傾《かし》げた。

「声が大きくても、いちいち聞いているわけではないですからね。ほかにもお客さんはいるし。会社の話をしていたと思うんですけど。お偉いさんの悪口とか」

「趣味やスポーツの話はしていなかったですか」

趣味ねえ、と夫人の表情は冴《さ》えない。

「スポーツなら、ボクシングの話をしてたことがありましたね」

「入江さんがですか」

「そうです。えらく詳しいらしくて、昔のすごい選手の話をいろいろとしていました。ほかの人たちは、あまり興味がなさそうでしたけど」

「趣味についてはどうですか」

「アニメの話はよくしていましたね。今時の人たちはアニメが好きですもんね。でもゲームはあまり好きじゃないと入江君がいってた覚えがあります。小さい頃に買ってもらえなくて、友達の話についていけずに嫌だった、とか」

「休日の過ごし方とか習慣とか、そういう話は聞かなかったですか」

「休日ですか。そこまではちょっと」夫人はゆらゆらと首を振った。「記憶にはないですねえ。聞いているのかもしれませんけど、こちらも仕事をしながらなので」

「そりゃあそうですよね」新田は苦笑した。「わかりました。お忙しいところ、すみませんでした」

「いえ、お役に立てませんで」

「とんでもない。参考になりました。それから、御馳走様《ごちそうさま》でした。とても美味しかった」

ありがとうございます、と夫人がいった。カウンターの中の主人も会釈してきた。

店を出ると、空気が冷たく感じられた。地球温暖化とはいえ、もう十二月だから当然か。コートを羽織り、歩きだした。

真《ま》っ直《す》ぐに伸びている道路はアスファルトではなく、ブロックが敷き詰められたものだった。それは臙脂色《えんじいろ》をしているが、道路の真ん中から左右で色の濃淡が全然違う。色が鮮やかなほうは工事で掘り返され、新しいブロックが敷かれたのだろう。

道の両側には歩道がなく、路肩を示す白線が引かれているだけだ。しかしこの白線の内側だけを歩き続けるのは難しい。店の看板や自転車などが置かれているからだ。昼間の青果店の前などは、店舗の一部と化して果物や野菜が並んでいる。人々は路肩の白線など無視し、堂々と車道を歩いている。

入江悠斗《ゆうと》は、毎日この道を往復し、勤務先に通っていた。そのことは残されたスマートフォンの位置情報から判明していた。この場所からだと、住んでいたアパートも勤務先も徒歩で約十分だ。つまり通勤時間は約二十分ということになる。

入江が勤務していた会社は、生産機械の特殊仕様化や改造を請け負う会社だ。入江の担当は溶接で、特にティグ溶接というものを得意としていたらしいが、それがどういう技術なのか、聞き込みをしてきた捜査員も理解していなかった。

今から四日前の十二月二日、入江は平日にもかかわらず、職場に現れなかった。上司がスマートフォンに何度も電話をかけたが、一向に出ない。そこで同僚の一人が、自転車に乗り、昼食後にアパートを訪ねることになった。

部屋の入り口には鍵がかかっていなかった。ドアを開けた同僚が目にしたのは、うずくまるように倒れている入江の姿だった。トレーナーにスウェットという出《い》で立《た》ちだが、胸元が赤黒く染まっていた。さらにそばに血の付いたナイフが落ちているのを見て、同僚は状況を理解した。

通信指令センターに通報があったのは、午後零時三十五分だった。所轄の警察署や機動捜査隊が付近一帯を捜査したが、有益と思われる目撃証言などは得られなかった。司法解剖の結果を待つまでもなく、死後十二時間以上が経《た》っているのは明らかで、犯行は前日の午後八時から十二時の間であろうと推定された。部屋の両隣にも住民はいるが、どちらも物音などは聞いていない。そもそも二人とも、帰宅したのは深夜だった。

遺体が見つかった日の夜、新田は現場のアパートに足を運んだ。特捜本部の開設が決まり、警視庁捜査一課からは新田の率いる係が動員されることになったからだ。

二階建てのアパートだった。築十年だから、比較的新しい。ドアを開けるとすぐ左に流し台があり、下には小型の冷蔵庫が収まっていた。右にはユニットバス・トイレがあり、部屋の広さは約九平方メートルでロフトが付いていた。入江は、そこを寝床にしていたようだ。ロフトの下にはブティックハンガーやカラーボックスが並んでいて、下着や日用品を収納してあった。

殺風景な部屋だった。テレビはなく、漫画や雑誌を含めて書物の類《たぐ》いもない。遺体が発見された時、安っぽいローテーブルの上には、レモンサワーの缶と食べかけの魚肉ソーセージ、そしてスマートフォンが載っていただけだった。

入江悠斗のプロフィールに関しては、概《おおむ》ね明らかになってきている。

千葉県船橋《ふなばし》市の出身で、小学生の時に両親が離婚し、入江は父親に引き取られた。父親は建築現場などで働いて生計を立てていたが、息子の教育には全く無関心だった。

十七歳の時、入江は事件を起こす。駐輪禁止の場所に自転車を駐《と》めようとしていたことを通りがかりの学生に注意され、かっとなって相手を殴ったのだ。しかも一発や二発ではなく、入江本人も覚えていないほどの激しい暴行を加えた。倒れた相手は病院に運ばれたが、意識不明の状態だった。

入江は逃走していなかったので、その場で現行犯逮捕された。やがて家庭裁判所に送られ、保護処分となり、少年院送致が決まった。

少年院にいた期間は一年三か月だ。その間、教育を受け、溶接や切削《せっさく》の技術を習った。

入江は才能があったらしく、すぐに資格を取れた。

いよいよ少年院から出られる日が来たが、父親は行方不明で連絡が取れなかった。母親もすでに別の家庭を築いており、引き取りを断った。そこで入江は更生保護施設に入り、就職を目指すことになった。

幸い、間もなく就職先が見つかった。それが今の会社だ。溶接の技術の高さが評価されたらしい。ただし会社の人事部は、今回の事件で捜査員から聞かされるまで、入江が少年院にいたことを把握していなかった。履歴は高校中退となっていたのだが、その理由について、「手に職をつけたかったので、バイトしながら修業した」という入江の説明を信用していたらしい。

無事に職を得た入江は、住まいも確保し、新生活を始めた。十九歳の春だ。それから四年半以上が経ったこの初冬、何者かによって命を奪われた。

被害者の人間関係を探る鑑《かん》取《ど》り捜査班によれば、トラブルに巻き込まれていたという話はないし、敵対関係にある人物もいない、とのことだ。

では動機は何なのか。

金銭目的はあり得ない。事実、盗まれたものはないとみられている。財布もちゃんと部屋にあったし、中身も手つかずだ。

入江悠斗が死んだことで得をする人間はいるか。あらゆる方面を洗ってみたが、この可能性も限りなくゼロに近いといわざるをえなかった。

そこでやはり鑑取り捜査に話が戻る。入江を憎んでいた人間はいないだろうか。経歴を振り返れば、ひとりいた。十七歳の時に起こした事件の被害者だ。いや、正しくは被害者の家族だ。

被害者の名前は神谷文和《かみやふみかず》といった。当時、大学二年生だった。神奈川県藤沢《ふじさわ》市で母親と二人暮らしをしており、都内の大学まで片道一時間半をかけて通っていた。母親の神谷良美《よしみ》は病院で事務職に就《つ》いている。夫とは何年も前に死別していた。

入江悠斗から暴行を受けた後、神谷文和は植物状態となり、事件から約一年後に亡くなった。だから入江の罪状は傷害ではなく傷害致死である可能性が高いのだが、訂正はされていない。死亡との因果関係を証明するのが難しいからだろうと推察された。

新田は捜査員を神谷良美のもとに出向かせた。とりあえずアリバイを確認しておかねばならない。入江悠斗についていて今はどのように思っているかも知りたいところだった。

捜査員の報告によれば、神谷良美にはアリバイがあった。その夜は友人と横浜へ観劇に行き、帰りは同じく横浜のレストランで一緒に食事をしたらしい。その後もバーへ行き、別れたのは午前零時近くで、タクシーに乗って帰宅している。スマートフォンの位置情報と一致しており、友人の証言も取れている。嘘《うそ》ではないだろう。

ただ捜査員の話を聞き、引っ掛かったことがある。

神谷良美は、入江悠斗が殺されたことを知っていたそうなのだ。ニュースを見て、もしかしたら自分のところに警察が来るかもしれないと予想していたという。

じつは新田から捜査員にいい含めておいたことがある。もし神谷良美が入江悠斗を、息子を殺した犯人だと認識しているようなら、なぜ名前を知っているのかを問い質《ただ》すように、ということだった。少年犯罪で保護処分になったのなら名前は表に出ず、被害者側にも知らされないはずだからだ。

神谷良美の答えは、調べましたから、というものだったらしい。

「息子が亡くなってから、民事訴訟を起こそうと思い、調べました。相手の氏名がわからないのでは、訴訟の起こしようがありませんから」

だが結局、その訴訟は断念したようだ。時間の無駄だと周りから説得されたらしい。

新田は、神谷良美が息子を死なせた張本人の身元を把握していた、という点が見逃せなかった。アリバイがなければ、最も疑わしい人物だ。そのアリバイにしても、神谷良美のほうから友人を誘っている。観劇に誘われたのは初めてなので驚いた、と友人はいっているらしい。

もう一つ、気に掛かっていることがある。

入江悠斗のスマートフォンは、様々な情報を提供してくれる。馬肉の店に通っていたことも、それによって判明した。通勤コースにしてもそうだ。

その位置情報によれば、入江悠斗は毎週土曜日の夕方になると奇妙な行動を取っていたようだ。アパートを出ると、約二時間、延々と町中を歩き回っているのだ。どこかの店に入るわけでもない。ただひたすら歩き、自宅に戻っている。時間経過を考えるとジョギングではない。ウォーキングにしてもペースが遅いのではないか。すると散歩か。二十四歳の若者が、土曜日に二時間も散歩するだろうか。

コースは、ある程度決まっているが、いつも全く同じというわけではない。よく似たコースだが微妙に違っていたり、最初からまるっきり別の方向へ進んだりもする。

この習慣は、少なくとも去年の秋にスマートフォンを買い替えて以降、ほぼ毎週続いている。出かけていない日は、調べてみたら雨だった。

事件に関係しているかどうかはわからない。だが新田は、この疑問を解決せずにはいられなかった。だから夕食を口実に特捜本部を抜け、わざわざ入江が行きつけにしていた店にまで足を運んだのだ。収穫はなかったが。

新田は足を止めた。あれこれと考えを巡らせながら歩いているうちに、入江の自宅アパートの近くまで来てしまった。

外階段のついた素っ気ない二階建てアパートだ。公道に面しておらず、近づくには舗装がいい加減な狭い私道を通らねばならない。入江の部屋は一階で、日当たりがあまりよくなく、そのせいで家賃が少し安い。

殺人者は、敢《あ》えてそんな部屋を訪ね、そこに住む無名の若者を刺殺した。

その目的は何なのか。

2

新田が管理官の稲垣《いながき》から警視庁本部の会議室に呼ばれたのは、入江悠斗殺害事件から三週間後のことだった。捜査資料を持参するように、と指示されていた。

会議室に向かって廊下を歩いていると、スーツの内側でスマートフォンが震えた。立ち止まり、壁際に寄りながら取り出した。電話をかけてきたのは、神谷良美の見張りを命じてある部下の一人だった。ついでに時刻を見ると午後一時を過ぎたところだ。

「新田だ。動きがあったか？」

「ついさっき、神谷良美がマンションを出ました。明らかに普段と装いが違います。提げているバッグも大きいです。旅行かもしれません」

「尾行しろ。複数で動いてくれ。見失うなよ」

「了解です」

スマートフォンをしまいながら新田は思案した。神谷良美はどこへ行く気だろうか。息子を殺した男が死んだと知り、気持ちを切り替えるための旅行か。

入江悠斗の人間関係については、徹底的に調べ尽くしたつもりだ。スマートフォンに残っていた情報も、ほぼすべて解析した。だが今回の犯行に結びつきそうなものは何ひとつ見つからなかった。

そうなると残るのは神谷良美への疑惑のみだ。そこで行動を監視させているわけだが、これまでは何の動きもなかった。

会議室に行ってみると先客がいた。はっとしたが、よく知っている顔なのですぐに緊張を解いた。

「お疲れ様です」

「おまえも呼ばれてたのか」相変わらずの強面《こわもて》で尋ねてきたのは、かつて同僚だった先輩刑事の本宮《もとみや》だ。稲垣が係長だった頃に右腕となって働いていて、新田も散々こき使われた。その後、お互いいくつか転勤を経験したが、今やどちらも捜査一課の係長だ。

「ええ。捜査資料を持ってこいといわれました」

「俺もだ。となると、管理官のいう大事な話っていうのがどんなものなのか、何となく予想がつくな」そういって机の上に置いたファイルに目をやった。

本宮の係が抱えているのは、一週間前に起きた殺人容疑の事案だ。狛江市《こまえし》の児童公園で四十歳の高坂義広《こうさかよしひろ》という男性が殺された。高坂は近くの産業廃棄物工場で働いていた。仕事帰りに定食屋でビールを飲みながら夕食を摂り、アパートに帰る途中を襲われたとみられている。いつもの決まった行動であるため、それを把握していた犯人が待ち伏せした可能性が高い。現場は夜になると人通りが殆《ほとん》どないらしい。

新田が事件の内容を知っているのは、最初の捜査会議に出席したからだ。鋭利なナイフで正面から胸部を刺されているという点が入江悠斗殺害事件と共通していることから、アウトラインだけでも押さえておくようにと稲垣から命じられたのだった。もちろんそのことは本宮も承知している。

だがこれまでのところ、二つの事件を結びつけるものは見つかっていない。だから当面、別々の事件として捜査を進めることになっていた。

新田は本宮の隣の椅子に腰を下ろした。「吉祥寺《きちじょうじ》の事案、聞きましたか」

聞いたよ、と本宮は答えた。「ナイフだってな」

「ええ……」

事態は新たな局面を迎えたのかもしれない。それを臭わせる話が新田の耳にも入ってきたのだ。三日前の夜、吉祥寺の路上で男性が襲われるという事件が起きた。凶器はナイフで、またしても胸部を刺されていたらしい。

ノックの音が聞こえた。どうぞ、と新田が応えた。

がちゃりと音がして、ドアが開いた。入ってきたのは黒いパンツスーツの女性だった。

失礼します、と彼女はいった。ハスキーボイスだった。

ショートヘアは黒く、卵形の顔は小さい。決して小柄ではないが、身体《からだ》の均整がとれているからそう見えるのか。

新田も知っている人物だった。やはり捜査一課の強行犯捜査を担当する係長だ。梓《あずさ》警部と皆から呼ばれているが、下の名は知らない。

「遅くなって申し訳ありません。七係の梓です」そういって彼女は頭を下げてきた。「本宮警部と新田警部ですね。本日はよろしくお願いいたします」

こちらこそ、といって新田は横の椅子を勧めた。

だが梓は座る前に入り口に向かって頷きかけた。すると、ずんぐりとした体形の男性がのっそりと現れた。その顔を見て、新田は声をあげた。「能勢《のせ》さんっ」

どうも、と照れ臭そうに男性は表情を和ませた。

「何だ、能勢さんも呼ばれてたんだ」本宮も親しげにいった。

そんな様子を梓は怪訝《けげん》そうに眺めていたが、「稲垣管理官から連絡があり、ここに来るようにいわれたのですが、その際能勢を同行させよ、とのことでした」抑揚のない口調でいった。「理由は聞いておりませんでしたが、どうやら能勢はお二人とは浅からぬ縁があるようですね」

「ええ、いろいろと」新田は言葉を濁した。

能勢とは所属は別だったが、二度ほど一緒に仕事をしたことがあった。所轄からの叩《たた》き上げ刑事だが、その慧眼《けいがん》に新田は一目置いている。彼が梓の下《もと》に異動していたとは知らなかった。

梓と能勢が席につくのを待って、「吉祥寺の事件は梓警部の係が担当を？」と新田は尋ねた。

はい、と梓は能面のように無表情な顔を向けてきた。

「着任の際、管理官からいわれておりました。場合によっては既設の特捜本部と合同捜査になる可能性があるので、その腹づもりをしておいてくれ、と。どうやら、それが現実になったようですね」

稲垣が能勢を同行させるよう梓に指示したのは、そのほうが新田や本宮との連携がスムーズにいくだろうと判断したからに違いない。

新田が梓に捜査の進捗《しんちょく》状況を訊こうとした時、ドアが開く音が聞こえた。入り口を見て、新田は反射的に立ち上がった。ほかの者も同様だ。最初に入ってきたのは捜査一課長の尾崎《おざき》だった。その後ろから稲垣が続く。

尾崎は相変わらず姿勢がよく、それが貫禄《かんろく》を後押ししている。オールバックにした髪は黒々としているが、染めているのだろうか。

尾崎は着席しろと皆に命じるように手のひらを上下させながら移動し、会議室の奥の席に腰を下ろした。その隣に稲垣が座るのを見て、新田たちも並んで席についた。

「急に呼びだして申し訳なかった」稲垣が硬い口調で切りだした。「お互い、顔ぐらいは知っていると思うが、自己紹介は済んでいるのかな？」

新田たちはそれぞれの顔を見合わせた後、はい、と答えた。

「だったら挨拶は抜きだ。集まってもらったのはほかでもない。現在君たちがそれぞれに取り組んでいる事件に、何らかの繋《つな》がりがある可能性が出てきた。そこで今後の方向性を決めておきたい」

「同一犯……ってことですか」本宮が慎重な口調で訊いた。

「断言はできない。しかし可能性は高いと思われる」

「殺害方法ですね」新田はいった。「どの被害者も正面からナイフで刺されています」

稲垣は頷き、全員を見回した。「凶器の写真をすぐに出せるか？」

新田たちは持参したファイルから凶器の画像をプリントアウトしたものを出し、机に並べた。

三つとも細身のナイフだが同じものではなかった。

「微妙に違うな」本宮が呟《つぶや》いた。

「だけどタイプは似ています」新田はいった。「刃渡りの寸法は、どれも十五センチ弱。柄《え》の太さや長さも似通っています」

「犯人が同一人物なら、同じナイフでなくても、自分の使いやすいサイズや形を選ぶでしょうね」そういったのは梓だ。

「俺もそう思う」稲垣がいった。「店で買うにしろネットを使うにしろ、同じナイフを複数購入すると印象に残ってしまう。別の店で、同タイプのナイフを買ったんじゃないだろうか」

「大いにあり得ますな」本宮が同意を示した。

新田はスマートフォンを素早く操作した。

「うちの事件の犯人は、被害者の体格とナイフの侵入角度から、身長は百七十センチ前後と推定されています。もっと長身の人物が腰を屈《かが》めていた可能性も否定できないが、相手の隙をついて正面から刺すには、相当敏捷《びんしょう》に動かねばならず、そうした体勢を考慮すると百六十センチ以下や百八十センチ以上の可能性は低い、とのことです」

「うちもそうだ」本宮がいった。「だけど百七十センチ前後というのは、日本人の男の平均に近い。近頃は女でも、それぐらいなのはざらにいる。それだけで同一犯とは決めつけられんだろう」

管理官、と梓が小さく手を挙げた。

「三本のナイフを科捜研《かそうけん》で鑑定してもらったらいかがでしょうか？」彼女は尾崎と稲垣を交互に見ながら提案した。「こちらでの鑑識結果によれば、凶器のナイフには研いだ形跡があるそうです。同一犯なら、本宮警部や新田警部たちの事件で使用されたナイフも、同じように研がれている可能性があります。刃面を分析すれば、研ぎ手や砥石《といし》が同じかどうかがわかるのではないでしょうか」

「なるほど……」稲垣は尾崎のほうを見た。尾崎が黙って頷くのを確かめ、稲垣は梓に目を戻した。「その作業を進めてくれ。君に頼んでいいかな」

「ほかのお二人に異論がなければ」

ないです、と新田は答え、よろしく、と本宮はいった。どちらの声にも張りがない。名案を女性警部に先に出され、面白いわけがない。

「いい着眼だ、梓警部」今まで部下たちのやりとりを聞いていた尾崎が声を発した。

「恐れ入ります」梓が頭を下げた。無表情だった顔が、ほんの少し緩んだようだ。

「稲垣警視、そろそろ三人に例の話を聞かせたほうがいいんじゃないかな」尾崎が稲垣に何事かを促した。

はい、と返事してから稲垣は改めて皆を見回した。

「三つの事件で、殺害方法以外の共通点に気づいた者はいるか？」

この問いかけに答えられる者はいなかった。お互いの事件について、まだ詳しく話したわけではないから当然だ。

稲垣は本宮に目を向けた。

「そっちの事件で殺された男性だが、前科があったんだったな」

はい、と本宮は答えてファイルを開いた。

「被害者の名前は高坂義広。二十年ほど前に強盗殺人を犯し、懲役十八年の実刑判決が出ています。千葉刑務所から出てきたのは去年です」

そのことなら新田も聞いていた。被害者の経歴は最初の捜査会議で明かされていたからだ。強盗殺人なのに懲役十八年で済んだのはなぜかという疑問に対し、犯行当時は《は》二十歳《たち》で、それが考慮されたようだと説明されていた。

梓警部、と稲垣が呼びかけた。「そちらの被害者の話を二人にしてやってくれ」

「わかりました。――能勢警部補、資料を」梓がいい終えた時には、能勢は開いたファイルを上司の前に出していた。梓がそれに目を落とす。「被害者の氏名はムラヤマシンジ、三十四歳。飲食店勤務。六年前、公表罪及び公表目的提供罪で有罪判決を受けています。懲役三年、執行猶予五年です」

「そっちも前科者か？」本宮が細い眉の間に皺《しわ》を寄せた。「じゃあ、新田のところの被害者もそうなのか？」

「うちの被害者に前科はありません。ただ、逮捕されたことはあります。十七歳の時、傷害事件を起こしています。町中で喧嘩《けんか》をし、相手が意識不明になるまで殴り続けたそうです。少年院に一年ちょっといました。その時の被害者は植物状態になり、一年後、亡くなったようです」

「それじゃあ殺されたのも同然じゃねえか」本宮が吐き捨てるようにいった。

「遺族の感覚としてはそうだと思います」

「そういう点では、こちらもそうです」梓がいった。

新田は女性警部の横顔を見た。「公表罪ってことでしたね」

「公表罪及び公表目的提供罪です。私事性的画像記録の提供等による被害の防止に関する法律、略称リベンジポルノ防止法違反というわけです。ムラヤマシンジは別れた元恋人の全裸画像などをインターネット上で公開していました。被害に遭った中学三年の少女は、一年間学校を休んだ後、自殺しています。遺族は、どう受け止めるでしょうかね」

「三十歳前の男が女子中学生と交際して、挙げ句にリベンジポルノかよ。それまた殺されたも同然ってわけか」本宮が呟いた。

「これでわかったと思う」尾崎が口を開いた。「諸君らが現在手がけている事件の被害者は、いずれも過去に事件を起こしている。しかもただの事件ではない。人が死んでいる。これを偶然と考えるのは些《いささ》か楽観的すぎるのではないか、というのが私と稲垣警視の共通見解だ。そこで、こうしてそれぞれの指揮官に集まってもらったわけだ」

「一課長は、これは連続殺人事件だとお考えですか？」新田が訊いた。

尾崎は唇の端を微妙に曲げた。

「この三週間で三人が刺殺された。かの有名な切り裂きジャックなみのハイペースだ。全く無関係な三人の殺人者が、たまたまこの期間に集中して現れたとでもいうのか」

　冷徹ともいえる口調で語られた言葉に、新田は反論できなかった。

「目下の方針はただ一つ、被害者遺族について徹底的に調べてくれ」稲垣がいった。「この場合の被害者とは、今回の被害者じゃない。彼等《かれら》が過去に起こした事件の被害者だ。それぞれの遺族の行動確認、人間関係の洗い出しを行うんだ。必ず、どこかで三つの事件は繋がってくる。当面、特捜本部は今のままにしておくが、何らかの関連が摑《つか》めれば正式に合同捜査となる見込みだ。そこからトンネルの出口は近いはずだ」

　はい、と新田はほかの者と声を合わせ、力強く返事をした。

「私から、もうひと言いっておこう」尾崎が再び開口した。「単独犯か複数犯かは不明だが、もし犯人あるいは犯人たちが、この一連の犯行を正当な行為だとでも思っているのだとしたら、とんでもなく傲慢な勘違いであり、刑事司法システムに対する冒瀆《ぼうとく》だ。そんなことは決して許してはならず、必ず逮捕し、相応の償いをさせねばならない。諸君たちは、これが警察への挑戦だということを肝に銘じ、捜査に当たってほしい。以上だ」

　捜査一課長の言葉のひとつひとつが部屋の空気を重たくしていった。声を出して返事をする雰囲気でなく、新田たちは黙って頭を下げた。

「じゃあ、よろしく頼むぞ」稲垣がいった。

稲垣と尾崎が腰を上げたので、新田たちも起立した。二人が出ていくのを頭を下げて見送った。

ドアが閉まるのを見届けてから、全員が座り直した。

「驚いたな。全く予想外の展開だ」本宮がいった。「まさか連続殺人だったとはな。すると犯人の目的は何だ？」

「一課長の説が当たっていそうな気がしますね」新田はいった。「犯人は、これを正当な行為だと思っている。殺されて当然の人間を葬っただけ、というわけです」

「復讐《ふくしゅう》か。たしかに、うちの事件に関していえば、その可能性は十分にあり得る」本宮は同意した。「高坂義広が二十年前に起こした事件の裁判じゃ、被害者遺族全員が死刑を望んでたそうだ。遺族の気持ちとしては当然だよな。強盗殺人は、通常ならば最低でも無期懲役。ところが下された判決は懲役十八年。そもそも求刑が死刑じゃなかった。人を殺しておきながら、たったそれだけでシャバに出られるなんておかしい、と頭にきて当然だ。国が処刑しないんなら、刑務所から出てきたらこの手で殺してやろう、と思ったとしても不思議じゃない。もちろん俺たちだって、被害者の前科を掴んだ瞬間、その可能性は真っ先に疑ったさ。だけど過去の事件の被害者遺族には、全員アリバイがあった」

「それはうちの事件もそうです」新田はいった。「今回の被害者——入江悠斗に殴られて亡くなった男性の肉親は母親だけです。だから徹底的にマークしていて、今日も尾行中です。ただ、事件当日のアリバイはしっかりしています」

なるほど、と頷いてから本宮は梓のほうを見た。つられて新田も彼女に視線を向けた。

梓は小さく吐息をつき、能勢警部補、といった。「お二人に説明を」

はい、と答えて能勢はファイルを引き寄せた。いつの間にか老眼鏡をかけている。

「ムラヤマシンジが六年前にリベンジポルノ防止法違反で有罪になり、被害に遭った少女が自殺していたことは梓警部から説明があった通りです。そのことを恨んでの報復ではないかということで、少女の遺族、具体的には両親について調べました。捜査員からの報告によれば、少女の自殺をきっかけに母親はうつ病を発症し、それが年々ひどくなる一方で、今ではひとりでは何もできない状態だとか。両親が今も加害者を憎んでいることは周知でした。しかし今回の事件発生時、父親は経営している店に出ていたことが確認されています。母親は自宅にいたそうで、証明はできておりませんが、病状を考慮すると犯行は不可能だろう、というのが捜査陣の見解です」

以上です、といって能勢は眼鏡《めがね》を外した。

「どの遺族にもきっちりとしたアリバイがあるってのが逆に気になるな」本宮が顎を撫《な》でながらいった。

「じつは俺は、実行犯が別にいる可能性を探っているところでした」新田はいった。「母親の復讐に手を貸しそうな人間、母親と同じぐらい亡くなった男性を大事に思っていた人間が周囲にいるんじゃないか、と。だけど、今日のこれまでの話を聞いているうちに、その考え方は全くの的外れかもしれないという気がしてきました」

「どういうことだ」

「たしかに的外れですね」新田が答えるよりも先に梓がいった。「ひとつの事件だけなら、その可能性もあるだろうけれど、同じような事件が三つ続いたとなると話は別。遺族に同情し、遺族に代わって復讐を遂げてくれる人間が、それぞれ別々にいたと考えるのは非現実的——新田警部はそうおっしゃりたいんでしょう?」

いいたかったことを全部いわれてしまった。新田は、まあそうです、と鼻の横を搔《か》くしかなかった。

「それぞれ別にいたんじゃないなら、三つの事件の犯人は同じってことか?」本宮が目を剝《む》いた。「そいつが遺族たちに代わって復讐を果たしてるって?」

なるほど、と机を叩いたのは能勢だ。

「昔、そんな人気時代劇がありました。『必殺シリーズ』です。極悪人にひどい目に遭わされた、かわいそうな庶民の恨みを晴らすため、プロの殺し屋たちが悪党どもを成敗するというストーリーでした。その殺し方というのが、いちいちユニークで——」

「能勢警部補」梓が冷めた顔で年上の部下を睨《にら》み、黙っていろとばかりに唇に人差し指を当てた。

生き生きと話していた能勢は、すみません、と首をすくめた。

「遺族たちから金で雇われて、次々に復讐を果たしているやつがいるっていうのか」本宮は信じがたいという顔だ。

「可能性はゼロではないです」新田はいった。「ネット上には闇ビジネスが溢《あふ》れています。どう思われますか、梓警部？」

「あり得るでしょうね」女性警部は無表情の顔を小さく上下させた。

新田の内ポケットでスマートフォンが震えた。ちょっと失礼、といって取り出した。画面を見ると神谷良美を尾行している部下からだった。

「新田だ。どうした？　神谷良美の行き先はわかったか？」

「わかりました。自分たちは今、東京にいます」

「東京？　どこだ？」

「係長がよく御存じのところです」部下は意味ありげにいってから続けた。「ホテル・コルテシア東京のロビーにいます。先程、午後三時に神谷良美がチェックインしました」

3

警視庁本部の建物を出たところで、タイミングよく空車が通りかかった。手を挙げて止め、後部座席に乗り込む。後ろから能勢も続いてきた。箱崎《はこざき》のコルテシア東京まで、と新田がいうと運転手はすぐに了解したようだ。

神谷良美が何のために東京のホテルに泊まるのかは不明だ。事件とは全く関係がないのかもしれない。だが部下に調べさせたところ、彼女は勤務先である病院に休暇届を出していた。仕事を休むほどの事情とは何だろうか。それをどうしても突き止めたくて、新田は自分で出向くことにしたのだった。本宮たちとの話し合いも一段落していたので、先に会議室を出た。

すると能勢が追ってきて、自分も同行していいかと訊いてきた。断る理由もなかったので承諾した。

「梓警部の指示ですか」タクシーが走り始めてから新田は訊いた。「一緒に行って情報を摑んでこい――そういわれたんじゃないんですか」

ははは、と能勢は乾いた笑い声を出した。「まあ、そんなところです」

「詳しくは知りませんが、なかなかのやり手だと聞いたことはあります」

「優秀な人ですよ。野心家でもあります。あの若さで捜査一課の係長ですからね。新田さんに匹敵するエリートです。女性ならではのハンディだってあるはずなんですが、それを苦にしている気配がまるでない。大したものです」

上司を褒めつつ、話し相手を持ち上げることも忘れない。巧みに言葉を操るテクニックは、今も健在のようだ。

やがてタクシーがホテル・コルテシア東京の車寄せに到着した。制服を着たドアマンが、いらっしゃいませ、と挨拶してくれた。

「懐かしいですなあ」能勢が嬉《うれ》しそうに入り口を見上げた。「もうここに来ることはないだろうと思っていたんですがね。少なくとも仕事では」

「俺もそうです」

このホテルでは過去に二度、殺人未遂事件が起きていた。二つの事件に関連はなく、時期も離れている。だがどちらの事件も稲垣の率いる係が担当した。最初の事件が、ある特殊な捜査方法によって解決できたため、二度目の際もその方法に精通しているメンバーが動員されたのだ。新田もそのうちの一人で、最も重要な任務を命じられた。

その特殊な方法とは潜入捜査だ。真犯人を突き止めるため、新田はホテルのフロントクラークに化けた。当時は長く伸ばしていた髪も切った。何年も前の話だ。

久しぶりに足を踏み入れたロビーは、新田の記憶にあるものより広かった。二階が吹き抜けになった天井も、より高く感じられる。

　巨大なクリスマスツリーが飾られているのを見て、今日が十二月二十三日の金曜日、つまり明日はクリスマス・イブで土曜日だということを思い出した。ホテルが賑《にぎ》わう時期で、実際ロビーには人が多かった。

　新田はフロントカウンターの脇に目を向けた。そこにあったはずのコンシェルジュ・デスクが、今はなくなっていた。かつてその席にいた女性に、大変世話になったことを新田は思い出した。彼女の協力なくして事件解決はあり得なかった。

　スーツを着た男が近寄ってきた。神谷良美を監視している新田の部下で富永《とみなが》といった。

「チェックインした後、神谷良美は部屋から出ていません」

「どこを見張っている？　さっき電話でいったが、このホテルは地下にも出入口がある」

「わかっています。地下にも見張りをつけています」

「ホテル側には、まだ接触していないな」

「まだです」

「よし」

　視線をフロントカウンターに移した。幸い客はついておらず、男女二人のフロントクラークは手が空いているようだ。どちらも若く、新田の知らない人物だった。

「能勢さんはここにいてください。富永は見張りを続けてくれ」そういって新田はカウンターに近づいていった。

女性フロントクラークが新田に気づき、笑顔を向けてきた。「お泊まりでしょうか」

「いえ、こういう者なんです」新田は上着の内側から警察手帳を示し、相手の表情が変わるのを確認してから戻した。「久我《くが》さんはいらっしゃいますか」

「久我……宿泊部長でしょうか」

「ああ、そうかもしれない。かつてフロントオフィス・マネージャーだった方です。新田という者が来たと伝えていただけませんか。警視庁の新田といえば、わかると思います」

「新田様ですね。少々お待ちください」女性は自分のスマートフォンを出してきた。内線電話を使うより手っ取り早いのだろう。

電話で二言三言話した後、女性はスマートフォンを口元から離し、新田を見た。「久我は現在事務棟におります。こちらに来ていただけますか、とのことですが」

事務棟は人事部や営業部といったホテルの事務部門が入っている建物だ。

「構いません。これからすぐに伺っていいでしょうか」

女性はスマートフォンに問いかけた後、頷いた。「お越しくださいと申しております」

「ありがとうございます」

「事務棟の場所はおわかりでしょうか」

「大丈夫です」

うんざりするほどよく知っている、と心の中で続けた。

能勢のところに戻り、状況を説明した。

「私も御一緒してよろしいですか」

「もちろんです」

事務棟は道路を挟んでホテルの隣にある。過去に事件が起きた時には、新田たちは現地対策本部として使わせてもらった。「この建物に来るのも久しぶりですねえ」能勢がビルを見上げながらいった。

宿泊部の事務部門に行くと、窓を背にした席で久我が電話をしているところだった。新田を見て久我は、スマートフォンを耳に当てたままで会釈してきた。新田も小さく頭を下げた。

用件が済んだらしく、久我はスマートフォンを内ポケットに収めて立ち上がった。

「お久しぶりです、新田さん」

「その節はお世話になりました」新田は改めて頭を下げた。

「それはこちらの台詞《せりふ》ですよ。あなた方のおかげで大事件にならずに済みました」

それぞれの名刺を交換した。能勢と久我は意外にも面識がなかった。能勢が過去の事件でも捜査に加わっていたことを知り、久我は少し驚いた様子だ。

「それにしても新田さん、ずいぶん偉くなられましたね」名刺を眺め、久我はいった。

「久我さんだって」

久我は口元を緩めたまま顔をしかめた。

「ホテルマンなんて、大きな失敗さえしなければ、そこそこ上がれるものです」

「御謙遜を。そんなわけないでしょう」

「謙遜するのがホテルマンです」久我はおどけるように眉を上げた。「まあとにかくお掛けください」

会議スペースに移動し、新田と能勢は久我と向き合った。

「ロビーを見てきましたが、コンシェルジュ・デスクがなくなっていましたね」

新田の質問に、久我は小さく顎を引いた。

「フロントクラークに兼務させたほうがいいだろうということになったんです。本人たちにとっても勉強になりますから」

「そうなんですか」

「――というのは表向きの理由で、要するに経費節減です」

ああ、と新田は頷いた。「納得しました」

「ホテル業界もいろいろと大変でしてね。それで新田さん、非常に気になっているのですが、今日は一体どういう御用件でしょうか」久我が探りを入れる顔つきで訊いてきた。

「そんなに警戒しないでください」新田は頰を緩めた後、すぐに真顔に戻った。「じつは現在捜査中の事件で、我々がマークしている参考人が、つい先程こちらでチェックインしたんです」

「このホテルに……」久我の顔に不安の色が浮かんだ。

「参考人は藤沢市で暮らしている女性なのですが、ひとりで東京のシティホテルに泊まるのは不自然です。事件に何らかの関係があるのではないかと疑っています。もしかすると、ここで誰かと会うつもりかもしれません。そこでお願いなのですが、宿泊者や予約者のリストを見せていただけないでしょうか」

「そういうことですか」久我の顔から完全に笑みが消えた。

「外部に出すことは絶対にありません。何らかの決定的な根拠がないかぎり、こちらから宿泊客に接触はしませんし、その場合には当然、事前にお知らせします。どうか無理を聞いていただけませんか。お願いします」

新田が頭を下げると隣で能勢も倣っている。

久我は大きなため息をついた後、わかりました、といった。

「新田さんたちには何度も助けていただきました。信用できる方だということもわかっています。では今日のところはホテルの正式な対応としてではなく、私個人の判断でお見せるということでいかがでしょうか。何らかの証拠として必要になった際には、改めてお申し出いただくということで」

「それで十分です。ありがとうございます」

久我は腰を上げると、自分の席に戻り、ノートパソコンを抱えて戻ってきた。新田たちの前でキーボードを操作し、「現在の宿泊客と本日以降の予約を入れておられるお客様です」といって液晶画面を新田たちのほうに向けた。

そこには名前がずらりと並んでおり、連絡先、メールアドレス、宿泊予定といった情報が記されていた。新田は素早く視線を走らせ、『神谷良美（カミヤヨシミ）』の表示を見つけた。シングルルームで本日から二泊とあった。このホテルに泊まるのは初めてらしい。リピーターなら、それを示す記述があることを新田は知っている。

東京で二泊して、一体何をするつもりなのか――。

新田が考えを巡らせかけた時、あっと能勢が声をあげた。

「どうかしましたか」

新田が訊くと、能勢は人差し指を画面に向けた。彼が指しているのは、明日の予約者リストにある、『前島隆明（マエジマタカアキ）』という名前だった。

「この人物が何か？」新田は訊いた。

能勢は新田のほうを向き、何度か瞬《まばた》きしてからいった。

「リベンジポルノの被害に遭い、自殺した少女の父親です」

4

警視庁会議室、午後四時二十分――。

「汚ねえ字だな。もっと丁寧に書けないのかよ」ホワイトボードに向かっていたら、背中から罵声が飛んできた。

新田は振り返った。「だったら、本宮さんが書いてくださいよ」

「馬鹿野郎。俺が書いたら、もっと読みにくいに決まってるだろうが」

「じゃあ、文句をいわないでください」

「新田さん、やっぱり私が書きます」能勢が申し訳なさそうに腰を浮かせた。

「いいです。俺が書きます。ほかの係の主任さんを使ったら、梓警部に申し訳ない」

「何だよ、ほかの係の係長を使うのはいいのか」本宮が凄《すご》んでくる。

「相手次第です」

「この野郎」

「くだらない言い争いをしてないで、さっさと書け」稲垣が苛立《いらだ》った声を出した。「字なんてどうでもいい。読めればいい」

はいと返事し、新田はホワイトボードに向き直った。メモの内容を書き写していく。

『入江悠斗　傷害罪（少年院送致）　被害者・神谷文和　遺族・神谷良美（母親）
高坂義広　強盗殺人罪（懲役十八年）　被害者・森元俊恵　遺族・森元雅司（長男）
村山慎二　リベンジポルノ（懲三猶五）被害者・前島唯花　遺族・前島隆明（父親）』

新田が書き終えた直後、入り口のドアが開いて、「遅くなって申し訳ありません」といって梓が入ってきた。急いだらしく、少し息が荒い。

「おう、梓警部。何度も行ったり来たりさせて申し訳ない」稲垣が詫《わ》びた。

「いえ、とんでもございません」

「事情は把握しているのかな」

「大丈夫です。能勢から報告を受けましたから」梓は席につき、ホワイトボードに視線を向けた。「想定外の状況ですね」

「全くだ。新田から話を聞いた時には耳を疑った」

「俺自身、まさかと思いましたよ」新田はいった。「だけど被害者遺族三人が揃《そろ》うとなれば、これはもう偶然じゃ済まされません」

稲垣は鼻の上に皺を寄せた。「まあな……」

ホテルの宿泊予約者リストに名前がある前島隆明が何者かを能勢から聞き、新田は不吉な予想を立てつつ急いで本宮にも同じリストを送った。回答は予想通りだった。高坂義広が約二十年前に起こした強盗殺人事件の被害者遺族の名前がある、といってきたのだ。それが森元雅司だ。殺された女性の息子だった。本日から二泊で予約を入れている。明日は土曜日だから、仕事は休みなのだろう。

一旦解散したにも拘《かかわ》らず、再び警視庁本部の会議室に同じ顔ぶれが集まったのには、そういうわけがあった。

「一体どういうことだ」稲垣がホワイトボードを見上げていった。「過去に人を死なせた人間が、立て続けに殺された。そしてその過去の事件における被害者遺族三人が揃って同じホテルに泊まる……」

「偶然の可能性はゼロでしょう」新田がいった。「三人には繋がりがあり、何らかの目的があって集合することにしたとしか思えません。つまり、今後三人が接触する可能性は高い。前島がチェックインするのは明日だから、本格的に動きだすのは、その後かもしれませんが」

「それぞれの行動確認は命じてあるんだな?」

管理官からの質問に、三人の係長は首肯した。本宮によれば、森元雅司は新宿《しんじゅく》の保険会社勤務だが、まだ会社を出ていないらしい。梓の部下たちが見張っている前島隆明は、自由《じゆう》が丘《おか》でレストランを経営している。今日もいつも通りに店を開け、前島は厨《ちゅう》房《ぼう》にいるようだ。

「もしかすると共犯ではないでしょうか」梓が発言した。

皆の視線が女性警部に集まった。

「共犯……とは？」稲垣が訊いた。

「三人には、それぞれ憎むべき相手がいました。愛する家族の命を奪ったにも拘らず、死刑にもならず、のうのうと暮らしている人間が。そのことに我慢がならず、いつか自分の手で裁きたいと思っていた。だけどそれをしたら自分が真っ先に疑われます。憎い相手を裁く代わりに自分が裁かれるのでは間尺に合いません。そこで同じような悩みを持つ人間と手を組むことにした――」

それだっ、と本宮が指を鳴らした。「交換殺人だ」

「その通り。自分が殺したい相手をほかの人に殺してもらうかわりに、自分も誰かに代わって殺人を行う。これなら完璧なアリバイを作っておけます」

「あり得るな……」稲垣が小さく頷いた。「新田、どう思う？」

「大いに考えられます。本宮さんは交換殺人といったけど、これはいわばローテーション殺人です。しかも三人が手を組んだのなら、犯行は残りの二人で行えます。殺人という行為に及ぶのに、一人と二人では大違いです」

「もしそうだとして、その三人がホテルで集合する理由は何だ？」

「今後の作戦会議とか？」本宮がいう。

「わざわざ直《じか》に会う必要はないでしょう」梓が即座にいった。

「顔を見て話したいなら、ウェブ会議という手もありますしね」能勢が上司に同調した。

新田はホワイトボードに目をやった。その瞬間、はっと閃《ひらめ》いた。「もしかして……」

何だ、と稲垣が訊いてきた。

「四番目がいるのかも」

「四番目？」

そうかっ、と能勢が膝を叩いた。「手を組んでいるのが三人だけとはかぎらない、というわけですね」

そうです、と答えて新田は稲垣を見た。

「じつは四人組のグループで、アリバイを作らねばならない一人を除き、残りの三人で協力して犯行に及ぶ、という計画になってるんじゃないでしょうか」

「冗談じゃない」稲垣は顔を歪《ゆが》めた。「その説が当たっていたら、今後ホテルで第四の殺人が行われるおそれがあるってことだぞ」

新田は黙って稲垣の顔を見つめた。冗談どころか、これ以外の答えはないと思っている。梓や本宮、そして能勢が口を閉ざしているのも、同じ思いからに違いなかった。

「よりによってまたしてもあのホテルで……。これで三度目だ。そんなことがあり得るのか？」稲垣が呻《うめ》くように呟いた。

その疑問には新田も同感だった。二度だけなら単なる偶然と片付けられるし、実際そうだった。しかし三度目となると、それで済ませていいとは思えない。

「とりあえず尾崎一課長に報告してくる。その間に君らで対策を練っておいてくれ」稲垣が立ち上がり、急ぎ足で部屋を出ていった。

「対策をって簡単にいわれてもな」本宮がしかめっ面を作った。

「サイバー犯罪の専門家に相談すべきだと思います」梓がいった。「犯人たちが知り合ったとすれば、おそらくインターネットでしょう。被害者の会、あるいは被害者遺族の会といった交流サイトやＳＮＳがきっかけだと思われます。そういったところに三人が投稿したことがないか、まず調べる必要があります」

「同感ですけど、その作業は一筋縄ではいかないと思いますよ。投稿していたとしても、匿名でしょうから」

新田の意見に、おっしゃる通りです、と梓は澄ました顔で答えた。

「投稿者の名前はいうまでもなく、書き込みの中に実名は出さないでしょう。だから類似した事件の書き込みを探すんです。三人の書き込みと思われるものが見つかれば、そこが出会いの場です。つまり四人目の仲間も、そこに書き込んでいる可能性が高い。投稿内容をすべて精査し、片っ端から実際の事件を推定していきます。推定できれば、被害者遺族も見当がつきます。その名前がホテルの予約者リストにあれば当たりです」

梓が早口で話す内容を理解するのに新田は少々時間を要した。この女性警部は、どうやら相当に頭の回転が速いようだ。

「わかりましたけど、かなり大変な作業ですよ」

「だから専門家に頼るんです。大丈夫、そちらのほうは伝手《つて》がありますから」梓は自信に満ちた顔でいった。

「ちょっといいかな」やりとりを黙って聞いていた本宮が口を開いた。「連中が、そういうサイトやSNSで知り合ったとして、今回の計画なんかも、そこでやりとりしたのかね」

「いえ、それはあり得ないと思います」梓は即座に否定した。「私たちが簡単に閲覧できるサイトやSNSだと、最近では運営側が常に目を光らせていて、問題のある書き込みがあればすぐに削除されます。だから闇ビジネスを手がける連中などは、特殊なアプリを使っています。メッセージをやりとりしたり、チャットをしても、その記録は一定の時間が経過すればスマートフォンなどのモバイルから消滅し、復元も不可能という代物《しろもの》です。所謂《いわゆる》、消えるSNSです。聞いたことはありませんか」

本宮は頭を捻り、「知ってたか?」と新田に振ってきた。

「一応知っています。テレグラムとかですよね」

ええ、と梓は鼻先を上げた。

「だめだ、俺にはついていけない」本宮が嘆いた。

「でも、やりとりしたのはそうした特殊なネット空間であったとしても、彼等が出会ったきっかけは、通常のネット上のどこかにあるはずです」相変わらず自信に満ちた口調で梓はいう。「何とかして、それを突き止めたいと思います」

「じゃあ、そういう難しい話は梓警部にお任せしますよ。こちらは実際の舞台を引き受けます」

本宮の言葉に梓は、「実際の舞台?」と怪訝そうに眉をひそめた。

「得意種目は人それぞれってことですよ。――なあ、新田」そういって本宮は新田の肩に手を置いた。

この先輩係長が何のことをいっているのか、新田にもわかった。無言でホワイトボードを見つめた。

またあのホテルか――。

5

Ａ４の書類を手にしている藤木《ふじき》の表情は穏やかだ。髪に白いものが増えたようだが、超一流ホテルを仕切る者としての貫禄には、些かの衰えも感じられなかった。

午後六時半、新田は稲垣と共に、ホテル・コルテシア東京の総支配人室にいた。テーブルを挟み、総支配人の藤木、宿泊部長の久我と向き合って座っている。この部屋に入るのも、前回の事件以来だ。

藤木が顔を上げ、老眼鏡を外してから書類を置いた。「事情はよくわかりました」

書類は宿泊予約者リストのコピーだった。神谷良美、森元雅司、前島隆明の名前に黄色のラインマーカーを引いてある。

「非常に逼迫《ひっぱく》した状況だと理解していただけたと思いますが」

稲垣の言葉に藤木は頷いた。

「そのようですね。あなた方の推理が当たっているのだとしたら、またしても当ホテルで残忍な事件が起きようとしていることになります。三人が力を合わせて一人の人間を殺そうとしているとは……恐ろしい時代になったものだ」

「事件は必ず防ぎます」新田は断言した。「過去二度のケースと同様、未遂に終わらせます。自分が約束します」

藤木が穏やかな笑みを向けてきた。「ほかの誰より、新田さんにそういっていただけると心強い」

「恐縮です」新田は頭を下げた。

「しかし一体どういうことでしょうね。なぜうちのホテルばかりが狙われるのか……」

「それに関しては我々も首を捻っています。もしかすると単なる偶然ではないのかもしれません」

新田の言葉に藤木は表情を曇らせた。「といいますと？」

「犯人たちは過去の事件を知っていて、わざとこのホテルを選んだ可能性もあるということです。ただし、その目的は不明です。そこでお尋ねしたいのですが、過去の事件についてお客さんに何かいわれたり、外部から問い合わせがあったりはしませんか」

藤木は隣の久我のほうを向いた。「そんな話は聞いたことがないが……」

久我が首を横に振った。

「ございません。ないはずです。当時のことを知る従業員たちには、一切口外してはならないといってあります。もし誰かから何か訊かれても、自分は知らないと答えるように指示しています」

「過去の事件では、解決後にお約束しましたよね」藤木が稲垣を見ていった。「事件に関して公にする場合でも、ホテル名や潜入捜査については明かさない、と」

「その約束は守られています」稲垣が断言した。「裁判記録でもホテル名は伏せられているはずです」

「それを聞いて安心しました」

「ただ、人の口に戸は立てられないといいますから、どこかから噂《うわさ》が漏れたのかもしれません。従業員の方々に、今一度確認しておいてもらえませんか」

新田がいうと、わかりました、と藤木が答えた。

「捜査に協力していただける、ということでよろしいですね」稲垣が確認する。

「それはもちろんですが、具体的にはどういったことをお望みでしょうか」

藤木の質問を受け、稲垣が新田を目で促してきた。

「まず、この三人の行動を見張らせてください」新田は先程のコピーを指差した。「防犯カメラで監視するだけでなく、客に扮《ふん》した捜査員をロビーなどに配置します。しかしそれだけでは心許《こころもと》なく、やはり何らかの方法で三人に接触し、情報を摑む必要があります。というわけで——」ひと呼吸置いてから続けた。「過去二度のケースと同様、潜入捜査を許可していただきたいのです。捜査員何名かをホテルのスタッフに化けさせ、各部署に置かせてもらえないでしょうか」

当然のことながら藤木の表情は曇った。「やはり、そういう話になりますか」

隣に座っている久我も、黙ってはいるが厳しい顔つきだ。

お願いします、と稲垣が低頭した。

「これが捜査の要なんです。過去の経験で総支配人もよくおわかりのことだと思います」

「たしかに、過去二度のケースではそうだったかもしれません。しかしお話を伺ったかぎりですと、今回は容疑者が特定できているわけだし、行動を監視していれば十分だという気がするのですが」

稲垣が、説明しろ、とばかりに新田に目配せしてきた。

「じつはそう単純な話ではないかもしれないんです」新田はいった。

「どういうことですか。それぞれ恨みを晴らしたい相手のいる人間が四人いて、一人がアリバイを作っている間に残りの三人が、その人物の代わりに復讐を果たす――先程のお話ではそういうことだったと思いますが」

「容疑者の名前が判明しているのが三名なので、わかりやすく説明するために、そのようにお話ししました。しかし仲間が四人だけとはかぎらないんです。もしかすると五人か六人、あるいはそれ以上かもしれません」

「まさか……」藤木は愕然《がくぜん》とした様子で久我と顔を見合わせた。驚くのも無理はない。

「裁判結果に納得がいかず、出所した元受刑者を自分の手で裁きたいと思っている人はたくさんいます。彼等がインターネットなどで知り合い、今回の計画を立てたのではないかと推測しています。そうなると、それに参加しているのが四人だけとはかぎりません。このホテルでの犯行さえ、計画のごく一部、途中段階にすぎないのかもしれないんです。つまり三人以外の利用客も疑う必要があります」

「このホテルでだけでなく、これからもどんどん人が殺されていくおそれがあると？」

「そういうことです。だから何としてでも、この段階で食い止めなければなりません」

藤木の眉間に深い皺が刻まれた。こめかみに指先を当て、考え込んだ。

新田は、ちらりと腕時計に目をやった。午後七時になろうとしている。先程、富永から連絡があり、神谷良美が部屋から出たと知らせてきた。最上階のレストランに行ったらしいが、その後のことはわからない。また、森元雅司が新宿の会社を出たという報告が本宮のところにあったそうだ。間もなくチェックインしに現れるかもしれない。いずれにせよ、一刻も早く本格的な潜入捜査を始める必要があった。

ようやく藤木が顔を上げた。

「具体的にはどんな刑事さんが、どのスタッフに扮する予定でしょうか」

どうやら腹をくくってくれたらしい。一歩前進だ。隣にいる稲垣が安堵《あんど》の吐息を漏らす気配があった。

新田は脇に置いてあったファイルから新たに書類を出してきた。

「大体、こういう顔ぶれです。フロントに一名、ベルデスクに一名、ハウスキーパーに二名、そのほか予備のスタッフに四名ほどを考えています。ハウスキーパーは、一般のお客さんに見られた時のことを考えて制服を着用させますが、実際に作業をするわけではなく、容疑者たちの部屋を清掃する際に立ち会わせてもらうだけです。前に事件が起きた時も、それは許可していただけたはずです。ほかの部屋に入らせる予定は今のところありません。ベルボーイも同様で、基本的に容疑者の三人以外には近づかせないつもりです」

「ハウスキーパーに扮した刑事さんが荷物に触れることは？」藤木が訊いてきた。

「絶対にない、とお約束いたします」新田は即答した。「荷物を探って、容疑者たちに気づかれたりしたら元も子もないですから」

藤木は頷き、拝見します、といって書類に手を伸ばした。そこには潜入させる予定の捜査員たちの名前と階級が記されている。久我も横から覗き込んでいる。

どうだろう、と藤木が久我に尋ねた。

「フロントクラークに一名……ですか」久我が呟いた。「関根《せきね》巡査部長とありますね」

「前の事件ではベルボーイに扮した捜査員です。久我部長も覚えておられるのではないでしょうか。ホテルの事情には詳しいし、それなりの雰囲気を出せると思います。英語も少しはできます。今夜中に訓練すれば、対応できるのではないかと考えています」

「しかしベルボーイとフロントクラークでは作業内容が全く違います。片言の英語ではフロントクラークは務まりません」さすがに元フロントオフィス・マネージャーだけに、久我は慎重にならざるをえないようだ。

「わかっています。だから実際の業務は本物の方々に任せて、関根にはなるべく手出しさせないつもりです」

「そうはいっても、明日はクリスマス・イブです。いつも以上に賑わいますし、いろいろなお客様がいらっしゃいます。何があるかわかりません。率直にいいますと、私としては不安なのですが……」久我は意見を求めるように藤木のほうを向いた。

藤木は険しい表情のままで小さく頷いた。

「久我がいうように、フロントに立つ以上、いざという時に最低限の対応ができる方でないと困ります。お客様にとっては、ホテルマンの一人にほかならないのですから。そのことは新田さん、誰よりもあなたがおわかりのはずです」

「それはそうですが……」

新田、と稲垣が横からいった。「おまえがやれ」

「えっ？」

「フロントクラークだ。おまえがやればいい。総支配人、久我部長、そういうことでいかがでしょうか」

ふむ、と藤木は顎を引いた。「それなら、こちらとしても安心ではありますね」

「私も同感です」久我も首肯する。

「いや、ちょっと待ってください」話が勝手に進んでいくことに慌て、新田は言葉を挟んで稲垣を見た。「俺は事務棟の対策本部で指揮を執らなきゃいけません」

「それは本宮にやらせる。後方支援と情報分析は梓警部に任せよう。あそこには能勢警部補もいるしな。非常事態だ。つべこべいわずに引き受けろ」

「だけど――」

じろり、と稲垣が鋭い目で睨んできた。まだ文句があるのか、といわんばかりだ。

「お互いにとって、それが一番いいと思いますよ」藤木が柔らかい表情で、しかし有無をいわせぬ口調でいった。

6

時刻を確認すると間もなく午後十時になろうとしていた。ホテルのロビーには、レストランでディナーを終えた客たちの姿があるかもしれない。地方から出張中のビジネスマンたちが帰ってくる頃合いでもある。ホテルのスタッフたちも大方勤務を終えており、本来ならばこれから朝まではホテルにとって静かな時間が流れるはずだった。

だが二階にある宴会場の一つでは、まるで違う光景が繰り広げられていた。ホテルのスタッフに扮した捜査員たちが、それぞれに付けられた教育係から、細かなレクチャーを受けているのだ。男性の捜査員たちは、すでに全員が髪型を整えていた。

新田もその一人だった。話し方やマナーだけでなく、歩き方や立ち振る舞いまで細かく指導を受けた。担当したのは、昼間に新田が話しかけた若い女性フロントクラークだ。態度も言葉遣いも柔らかいが、要求には妥協がない。客に頭を下げる際の背中の角度で合格点をもらうまで、何度もやり直しをさせられた。

それでも新田は一応経験があるので、間もなくトレーニングから解放された。しかしほかの者たちは、夜中までかかるかもしれない。教える側も大変だ。

新田は端のスペースを使い、中条《なかじょう》というフロントオフィス・マネージャーと今後の打ち合わせを行うことにした。中条は四十代半ばと思える中肉中背の男性で、色白の肌と高い鼻が印象的だ。過去の事件で顔を合わせた覚えが新田にはなかった。

「いくつかお願いしたいことがあります」新田はいった。「チェックインしてくるお客さんの中には、いろいろと無理難題を要求してくる人がいることは、これまでの経験でわかっています。私がフロントにいる時はいいのですが、いない時、もし少しでも通常と違うことを頼まれた場合には、逐一連絡していただけませんか。どんなに些細《ささい》なことでも構いません」自分の携帯電話番号を記したメモを差し出した。

　中条は不安げな表情でメモを手にし、何度か瞬きした後、新田を見た。

「スタッフから直接新田さんに電話させたほうがいいのでしょうか」

「いえ、連絡係は一人に絞ってください。できれば中条さんにお願いしたいのですが」

「そうですか。わかりました」中条は少々自信がなさそうだ。

「明日、フロントに立つスタッフは決まっていますか」

「シフトは決まっていますが、何か御要望でも？」

「こういう状況ですから、経験の浅い人はなるべく避けてください。できれば過去に事件が起きた時、在籍していた人がいればありがたいのですが」

「ああ……そういうことですか」

「何か問題でも？」

「いえ、じつをいいますと、私はその過去の事件というのを知らないんです。その時は、たまたま別の系列ホテルに出向していまして。では、当時のことをよく知る者と相談して考えてみます」

「よろしくお願いします」

　それから、と新田は続けた。

「ロビーには客に扮した捜査員が何人か配備される予定です。本物のお客さんと見分けがつかないと不便なこともあるでしょうから、どこにどういう捜査員が潜入しているかは極力お伝えするようにします。とはいえ、それが間に合わない場合もあると思います。急遽《きゆうきよ》そういう任務につく者もいると思いますから、臨機応変に対応できるよう、スタッフの皆さんにいっておいてください」

「はあ、あの、臨機応変というと、たとえばどのように？」

「それは臨機応変に、としか申し上げようがありません。どんなことが起きるか、予想できませんから」

「そうなんですか」中条は、ますます心細そうな顔になる。両方の眉尻が下がった。

「大変だと思いますが、よろしくお願いいたします」

「はい、あの、何とかがんばろうとは思うのですが……」中条は歯切れが悪い。

「何でしょうか？」

「すみません。さっきもいいましたように、私自身はこういうことは初めての経験でして、どうすればいいかわからず、正直戸惑っています」

「当然だと思います」新田は首を縦にゆっくりと動かした。「慣れている人などいません。だからこそ、少しの異変も見逃さずにいてほしいのです。明後日《あさって》の朝までの辛抱です。我々は全力で犯行阻止に当たりますが、お客さんと直接やりとりするあなた方が鍵を握っているんです」

「あ……そうですね。はい、しっかりやりたいと思います」中条の頬は強張《こわば》っていた。

さらにいくつかのやりとりを交わした後、新田は中条を解放した。フロントオフィス・マネージャーは最後まで余裕を見せてくれなかった。鍵を握っている、などといわなければよかったかなと新田は後悔した。却《かえ》って緊張させてしまったかもしれない。

宴会場を出た時、制服の内ポケットに入れたスマートフォンに着信があった。富永からだった。神谷良美の行動を監視させている。レストランで食事を終えた後、部屋に戻ったところまでは報告を受けていた。

「新田だ。どうした？」

「神谷良美が部屋から出てきました。地下のメインバーに入った模様です」

「わかった。バーの入り口にいてくれ」

新田はスマートフォンをしまい、一階に下りるエスカレータに向かった。

ロビーに下りると、今度は地下へのエスカレータに乗った。富永がスマートフォンを手に壁際に立っているのが見えてきた。

エスカレータから降り、富永に近づいていった。富永は目を向けてきたが、すぐには新田だと気づかなかったらしく、ワンテンポ遅れて驚きの表情を作った。

「係長……噂通りですね」

「噂？　どんな？」

「いや、その、刑事よりホテルマンのほうが似合ってると……」

新田は眉根を寄せた。「うるせえよ。それより、どんな様子だ」

「神谷良美は右奥の席にいます。今のところ、まだひとりです」

「何を飲んでる？」

「えっ？」

「飲み物だ。神谷良美は何を注文した？」

「いや、そこまでは……」

「わかった」

新田は踵《きびす》を返し、バーに向かって歩きだした。

店に入ると会計カウンターにいた男性スタッフが、はっとした表情を示した。見知らぬ男がホテルの制服を着ているからだろう。だが新田が小さく頷くと、スタッフは合点したように応じた。潜入捜査官が活動を始めていることは、すでに全スタッフに知らされているはずだった。

新田はスマートフォンを取り出し、神谷良美の顔写真を表示させた。運転免許証のデータベースから拝借したものだ。地味だが整った顔立ちだ。

フロアに入り、ゆっくりと店内を移動した。客の入りは四十パーセントといったところか。その多くはカップルだ。

右奥の壁際に、女性の一人客がいた。壁を背にし、こちらを向いているので、顔を確認しやすい。神谷良美に間違いなかった。免許証によれば年齢は五十歳過ぎのはずだが、やはり細面のなかなかの美人だ。もう少し若ければ、声をかける男もいるかもしれない。

新田はさりげなく近づいていった。ホテルの制服を着た男が店内をうろついても、不審に思う客はいない。潜入捜査のメリットは大きい。

神谷良美はスマートフォンを操作していた。テーブルに置かれているのはシェリーグラスだ。半分ほど残っている液体がシェリー酒とはかぎらないが、酒であることは確かだ。ノンアルコールのカクテルをあんなグラスには入れない。

神谷良美が酒に強いのかどうかは不明だが、少なくとも今夜は物騒なことを企《たくら》んでいる可能性は低くなった。何かをする気なら、アルコールは口にしないだろう。

新田は店を出ると富永を呼び寄せた。

「店に入って、なるべく近くの席につけ。神谷良美がどんなことをしていたか、できるだけメモするんだ」

わかりました、といって富永はバーに向かった。

新田は一階に戻り、事務棟に向かった。事務棟の二階会議室には現地対策本部が作られていて、捜査員たちが作業を続けていた。稲垣の指示通り、本宮が指揮を執っている。

新田が制服姿で顔を見せると、嬉しそうに相好を崩した。

「いいねえ、おまえやっぱりくだけた刑事の格好より、そっちのほうが似合ってるよ」

富永と同じことをいう。

「金輪際、この格好はしないつもりだったんですけどね」新田は七三に固めた髪に手のひらを当てた。

「まあ、仕方がないだろうな。総支配人たちのいってることもわかる。素人丸出しのホテルマンがフロントに立ってたら、客も不審がる。下手《へた》すりゃホテルの評判に傷がつく。犯人たちに疑われるおそれもあるし、捜査を進める上では俺たちにとっても最善策だと思う」

新田は、ちっと舌を鳴らした。「他人事《ひとごと》だと思って……」

「おいおい、そういう態度は一流ホテルマンには相応《ふさわ》しくないんじゃないのか」本宮は、にやにやしている。

「職場を離れたら構わないでしょう。それより、そっちのほうはどうですか」

「せっせと宿泊客の洗い出しをしてるところだ。数が多いから大変だ」

「まずは逮捕歴を調べたらいいじゃないですか。我々の推理が当たっているとすれば、突き止めなきゃいけないのは、四番目の標的に予定されている人物です。これまでと同様に天罰を下されるべきだと思われているような人間なら、必ず逮捕歴があるはずです」

「そんなことはいわれなくてもわかってる。ちゃんと調べてるよ。今夜の宿泊客や明日からの予約客にも逮捕歴のある人間はいる。だけど殆どが交通違反か軽犯罪だ。それで天罰ってのも変だろう」

「過去に人を死なせているような客は一人も見当たらないんですか」

いや、と本宮が冷めた顔になった。

「今のところ、一人だけ見つかっている」そういって一枚の書類を手に取った。「七年前、過失運転致死傷で有罪判決が下っている男だ。高速道路を走行中、居眠りして前方の自動車に衝突、相手の運転手に怪我《けが》を負わせた。さらに悪いことに、助手席に座っていた知人女性が車外に放り出され、対向車線を走る自動車にはねられて死亡した。禁錮三年執行猶予五年」

本宮は書類を新田のほうに向けた。顔写真を見るかぎり、ふつうの会社員という印象だ。生年月日によれば四十歳ちょうどだから、事故を起こしたのは三十三歳の時か。

「五年か……。つまり執行猶予期間は終わっていますね」

「遺族としては納得できないかもしれないな。人の命を奪ったにも拘らず、刑務所に入らずに済んだんだからな。だけど交通事故での被害者感情は複雑だ。責めきれない場合だってある。居眠り運転なんか、その典型だ。飲酒運転と違って、わざとじゃないからな」

たしかに天罰を下す、という概念からは離れているように思うが――。

「一応、その件についてもう少し詳しく調べてもらえますか」

「もちろんそのつもりだ」

「ほかにはいませんか」

「いるのかもしれんが、現時点では見当たらん。そもそも本人確認に手こずっている。運転免許証のデータベースを調べて、一致する名前があるかどうかはチェックしているが、顔写真と照合しないと本人とは断定できない。逆にデータベースにないからといって偽名とはかぎらない。最近は免許証を持ってない人間も多いからな」

「支払いをクレジットカードでする客なら、チェックイン時にカードのプリントを取っているはずです。あと、ネット決済にしていたなら、事前にカード番号や名義が判明していると思うんですが」

「わかってるよ。ホテル側から情報を提供してもらった。今のところ、宿泊者名とカード名義が違っている客はいない。しかしなあ新田、だからといって偽名じゃないとはかぎらねえぞ」

「わかっています。他人名義のクレジットカードを使い、その名を騙《かた》っている可能性もありますからね」

「そういうことだ」

「電話番号のほうはどうなりました?」

「とりあえず電話会社に任意で情報提供を求めた。いつものことだから、令状がなくても協力はしてくれるだろう。そうはいっても一件二件じゃなくて数百だからな。果たしてすぐに対応してくれるかどうか……」本宮は唇を嚙み、首を傾げた。

予約時に偽名を使っていたとしても、電話番号は実在している可能性が高い。ホテル側に何らかのトラブルが生じた際、連絡が取れないとまずいからだ。そこで電話会社に契約者情報の開示を依頼することになった。それが入手できれば、電話の名義人は判明する。

とはいえ数百人分となれば電話会社も大変だろう。本宮がいったように、対応してくれたとしても、事件発生までに間に合うかどうかは微妙だった。

「それと、もう一つ問題がある」本宮が苦い顔つきでいった。

「何ですか」

「すべての客が一人で泊まるわけじゃないってことだ」

なるほど、と新田は合点した。

「複数で泊まる場合、代表者の名前しかわからないってことですね」

「そうだ」

「そんな客は何組いますか」

「ざっと二百組だ。殆どがツインだが、エキストラベッドを入れてトリプルで利用する客もいる。そういうのは親子連れだろうが、だからといって事件に無関係とはいえない」

「そうですね」

ターゲットに連れがいないとはかぎらない。その場合、あの三人はどうやって犯行に及ぶつもりなのか。いや、仲間は四人あるいは五人なのかもしれないが――。

「あっちのほうはどんな具合ですかね」

「あっちって？」

「梓警部のところです。サイバー犯罪の専門家に相談するってことでしたけど」

さあねえ、と本宮は首を捻った。

「あの手のIT系の話、俺はだめなんだよな。ついでにいうと――」周りを見て、声を落とした。「あの女性警部も、ちょいと苦手だ」

「そうなんですか」

「自信満々って感じでさ、あれは相当に気が強《つえ》えぞ。結婚してんのかな。してたら、旦那は大変だろうな」

「指輪はしてなかったですけどね」

本宮が、しげしげと新田の顔を見つめてきた。「よく見てんなあ。興味あるのか」

「やめてくださいよ」

そんなくだらないやりとりをしていると、お疲れ様です、と入り口から声が聞こえた。能勢が入ってくるところだった。後ろに従えた二人の若い刑事は、両手にコンビニのレジ袋を提げている。おにぎりやサンドウィッチのようだ。会議室にいた者たちから歓声が上がった。

「今夜は完徹の人も多いでしょう。腹ごしらえをしてもらわないと」そういいながら能勢が新田たちのところへ来た。彼もレジ袋を提げている。いかがですか、と中を見せた。何種類かの飲み物が入っている。

いただきます、といって新田は缶コーヒーを選んだ。本宮は日本茶のペットボトルに手を伸ばした。

「潜入捜査の準備は整ったようですね」新田の姿を眺め、能勢が目を細めた。

「まさかこんなことを三回もすることになるとはね」新田は肩をすくめた。「そちらはどうですか。何か成果がありましたか」

いやあ、と能勢は首を捻った。

「朗報をお届けしたかったのですが、叶《かな》いませんでした。結論を先に申し上げると、神谷良美、森元雅司、前島隆明、この三人の繋がりは全く不明のままです」

「やっぱりそうですか」

「勤務先の取引相手、出身校、これまでの居住地など、いろいろと調べてみましたが、交わるところが何もありません。三人のうちの二人だけでも何か見つかればと思ったのですが、物理的な接点は発見できませんでした」

「物理的な接点はない、となればやはりインターネットですかね」

「その可能性が高いと思います。うちの係長がサイバー犯罪対策課の人間と打ち合わせをしているはずです。終わり次第駆けつけるといっておりました」

「へえ、こんな時間から来て、どうするつもりなのかね」本宮がいった。「さすがに今夜は何もないだろうから、ゆっくり休んでりゃいいのに」

「そんなわけにはいかんでしょう」能勢が、にやにやした。「ほかの係長さんが働いておられるんだから」

「こっちはインターネットとかサイバー何とかなんてものはお手上げだから、肉体労働をするしかないんですよ。——おっと、失礼」スマートフォンに着信があったらしく本宮が席を立った。

新田は缶コーヒーを含んだ。冷えた苦味が渇いた喉に心地よい。緊張しているのだと自覚した。

「三人がチェックアウトするのは、遅くても明後日の正午」能勢が、そばに置かれたホワイトボードを見上げていった。神谷良美、森元雅司、前島隆明の運転免許証写真が並んでいる。「それまでが勝負ですな」

「ターゲットの人物がいつチェックアウトするかは不明です。三人がホテル内での犯行を計画しているのなら、タイムリミットは明後日の夜明けではないでしょうか」

同意見らしく能勢は真剣な顔つきで頷いた後、すぐにその表情を緩めた。

「新田さんと三度も一緒に仕事ができるとは思いませんでした」

「まだこれからだってあるかもしれませんよ。ホテルが舞台になることは、さすがにもうないと思いますが」

いいえ、と能勢は小さく首を横に振った。

「おそらくこれが最後でしょう。次の三月末で、お役御免ですから」

その言葉に、はっとした。

「能勢さん、年齢が……」

「この間、還暦を迎えました。娘がネットで赤いチャンチャンコなんて買うんですよ。おまけに帽子まで。それを身に着けて、記念写真を撮りました」

「そうでしたか……。あの、何というか、長い間……」

お疲れ様でした、と新田がいう前に、能勢は制するように手を出した。「その台詞は、少し早いです。まずは事件解決を目指しましょう」

その通りだった。はい、と力を込めて返事をした。

本宮が急ぎ足で戻ってきた。

「森元雅司が来るぞ。新宿の会社を出た後、今まで上司らしき人物に付き合わされて、新宿駅のそばの居酒屋にいたらしい。上司と別れた後、タクシーに乗った。こちらに向かっているそうだ」

新田は腕時計を見ながら立ち上がった。間もなく午後十一時だ。「俺がフロントで確認します」

フロントに行くと安岡《やすおか》という男性フロントクラークがいた。すでに顔合わせは済ませているので、向こうも新田のことは承知している。

「間もなく、ひとりの男性客が来る予定です」新田はいった。「その人が来たら、自分に対応させていただけませんか。顔は把握しています」

「大丈夫ですか？」安岡は不安そうだ。

「任せてください……といいたいところですが、もう一度端末の使い方などをおさらいさせてもらってもいいですか」

「もちろんです」

安岡からチェックインの手順を改めて教わり、頭に叩き込んだ。久しぶりなので、やはり緊張する。

予《あらかじ》め部屋を決め、カードキーも用意しておくことにした。安岡のアドバイスを聞きながら、０９１１号室を選んだ。防犯カメラで入り口を監視しやすいからだ。

正面玄関のガラスドアをくぐり抜け、スーツ姿の男性が入ってきた。森元雅司に違いなかった。予想していたよりも小柄だ。ビジネスリュックを背負っている。

森元が真っ直ぐにフロントにやってきた。新田は安岡に小さく頷きかけた後、いらっしゃいませ、と森元に微笑《ほほえ》みかけた。「お泊まりでしょうか」

「森元です」

新田は端末を操作するが、じつは先程の練習で森元の予約内容は確認済みだった。

「森元様、本日よりスタンダード・ツインをお一人様で二泊の御利用、ということでよろしいでしょうか」

はい、と森元は表情のない顔で頷いた。

「ではこちらに御記入をお願いいたします」新田は宿泊票を森元の前に置いた。

カードキーを用意するふりをしながら、ボールペンで書き込む森元の様子を観察した。金縁眼鏡をかけた細い顔は神経質そうに見えた。資料によれば年齢は三十四歳で、息子が一人いる。母親が強盗殺人事件の被害者になった時、森元はまだ中学生だったはずだ。親に反抗する年頃ではあるが、母親を殺されて犯人を憎まないわけがない。裁判では被害者遺族全員が死刑を望んだ、という本宮の話を思い出した。

正面玄関から、また誰かが入ってきた。新田はそちらに目をやり、はっとした。梓だった。一緒にいる二人の男女は部下だろう。ロビーの中央で足を止め、こちらを見ている。

　そんなところで立ち止まってるんじゃねえよ、と新田は舌打ちしたい気分だった。森元に怪しまれたらどうするのか。

　書けました、と森元がいった。

「ありがとうございます。森元様、今回のお支払いは現金でしょうか」

「いえ、クレジットカードで」

「かしこまりました。ではカードのプリントを取らせていただけますか」

どうぞ、といって森元がクレジットカードを出してきた。新田はプリントを取りながら表示を確認した。『MASASHI　MORIMOTO』とあった。

「お待たせいたしました。カードをお返しいたします。それからこちらがお部屋のキーです」クレジットカードとカードキーを入れたフォルダを差し出した。「ごゆっくりお過ごしくださいませ」

　森元はフォルダを手に歩きかけたが、すぐに立ち止まり、戻ってきた。「こちらにバーはありますか」

「あ、はい。ございます」表情を変えないよう気をつけて答えた。「メインバーは地下一階です」

「地下か……」森元は周囲を見回した。

「森元様、よろしければ私が御案内いたしますが」

「あっ……じゃあお願いしようかな」

かしこまりました、といって新田はカウンターから出た。「お荷物をお持ちいたします」

「いや、大丈夫です」

「さようでございますか。ではこちらにどうぞ」

新田は森元を地下へのエスカレータに案内した。梓と部下たちはソファに座っている。全員、目つきがよくない。張り込みをしている刑事そのものだ。

それにしても、この時間からバーに行く森元の目的は何だろう。神谷良美と待ち合わせているのか。

地下一階に下りると、森元をメインバーに連れていった。バーのスタッフが森元を席に案内した。神谷良美のテーブルからは離れた席だ。

神谷良美の二つ隣の席に富永がいる。富永は森元が入ってきたことには気づいていない様子だ。

メッセージで知らせようと新田がスマートフォンを取り出した時、外から二人の男女が入ってきた。梓の部下たちだ。彼等は新田には見向きもせず、フロアへ進んだ。スタッフに呼び止められ、席に案内されていく。客を装っているようだ。

店の前に梓がいるのが見えたので、新田は外に出た。

「梓警部、店内には自分の部下がいますから、見張りは任せてください」

「いえ、こちらにはこちらの考えがありますので」そういうと梓はショルダーバッグからタブレットを取り出した。「席についた？……カメラは？……ちょっと待って」耳にマイク付きイヤホンが入っている。どうやら店内の部下と話しているらしい。

梓はタブレットを操作した。

「オーケー、映った。どちらも映っている。そのまま続けてちょうだい」

新田は首を伸ばし、モニターを横から覗き込んだ。二つの画面が表示されている。両方ともバーの店内を映したものだった。一方には神谷良美、もう一方には森元雅司が映っている。

「梓警部、それって……」

ええ、と梓は頷いた。「部下たちにカメラを持たせています」

「まずいですよ、それは。ホテルの許可を取ってないでしょう？」

「許可が必要ですか？」

「当然です。店内の隠し撮りなんて、ばれたら訴えられます」

「大丈夫。どこから見てもカメラだとはわかりません。ボールペンや車のキーがテーブルに置いてあるのを見て、怪しむ人はいますか？」

所謂スパイカメラといわれる小道具を使っているらしい。

「そういう問題じゃない」

「撮影した動画を外に出したらまずいでしょうけど、捜査に使うだけです。報告書にも残しません。それより、新田警部にお願いがあります」

「何ですか」

「神谷良美の部屋は０７０７号室だそうですね。森元雅司は何号室ですか」

「０９１１ですが」

「そうですか。では、その二つの部屋のカードキーを用意していただけますか」

「はあ？」

「フロントクラークなら簡単にできるんじゃないんですか。よろしくお願いします。それとも、マスターキーをお持ちなら、それでも結構です」

「キーを使って、どうする気です？」

するとと梓は不思議そうな顔で新田を見上げてきた。

「どうする気って、荷物を調べるに決まってるじゃないですか。森元雅司はまだ部屋に入っていないようなので、とりあえず神谷良美の部屋だけでも結構です」

「何をいってるんですか。そんなこと許されるわけがないでしょう」

理解できないとでもいうように梓は眉をひそめた。「どうしてですか」

「どうしてって、いくら容疑者の部屋だろうが令状もないのに勝手には入れません」

「でも聞くところによれば、ハウスキーパーに化ける捜査員もいるそうじゃないですか。その人たちは自由に客室に入れるわけですよね。同じことだと思いますけど」

「全然違います」新田は手を横に振った。「本物のハウスキーパーが清掃時以外には客室に入らないのと同様、ハウスキーパーに化けた潜入捜査官も無断入室を固く禁じられています。だからマスターキーは持たせてもらってないし、触れることも禁止されています。ホテル側と取り決めたことです」

「それを律儀に守ると？」

「当たり前です」

「部屋に入ったことをホテル側にいわなければいいのでは？」

「確実にばれます。ルーム・インジケーターというものがあって、すべての客室の状態がモニターされています。神谷良美たちの行動を監視しているのは、警察だけじゃありません。ホテル側だって彼女たちが重要人物だと認識しているから、それぞれの部屋は常にチェックしているはずです。本人がバーにいるのに部屋のキーが解錠されたり明かりがついたりしたら、変だと思うに決まってるじゃないですか。ついでにいえば、キーがいつ解錠されたかはすべてログとして記録に残ります。不法侵入の証拠として裁判で十分に通用するものです」

さすがに梓は反論してこず、悔しそうに唇を嚙んだ。だがふっとため息を漏らすと、つんと顎を上げた。

「新田警部、お詳しいんですね。まるでホテルの人みたい」

新田は一旦梓から目をそらした後、改めて彼女の顔を見つめていった。「とんでもございません」

「はあ?」

「今日の夕方、管理官にいったでしょう。とんでもございません、と。そんな敬語はありません。正しくは、とんでもないことでございます、です」

梓が不快そうに眉根を寄せた。新田は彼女の尖《とが》った顎を指差して続けた。

「あなたにいっておきます。通常なら、急に潜入捜査をさせてくれといっても、まずホテル側から許可は下りません。もっと時間をかけ、準備しなきゃいけないといわれるでしょう。今回ホテル側が許可してくれたのは、これまでの実績の中で我々が信頼関係を築いてきたからです。それは簡単なことじゃなかった。以前は我々も、犯人を逮捕したい一心でいろいろとルール違反を犯し、ホテル側と衝突したものです。そのたびに話し合い、交渉し、少しずつ信頼を得ていったんです。それが壊れたら、すべて台無しになり、捜査どころじゃなくなります。どうかそのことをお忘れなく」

梓の目に怒りの色が浮かぶのを確認すると、新田はくるりと踵を返し、エスカレータに向かって大股で歩きだした。

7

午前零時ちょうどになるまで新田はフロントにいたが、もうこれからチェックインする客はいないようなので事務棟に戻ることにした。予約を入れていた客は、キャンセルを除き全員がチェックインを済ませている。ウォークイン、つまり予約をしていない客が現れるかもしれないが、殺人計画を立てている連中が、そんなことをするわけがない。

事務棟に向かう前に地下へのエスカレータをちらりと見た。梓の部下たちは、今も神谷良美たちをカメラで隠し撮りしているのだろうか。梓本人が事務棟に戻るところは、ずいぶん前に見ている。フロントに新田がいることは知っているはずだが、全く視線を向けてこなかった。肩をいからせて歩く後ろ姿は、憎しみの炎がゆらめいているようだった。

それにしても、あんなことを考えるとはな――。

バーは公の場だから、万一撮影していることをホテルに気づかれても、何とか言い訳はできる。しかし客室に無断で忍び込んで荷物を調べるなど言語道断だ。以前の事件で、ハウスキーパーと一緒に室内に入った刑事が勝手に客のバッグを開けた時には、藤木から厳重に抗議を受けた。

あの女性警部には気をつけねば、と新田は思った。勝手に暴走して、ホテルを敵に回したら取り返しがつかない。

事務棟の会議室に行くと、本宮がカップラーメンを食べていた。離れたところでは梓がノートパソコンに向かっている。三人の捜査員が事務仕事をしていた。

新田は本宮のそばに座った。「お疲れ様です」

「どんな具合だ、そっちは？」

「森元雅司がチェックインし、バーに行きました」

本宮が箸を止めた。「神谷良美と接触したのか」

「部下に見張らせていますが、そういう報告はありません。梓警部のところの刑事も二人、店にいます」

「そうか」本宮は、ちらりと梓を見ただけだ。どうやら何も話していないらしい。

「本宮さんのほうはどうです。何かわかりましたか」

「一件だけな」本宮はラーメンのスープを飲み干し、カップと割り箸をゴミ箱代わりの段ボール箱に捨てた。「七年前に過失運転致死傷罪で有罪判決が下っている男がいるといっただろ」

「居眠り運転の？」

「そう、禁錮三年執行猶予五年ってやつだ。調べたところ、示談が成立していた。賠償金も支払われている。金を受け取っておいて復讐もねえだろ。シロだとみた」

「そうですね」

「ほかに目立った犯歴を持つ宿泊客は見当たらんな。人を死なせたような連中は、本名を使わないことが多い。カードを使っているからといって本人とはかぎらないしな」

「たしかに」

特に裏社会の人間なら、闇ルートで他人のカードを入手するのも難しくないだろう。

入り口で物音がしたと思ったら、ドアが開き、神谷良美と森元雅司を見張っていた梓の部下たちが戻ってきた。後ろから富永も続いて、新田たちのところにやってきた。

新田は、お疲れ様、と富永を労《ねぎら》った。「どんな様子だった?」

「特に動きはありませんでした。二人は話すどころか、どちらも店を出るまで席を立たなかったんです。十二時半がオーダーストップで、先に神谷良美が出て、それから十分ぐらいして森元が出ました」

「二人は酒をどのぐらい飲んでた?」

ええと、と富永は手帳を開いた。「俺が入ってから、神谷良美はカクテルを二杯おかわりし、森元はハイボールを三杯飲みました」

「結構飲んでるな。やっぱりこれから朝までは動きはなさそうだ。御苦労さん、疲れただろう。仮眠室で休ませてもらえ」

はい、と答えて富永は安堵した表情で出ていった。

新田は梓たちを見た。彼女は部下たちから受け取ったＳＤカードをパソコンにセットし、動画を見ようとしているところだった。新田の視線に気づいたか、梓がこちらを向いた。

「よかったら、新田警部たちも一緒に御覧になりません？」

「いいんですか？」

「もちろん。隠し撮りに抵抗がなければ、ですけど」

「その問題は、ひとまず脇に置いておきましょう」新田は立ち上がった。手法に賛成はできないが、見ておいて損はない。

パソコンのモニターには二つの画面が表示されていた。梓のタブレットで確認したものと同じ動画だ。一方に神谷良美が、もう一方に森元雅司が映っている。暗くて画質はよくないが、表情や動きはわかる。

「おっ、何だ、こりゃあ」新田の背後から声がした。本宮だった。

男性刑事がパソコンを操作すると二つの映像が同時に動きだした。

「二つのカメラは同じタイミングで撮影を始めています」梓がいった。「つまり二つの動画は全く同じ瞬間を捉えていると考えていただいて結構です」

たしかにそのようだった。森元雅司の脇を通過したウェイターの姿が、次には神谷良美を映す画面に現れた。

新田は二つの画面を交互に凝視した。神谷良美はスマートフォンを触りながら、時折顔を上げている。森元雅司もハイボールを飲み、テーブルに置いたスマートフォンを眺めているようだ。

「これまでのところ、二人が視線を合わせた瞬間はありませんね」新田はいった。

「私も気をつけて見ていましたけど、なかったと思います」梓が同意した。「視界には入れているけれど、目を合わさないように気をつけているのかもしれませんけど」

「バーで待ち合わせをしておきながら接触しない、目も合わせないって、一体どういうことだ?」本宮が苛立ったようにいう。

「目的は、お互いの存在確認じゃないでしょうか」新田は二つの動画を指した。「仲間が打ち合わせ通りにこのホテルに来ているかどうか、自分の目で確かめているわけです。来なかったら、計画が狂いますからね」

「なるほど」

「ただ、それだけではないと思いますがね。赤の他人を装いつつ、見えないところでコンタクトを取っているんじゃないでしょうか」

「見えないところって?」

「これです」新田は神谷良美の手元を指した。「スマートフォンです。先程から頻繁に触っていますが、森元とメッセージのやりとりをしている可能性があります」

「そうか。その手があったな」

それからしばらく全員で画面を見つめた。神谷良美と森元雅司に、特に大きな動きはない。どちらも酒のおかわりを注文したぐらいだ。

「ちょっとストップ」梓が部下に動画の静止を命じた。「映像を戻してちょうだい。五分ぐらい前まで。そう、そのあたり。動かしてみて」

画面では神谷良美がスマートフォンを操作していた。森元のほうも、相変わらずぼんやりと自分のスマートフォンを見つめている。

「神谷良美の手をよく見てください。この動きは、メールやSNSのメッセージなどを打つ際のものです。はい、今、送信しました。そしてスマホを置く」

画面では神谷良美が梓の解説通りの動作をしていた。スマートフォンをテーブルに置いた後、カクテルグラスを持ち上げた。

その後、目立った動きはなかったが、再び神谷良美がスマートフォンを手に取った。画面を眺めた後、またしてもメールやメッセージを打つ動きをした。

ここです、と梓がいった。

「わかりますよね。神谷良美は誰かにメッセージを送り、それに対する返事が届いたので、また何かを打ち返しているように見えます。ところがこの間、森元のほうに動きは全くありません。彼はスマートフォンを眺めているだけです。さらに彼の眼鏡をよく見てください。何かの光がレンズに反射しています。しかも色が変わります。スマートフォンの画面だと思われます。光の色が変わるのは動画だからです。森元は動画を見ているのです。神谷良美がメッセージをやりとりしている相手は森元ではありません。残念ながら、新田警部の推理は外れたようです」そういって勝ち誇ったような笑みを向けてきた。

悔しいが反論できなかった。新田は鼻の上に皺を寄せた。

「相手が森元じゃないのなら、メッセージの相手は誰なんだ？」本宮が訊いた。

わかりません、と梓は答えた。

「もう一人の仲間と思われる前島隆明かもしれませんし、私たちが把握していない別の仲間かもしれません。あるいは事件とは全然関係のない人間だという可能性も、もちろんあります」

「いずれにせよ、神谷良美と森元雅司がバーに入ったのは、やっぱりお互いの存在確認だったってことか」

「あの二人だけとはかぎりません」梓はいった。「今もいいましたけど、前島隆明以外にも仲間がいる可能性があります。だとしたら、あのバーで同様に存在確認をしていた可能性があります」

「ほかの客の中に仲間がいたかもしれないってことか」本宮は目を見張った。

「御心配なく。バーにいた客は全員撮影済みです」梓がさらりといった。「宿泊客なら部屋に戻ったでしょうから、防犯カメラの映像と照合すれば部屋番号がわかります。身元が判明したらお知らせします」ノートパソコンを閉じ、ひょいと持ち上げた。「撮影した動画が必要なら、いつでもいってくださいね、新田警部。喜んでお貸ししますから」

新田は、ぐっと奥歯を噛みしめた。何かいい返したいが、言葉が思いつかない。

「それでは私たちは、まだやることがありますので」梓は出入口に向かって歩きかけたが、すぐに足を止めて振り返った。「いい忘れましたが、私はこちらのホテルに部屋を取りました。もちろん自費で、です。１４０６号室ですから、何かありましたら内線電話を使っていただいても結構です」

ではよろしく、と続けて再び歩きだした。部下たちもついていく。

「やれやれ、なんて女だ」本宮がしかめっ面をした。「だけど頭は切れる」

「まあ、そうですね」その点は認めざるをえなかった。

「もうこんな時間か。俺は仮眠室に行く。自腹でホテル代を出す余裕なんてないしな。おまえも休んでおいたほうがいいぞ。明日は大変な一日になりそうだからな」

「わかっています」

本宮が出ていくと、ほかには誰もいなくなった。新田はネクタイを緩め、ホワイトボードを見上げた。宿泊予約者リストがマグネットで留めてある。それを手に取った。逮捕歴がないと確認できた者の名前は線で消してある。だが半分近くは残っている。

入り口のほうから、かたんと物音が聞こえた。振り返るとドアが遠慮がちに開き、能勢が顔を出した。

「あれっ？　警察署に行ったんじゃなかったんですか」

ホテルの仮眠室は数に限りがあるので、多くの捜査員は所轄の警察署に泊まることになっているのだ。

「たぶん新田さんは起きておられるだろうと思ったら、じっとしていられなくなりましてね」能勢が近づいてきた。またしてもレジ袋を提げている。「さっきは缶コーヒーでしたが、そろそろこういうものがいいのではないかと」レジ袋から取り出したのは缶入りハイボールだ。

ありがたい、といって新田は受け取った。プルタブを引き上げ、ごくりと飲む。炭酸の刺激が全身の細胞を生き返らせてくれるようだ。

「私も失礼して」能勢は缶ビールを飲んだ。「うーん、たまりませんな」

「おたくの係長さんには、してやられましたよ」

能勢は、にやりと笑った。「バーでの隠し撮りの件ですか」

「もう聞いたんですか。早いな」

「命令も報告も迅速に、が我が係のモットーです。うるさいほどにメッセージが入ります」

「能勢さんがいってた通りだ。たしかに優秀な警察官だとは思います。あのルール違反すれすれのやり口には賛成できないけれど」

「この先も、賛成できないことがいろいろと出てくると思いますよ」

意味ありげな言い方が気になった。

「たとえば？」

「わかりません。あの方の考えることは予想不可能です」能勢はレジ袋から二本の魚肉ソーセージを出してきた。「いかがですか？」

「いただきます。能勢さんがそういうんじゃ、俺には手に負えないな」ソーセージのフィルムをはがしながら新田はいった。

「それにしても思わぬ事態に発展しましたねえ」能勢がホワイトボードを眺め、ため息をついた。

「全くです。ほんの十二時間前には、こんなことになるなんて夢にも思いませんでした」

十二時間前は、稲垣に呼ばれて警視庁本部の会議室に向かっていた。

「恨みを晴らしたい相手のいる複数の人々が協力し、当事者の代わりに復讐を果たしていく。その間、当事者は完璧なアリバイを作る——よくまあ思いついたものです」能勢がソーセージ片手にいった。「この一連の事件を名付けるとしたら何でしょうかね。互助会復讐殺人事件、助け合い天誅《てんちゅう》事件……はは、どれもこれもぱっとしませんな。新田さんがおっしゃったローテーション殺人が、やっぱり一番しっくりきます」

「互助会、助け合い、ローテーション……か」そう呟いた後、新田は小さく首を捻った。

能勢が顔を覗きこんできた。「何か引っ掛かることでも?」

「いや、本当に俺たちの推理は当たってるんだろうかと思って」

「妥当な推理だと思いますがね。どこが気に入らないんですか?」

新田はホワイトボードを見上げ、首を傾げた。

「なぜこの三人は偽名を使ってないんでしょう。犯罪を計画しているのなら、ホテルの記録に名前が残るのは避けたいはずです」

「その点は私も疑問に思いました。もしかすると、偽名を使うのはかえってリスキーだと考えたのかもしれません」

「どういうことですか」

「もしこのホテルで殺人事件が起きた場合、警察は当然宿泊者全員の身元を調べます。

偽名を使っている人物がいたら、その人物の正体をあらゆる手を使って暴くことになります。防犯カメラの映像を調べれば、最低限、顔は確認できます。そのことを考えれば下手に偽名などを使わないほうがいい、と判断したんじゃないでしょうか」

「担当する警察は、これまでに起きた事件を調べている捜査陣とは別のグループのはずだから、神谷良美や森元雅司、前島隆明の名前が宿泊者リストにあっても、被害者と無関係だと判明したなら、それ以上深く調べることはない――そう考えたというわけですね」

「違うでしょうか」

「その可能性は俺も考えたんですが……」新田は腕組みをした。「連中は警察が何も気づかないとでも思っているんでしょうか。これほどの短期間に連続して殺人事件が起きれば、それぞれの捜査本部が情報交換するかもしれない、関係者のリストも共有されているかもしれない、とは考えませんか」

「要するに新田さんは、ローテーション殺人が警察に見破られることを犯人たちは想定していないのか、と不思議に思っておられるわけだ。それに対してはこうお答えするしかありませんな。想定していないから犯行に及んでいる、と」

「殺害方法を一致させたら警察は同一犯による連続殺人だと断定するに違いない――犯人たちがそう信じ込んでいるとしたら、警察もずいぶん舐《な》められたものです」

「それはローテーション殺人だと見破ったからそう思うだけではないでしょうか。パズルの答えを知っている人間は、その難易度を正しくは評価できないものです」

「そうだといいんですが、じつはもう一つ引っ掛かっていることがあるんです」

「何でしょう?」

「ローテーション殺人は、理論的にはあり得ると思います。ただ、実際にうまく機能するんだろうか、という疑問が浮かぶんです。たとえば最初に殺されたのは入江悠斗で、彼に恨みを抱いていた神谷良美にはアリバイがありました。つまり彼女の代わりに、森元雅司や前島隆明らが復讐を果たしたということになります。次に森元の憎んでいた高坂義広が殺害されましたが、今度はその犯行に神谷良美が加わっていたわけですよね」

「そうですね。ローテーションですから。持ちつ持たれつ、です」

「引っ掛かるのは、そこです。神谷良美としては、入江悠斗への恨みを晴らすという目的は果たされているのですから、その後は逃げるという手もあると思うんです。何だかんだと理由をつけて犯行に加わらないってことは考えなかったんでしょうか」

「いやあ、それはだめですよ」能勢はいった。「みんなが協力して、自分のために仇《かたき》を討ってくれたんです。それを裏切るなんてことは、いくら何でもできないと思います」

「わかっています。だから神谷良美が裏切らなかったのが不思議だといっているわけじゃありません。ただ、裏切るという選択肢もあったといいたいんです。誰もが律儀に約束を守ってくれるとはかぎらない。自分の目的が果たされたら、とっとと関係を断ち、行方をくらますかもしれない。ほかの仲間たちは、それを心配していないのでしょうか？」

能勢は腕組みをし、うーむ、と唸《うな》った。

「相当にしっかりとした信頼関係があってこその犯罪計画であることはたしかですね。裏切れないような何らかのシステムが構築されているのかもしれません」

「裏切れないシステム……それはどんなものですか？」

「裏切ったら報復を受ける、とか」

新田は眉根を寄せた。「暴力団や半グレならともかく、皆、一般人ですよ」

「そうですねえ。となればやはり、絆《きずな》でしょうかね。彼等には、愛する者を奪った張本人たちが正当な裁きを受けていないという共通の思いがあります。それが強い絆となって全員を団結させている。そう考えるしかないんじゃないですか」

「絆、ねえ……」

本当にそれだけだろうか。それだけで、こんな大計画を成立させられるだろうか。

「神谷良美が二番目と三番目の犯行に関与しているのだとしたら、彼女には両日のアリバイがないはずですね」

「そうなりますね。でも新田さん、今、本人にそれらの日のアリバイを尋ねるのはまずいですよ」

「もちろんです。共犯関係に警察が気づいていることを教えるようなものですからね」

「わかっておられるのなら結構です。どうも失礼いたしました」能勢は納得したように頷き、再び缶ビールを口に運んだ。

新田は気弱で非力そうな神谷良美の容姿を思い浮かべた。彼女がナイフを握り、大の男に向かっていく姿など想像できなかった。犯行に関与していたとしても、おそらく実行犯ではないだろう。

ただし神谷良美の復讐心についてなら容易に想像がついた。これまでの捜査で、彼女が植物状態になった息子をいかに献身的に看護していたかは明らかになっている。在宅で勤務を続けながら、二十四時間息子のそばにいて、体調管理、排泄《はいせつ》、栄養補給といった世話をしていたらしい。同じ姿勢を続けていたら床ずれが生じるので、時折身体を動かしてやらねばならない。どの作業も一人だけでは大変だったはずだ。

ところが神谷良美をよく知る人々は、彼女が弱音を吐く姿など見たことがない、と口を揃えていう。むしろ息子の世話が唯一の生き甲斐《がい》だとさえ語っていたらしい。懸命に看病を続ければ、いつかきっと目を覚ます日が来ると信じていたそうなのだ。

しかしその願いが叶えられることはなかった。事件から約一年後、彼女の息子は肺炎が原因で亡くなった。

その時の悲しみは、どれほどのものだったか。

神谷良美の口から犯人少年に対する憎しみの言葉を聞いた者は、今のところ見つかっていない。だが何とも思っていなかったわけがない。変わり果てた息子の世話をしながら、犯人少年に対して様々な思いを巡らせていただろう。それを爆発させずに済んでいたのは、ともかく息子が生きているからではなかったか。

だがその息子の命が消えた。それによって改めて憎悪の炎が復活したことは十分に考えられる。民事訴訟を起こそうとしたのも、その一環ではなかったか。

訴訟は断念したが、その過程で犯人少年の身元を摑んだ。名前は入江悠斗で、少年院送致されていた。

そこまでで神谷良美は満足しただろうか。納得できただろうか。自分ならどうするだろう、と新田は考えた。その立場にならないとわからないが、少なくとも、すべて忘れて切り替えられるとは思えなかった。それはおそらく何年経とうが変わらない。

入江が少年院を出て、何食わぬ顔で働いていると知ったら、どんな気がするか。愛する息子の悲劇と比較し、理不尽な思いに襲われても不思議ではない。

そんな時、ローテーション殺人に誘われたならどうか。

神谷良美にとって渡りに船の計画なのはたしかだ。若くて体力のある入江悠斗の殺害など、彼女一人の力では到底無理だったろうからだ。

先程能勢がいった、絆という言葉を反芻《はんすう》した。皆さんが力を合わせて私の代わりに復讐を果たしてくださったのだから、私もがんばらないと——神谷良美の今の心境は、そういうものなのだろうか。

胸に生じた釈然としない思いは、ハイボールの力を借りても消えてくれなかった。

8

スマートフォンのアラームが鳴っていることに気づき、何かの間違いではないかと新田は思った。寝る前にセットしたのは確かだが、まだそんなに時間は経っていないはずだ。ベッドに横になって目を閉じたのは、ついさっきなのだ。

だがスマートフォンの時計には、セットした通りの時刻が表示されていた。午前六時半だ。あっという間に四時間以上が過ぎたらしいが、眠った感覚はまるでなかった。

シャワールームに行くと、本宮が出てくるところだった。ランニングシャツにスラックスという出で立ちだ。髪は濡《ぬ》れていて、首にタオルを掛けている。おはようございますと新田が挨拶すると、おう、と返してきた。

「仮眠室のベッド、硬いな。背中が痛くなっちまった」

「俺はそんなことを感じる暇もなかったです」

「なんだそれは。身体が若いってことをいいたいのかよ」本宮は口を尖らせる。

「そんなわけないでしょ。俺だって、おっさんですよ」

「ふん、ちっともそんなふうに思ってないくせに、嫌味な野郎だな」

「なんで朝っぱらからそんなに不機嫌なんです？」

するると本宮は片方の眉を上げ、新田を見た。「おまえ、メールを見てないのか？」

「メール？」

「梓からだよ。おまえのところにも届いてるはずだ」

「あっ……気づかなかったな」

「全く、むかつく女だよ」そういって本宮は歩いていった。

シャワーを浴び、歯を磨いてから仮眠室に戻り、スマートフォンを確認した。やはり梓からメールが届いていた。次のようなものだった。

『昨夜、バーにいた客の名前がすべて判明しました。神谷良美と森元雅司以外の宿泊客は、全員本日チェックアウトする模様です。したがって、本件とは無関係である可能性が高いと思われます。とりあえずお知らせしておきます。七係　梓』

メールの受信時刻は午前二時二十五分になっていた。梓と部下たちは、あれから防犯カメラの映像と隠し撮り動画を見比べ、宿泊客を特定していったのだろう。本宮が不機嫌な理由がわかった。女性警部の仕事の早さを見せつけられた気分なのだろう。新田としても、あまり愉快ではなかった。

上着とネクタイを手にし、会議室に行った。すでに何人かの捜査員がいて、パソコンに向かったり、書類を調べたりしている。朝食を摂っている者もいた。机の上に置かれた段ボール箱に、弁当やサンドウィッチなどが入っていた。誰かが買ってきたらしい。

おはようございます、と部下の関根が挨拶してきた。早くもベルボーイの制服に身を包んでいる。「管理官から電話がありました。午前九時頃にいらっしゃるそうです。到着したら、まずは報告を聞きたいとのことでした」

「そうか。だけど、どうしておまえに電話してきたんだろう」

「係長たちは疲れてまだ寝ているだろうから、とおっしゃってました。特に新田は今日、徹夜になるかもしれないから、今のうちにゆっくり寝かせてやれと」

新田は顔をしかめた。冗談には聞こえなかった。

「そんなふうにならないことを祈るしかないな」サンドウィッチと紙パックの牛乳を段ボール箱から出し、空いている椅子に腰を下ろした。

「係長は何時頃《いつごろ》からフロントに立たれますか」関根が訊いてきた。

「午前中は立たない。チェックアウトする客に用はないからな。しかし午後になったら立ったほうがいいかもしれない。チェックインは午後二時からだが、犯人の仲間たちが早めに到着し、レストランやロビーで時間を潰す可能性はある」

「じゃあ、自分もそのタイミングでいいですか」

「構わないが、いつでも出られる用意はしておけ。神谷良美や森元雅司がベルデスクに何かを頼むかもしれない。そうなったら、おまえの出番だ。部屋に入れるチャンスなんて、めったにないからな」

「了解しました」

「絶対に刑事だとばれるなよ。おまえの歳《とし》のベルボーイが新米だなんてことはあり得ないからな」

「そう思うんなら、もっと若い奴《やつ》にやらせてください」

「ベルボーイは難しい。教育している時間がない。文句をいうな」

スマートフォンに着信があった。富永だ。すぐに電話を繋いだ。

「神谷良美が部屋を出て、一階に下りました。レストランに入っていきます」

「おまえは今、どこにいる？」

「ロビーです。レストラン内を見渡せる場所です」

「見張ってるのは、おまえだけか」

「うちの係ではそうです」

その言い方で状況が呑《の》み込めた。「七係の者がいるのか？」

「はい。男女の捜査員が、カップルを装って店に入っていきました」

おそらく昨夜バーに入った二人だろう。また隠し撮りをする気らしい。

「そのままそこにいろ」新田は電話を切り、本宮さん、と呼びかけた。「神谷良美が朝食を摂りに出ました。一階のレストランです。森元に動きはありますか」

「今のところこっちにはない。だけどルームサービスも頼んでないようだから、いずれは朝食を――いや、ちょっと待ってくれ」電話がかかってきたらしく、今度は本宮がスマートフォンを耳に当てた。「本宮だ、どうした？……四階か。……わかった、誰かそばに行かせろ。……えっ？……馬鹿野郎、好きなもんを食えといっとけ」電話を切り、新田を見た。「森元が部屋を出た。四階の日本料理の店に入ったそうだ」

「四階？　どうして今朝《けさ》は別々なんだ」

するとまた新田のスマートフォンに着信があった。やはり富永だ。

「七係の捜査員の片方が店を出ました。男性の刑事です。何となく慌てている様子です」

わかった、といって新田は電話を切った。おそらく梓から指示が出て、四階の日本料理店に向かったのだろう。森元を隠し撮りするために違いない。

「お互いがホテルに来ていることは昨夜バーで確認したから、今朝はもう同じ店に入る必要はないってだけじゃないのか」本宮がいったが、特に自信がある様子でもない。

新田はネクタイと上着に手を伸ばした。「念のため、神谷良美の様子を見てきます」

ロビーに行くと柱のそばに富永が立っていた。オープンスペースのレストランをじっと見つめている。新田は歩調を変えずに近づいていき、富永のそばで足を止めた。「どんな感じだ？」部下の顔は見ないで、周りを眺めるふりをして尋ねた。

「神谷良美は奥のテーブルでモーニングセットを食べています」

「ずっと一人か？」

「そうです」

「電話をかけたり、かかってきたりした様子は？」

「こちらから見たかぎりではなかったと思います。ただしテーブルに置いたスマホは、時折いじっています」

「七係の捜査員は？」

「神谷良美の二つ横のテーブルにいる女性です」

絶好のポジションで隠し撮りをしているらしい。

「わかった。おまえは誰かと交代して、警備員室で防犯カメラの監視をしてくれ。容疑者たちの位置と行動を確認して、変化があったらその都度連絡してくれ」

「了解です」

富永がスマートフォンで電話をかけるのを目の端で捉えたまま、新田はレストラン内を見渡した。たしかにこの位置からなら、奥の席についている神谷良美の姿がよく見えた。彼女は食事をしながら、頻繁にあちらこちらに視線を走らせている。誰かを捜しているように見えなくもない。

二つ横のテーブルについているのは、やはり昨夜バーでも隠し撮りをしていた女性捜査員だった。コーヒーカップの横に、小さな黒いものが置かれている。遠いので何かはわからないが、おそらくスパイカメラだろう。ほかの客は無論のこと、本物のホテルスタッフに気づかれたら一大事だ。

ふっと吐息を漏らしつつ何気なくロビー内に視線を移し、ぎくりとした。いつの間にか梓がいる。ソファに座り、タブレットを睨んでいるのだ。驚いたのは、その姿だ。ホテルの制服を着ているのだった。

新田は足早に近寄り、彼女の斜め後ろに回った。予想通り、タブレットには二つの動画が映っている。一方は神谷良美の、もう一方は森元雅司の様子をリアルタイムで撮影しているものだった。双方を見比べ、連携の有無を確かめているのに違いない。

新田は梓の背中に近づき、お客様、と耳元に囁《ささや》きかけた。梓は振り返り、目を吊《つ》り上がらせた。その顔に向かって、新田は続けた。「そのお召し物は、どちらで調達なさいましたか。当ホテルの制服に大変よく似ておりますが」

梓は不愉快そうに眉間に皺を寄せた。「ホテルマンには見えないとでも?」

「ホテルマン?　御冗談でしょ」新田は大きくのけぞってみせた後、真顔に戻って再び顔を近づけた。「どこの世界に、ロビーのソファにふんぞり返ってタブレットをいじっているホテルスタッフがいますか。しかも勤務中に。コスプレを続けたければ、さっさと立ってください」

　梓は新田の顔を睨みながら、立ち上がった。「これで御満足？」

「ちょっとこっちに来てください」

「どこへ行くんですか。私はここで――」

「いいからついてきてくださいっ」

　新田は早足で歩き、バックヤードに出るスタッフ用のドアを開けた。梓が不服そうな顔でくぐるのに続き、廊下に出た。壁際には備品などが、ずらりと並んでいる。

　新田は正面から梓を見た。

「もう一度、同じことを訊きます。その制服はどうされました？」

「決まってるでしょ。新田警部と同じで、潜入捜査用にホテルから支給されたものです」

「それはおかしい。七係から潜入捜査に加わるのは女性捜査員一名だけのはずです」

「そうです。でもその者には、ほかに重要な任務ができましたから、代わりに私が制服を着ることにしたのです。幸い、サイズもぴったりでした」

「重要な任務とは？」

「客のふりをして神谷良美を見張るという仕事です」

レストランで隠し撮りをしている女性捜査員のことらしい。

「梓警部、あなたはトレーニングに参加していない」

「トレーニング？」

「昨夜、宴会場で行われた本物のスタッフによるトレーニングです。言葉遣いや立ち振る舞い、お客様に接する際の重要点などを学びました」

「ああ、あれね。大体のことは部下から聞きました。要するに上品に振る舞えということでしょう？　大丈夫です。それぐらいはできます。大人ですから」

「ホテルの仕事を甘くみないでください。お客様はよく見ています。あなた一人のせいでホテルの口コミが星五つから星ひとつに転落したら、どう責任を取るつもりですか」

「また先輩気取りですか、新田警部。そんなにホテルの仕事が大事なら転職なさったら」

「捜査のためにいってるんです。いいですか。捜査員がホテルスタッフに化けていることに気づいたら、犯人グループはきっと計画を変更します。でも断念するのではなく、延期するだけでしょう。その場合、次の動きを摑める保証はないんです」

「そんなことはいわれなくてもわかっています。御心配なく。こんな格好をしていますけど、ふつうの客には決して近づきません。怪しい客がいた場合に、なるべく近くから監視したいだけなんです」

新田は、客ではなくお客様、という言葉が頭に浮かんだが、さすがに口には出さなかった。

「新田警部、いいたいことは以上ですか。それなら私は仕事に戻りたいのですが。管理官も、そろそろいらっしゃるでしょうし、報告の準備もしなければ」

もう一つ、といって新田は人差し指を立てた。「隠し撮りは今後も続けるつもりですか」

「もちろんです」梓は臆する気配など微塵《みじん》も見せない。「効果的な情報入手手段だと思っています。ホテルに設置された防犯カメラだけでは、細かい動きをチェックできないし、死角も多いですから。メールをお送りしましたが、昨晩、バーにいた客全員の身元を確認できたのも、部下が撮影した動画の成果です」

「そうかもしれませんが、明らかに違法です。ホテルに無断で防犯カメラを、しかも巧妙に隠して設置するのと同じことです」

「だったら新田さんがホテル側と交渉してください」

「無駄です。認めてくれるわけがない」

「どうしてですか」

「万一、お客様に気づかれたら極めてまずいからです。隠し撮りをするホテルだとSNSに書き込まれたら、評判が地に堕《お》ちます」

「ホテル側は知らなかったことにすればいいじゃないですか」

「それをそのお客様が信用してくれるという保証はないし、御承知の通り、SNSで情報が拡散する際には必ず尾ひれが付きます。それがどんなものであれ、ホテルにとっていいことは何ひとつない。どうしても交渉してほしいというのなら、総支配人に掛け合ってもいいです。でも今いった理由で、総支配人は絶対に認めない。それどころか、レストランやバーのスタッフたちに、怪しい行動を取っている者がいたら、たとえ警察官であろうと注意してやめさせるよう命じるに違いありません。さらに下手をすれば、今後一切の協力を拒まれるかもしれない」

　梓は黙り込んだ。しかし納得したわけでないことは、反駁《はんばく》の気配を濃厚に感じさせる目を見れば明らかだ。

「理解していただけるとありがたいのですが」

　梓は、つんと鼻先を上げると、「考えておきます」といってドアを開け、ロビーに入っていった。

9

　関根がいっていた通り、稲垣は午前九時ちょうどに現れた。事務棟の会議室で、捜査報告がなされることになった。とはいえ、めぼしい成果などは何もない。強いていえば神谷良美と森元雅司の行動確認だが、昨夜バーに入った以外、どちらも目立った動きはない。

「バーでは、どんな様子だった」稲垣が訊いた。声が不機嫌そうなのは、捜査に進展がないからだろう。

「それについては私から報告させていただきます」梓が手を挙げた。「部下二名を店内に送り込み、神谷良美と森元雅司の一挙一動を撮影しました。後で分析しましたが、両名がスマートフォンなどで何らかのやりとりをしていたとは思えません。さらに先程、二人は朝食を摂りに部屋を出ましたが、入った店は別です。それぞれの店に部下を送り込み、昨夜と同様に行動を撮影しました。まだ分析は済んでいませんが、私が見たところ、スマートフォンを触るタイミングが合わず、やはりやりとりはなかったものと思われます。私からは以上です」

「二人がバーに入った目的は何かな?」稲垣が新田のほうに顔を向けた。

「正直いって、わかりません。共犯者が来ているかどうかの確認ではないか、とも考えられますが……」

「共犯者の確認……か」

梓が、はい、とまた挙手した。

「バーにいたほかの客の身元は判明しています。全員、本日チェックアウトの予定です」

「つまりその場には二人以外の共犯者はいなかった、ということだな」

「そう思います」

稲垣は何度か頷いてから、会議室内を見回した。「ほかに報告すべきことはあるか」

発言する者はいない。

「わかった。では俺から報告だ。三つの事件で使用された凶器の分析が済んだ。同じ砥石で研がれた可能性は極めて高い、ということだ。つまり、単独犯かどうかは不明ながら、これは間違いなく連続殺人事件だ。そしてこれから四つ目の事件がこのホテルで起きようとしている。それを肝に銘じた上で、全員、持ち場に戻ってくれ。勝負は明日の朝までだ。難しい捜査だが、緊張感を持って臨んでくれ」

はい、と揃った声が会議室内に響き渡った。

新田は梓や本宮たちが離れていくのを見届け、「ちょっといいですか」と稲垣にいった。

「なんだ?」

「梓警部のやり方ですが、俺には賛成できません」

「隠し撮りのことか」

「はい。ホテル側に知られたらまずいです」

「梓は利口な女だ。そんな下手は打たんだろう」

「あの人がそうであったとしても、部下がヘマしたらどうするんです？　実際にカメラを操作するのは捜査員たちです」

「もしホテル側にばれたら、一部の捜査員が勝手にやったことだといえばいい」

「それで藤木さんが納得すると思いますか。今後一切捜査には協力しないといわれたらどうするんです？」

「このホテルで何かあったら困るのは、藤木さんだって同じだ。そんなことはいわんだろう。過去の事件でもそうだったじゃないか。なんだかんだいっても、警察を当てにしているんだ。そういう狸《たぬき》だよ、あの人は」

「だけど客が隠し撮りに気づく危険性があります。その場で騒ぎだしたら、犯人たちに警察の存在を気づかれるおそれがあります」

「そういう時のために、おまえたち潜入捜査官がいるんじゃないか。その客を即刻外に連れ出し、事情を説明して口止めするんだ。氏名と連絡先を聞き出しておけば、捜査の邪魔をすることはないだろう」

「捜査の邪魔はしないかもしれないけれど、事件解決後に顚末《てんまつ》をネットに書き込んだら、違法捜査だと世間から非難されます」

「おまえも知っていると思うが、隠し撮りを禁ずる法律はない。せいぜい条例があるだけだ。それに表に出さなきゃ問題にはならない。無視しておけばいい。よくあることだ」

「だけど――」

ホテル側に迷惑がかかるかもしれないじゃないですか、といいかけて口を閉ざした。おまえはどっち側の人間だといわれるに決まっている。

「どうした？　まだ何かいいたいのか」

「いえ、何でもありません。失礼します」稲垣に敬礼し、新田はその場を離れた。

富永に電話をかけた。容疑者たちの監視を優先し、会議には出なくていいといってある。

新田が現在の状況を尋ねると、「今、係長に連絡しようとしていたところです」と富永はいった。「神谷良美は朝食を済ませてレストランを出た後、一旦部屋に戻りました。モニターを見ていたら、ついさっき出てきて、今度は一階のティーラウンジに入った模様です。西崎《にしざき》がロビーで見張っているはずですが、今のところ特に目立った動きはないとのことです」

西崎も新田の部下で、一番の若手だ。

わかった、といって電話を切り、新田はネクタイを締め直した。

ロビーに行くと、西崎がティーラウンジのそばにある柱にもたれ、スマートフォンを操作していた。正しくは操作するふりをしていた、というべきか。マウンテンパーカーにジーンズという格好で、学生だといっても信用されるかもしれない。

新田は西崎に目配せしただけで近づかず、ティーラウンジを見た。レストランと同様、こちらもオープンスペースなので、外から店内を眺められる。

神谷良美は入り口に近い席に座っていた。テーブルにはティーカップとスマートフォンが並んでいる。しかし彼女はスマートフォンを手にすることはなく、しきりにロビーのほうを気にする素振りを見せている。

新田はロビーに視線を移した。広々とした空間に、いろいろな人々が点在している。その中には客に扮した捜査員もいる。先程までレストランで神谷良美を隠し撮りしていた七係の女性捜査員は、すました顔でソファに座っていた。膝に置いたバッグに隠しカメラが仕込まれているのかもしれない。

スマートフォンに着信があった。本宮からだ。

「新田です。どうかしましたか」

「森元雅司が部屋を出て、エレベータに乗った。どうやら一階で降りる模様だ」

「わかりました。確認します」新田はスマートフォンを耳に当てたまま、エレベータホールの見える位置に移動した。

やがてエレベータホールからスーツ姿の森元雅司が現れた。下にワイシャツを着ているが、ネクタイは締めていない。どこかに出かけるわけではなさそうだ。しかしビジネスリュックを手に提げている。

森元は立ち止まり、しばしロビーを見渡した後、ゆっくりと移動を始めた。やがて腰を落ち着けたのは、隅にあるソファだ。リュックからノートパソコンを取り出し、テーブルに置いた。しかしモニターを開いただけで、作業を始める気配はない。その目は、フロントや正面玄関に向けられている。

新田は神谷良美を見た。だが彼女が森元を気にしている様子はない。

しばらく二人の動きを観察した後、新田は事務棟に向かった。

会議室に入り、稲垣に状況を報告した。

「どういうことだ。一体、二人は何をしているんだ」稲垣は首を傾げた。

「ターゲットを捜してるんじゃないかと思うんですが」

「ターゲット？　つまり、連中が殺そうとしている相手ってことか」

はい、と新田は頷いた。

「神谷良美も森元雅司もスマートフォンやパソコンを使うふりをしているだけで、その目は頻繁に周りに向けられています。誰かを捜しているようにしか思えません。昨夜二人がバーに入ったのも、それが目的だったんじゃないでしょうか。ターゲットは昨日からこのホテルに泊まる可能性があり、そのことを摑んでいたんじゃないかと思います」

「なるほど、それは大いに考えられるな。――本宮」稲垣は部下と打ち合わせ中の本宮を呼んだ。「宿泊客の身元確認はどうなっている?」

本宮がファイル片手にやってきた。

「ホテル予約者名と運転免許証のデータベースとの照合は、同姓同名が極端に多いものを除き、ほぼ終わりました。免許証の特定ができた者の中に重大な犯歴のある者は見当たりません。ただし、あくまでも予約者だけなので、同行者の身元は不明です。複数人での宿泊予約を入れている客が、今夜は二百組以上います」

「二百か」稲垣は顔を歪めた。「免許証の特定ができていないのは何人だ?」

「七十八人です。ついでにいえば、その半分以上に同行者がいます」

「そんなに多いのか」

「今夜はクリスマス・イブですから、カップルや家族連れが多いんです」

稲垣は、うんざりした様子で頰杖《ほおづえ》をついた。

「そうすると身元確認ができていないのは、全部合わせて何人ってことだ?」

「ざっと三百五十人ってところですね」新田が暗算の結果を答えた。

稲垣は頰杖を外し、がっくりと項垂《うなだ》れた。「お手上げだな。笑うしかない」

「電話会社からの情報提供はまだですか」

「急いでもらっているが、今の話を聞いたかぎりでは、それだけを当てにするわけにはいかんだろう。何とかして、宿泊者の身元を割り出せないものか……」

その時、新田のスマートフォンに着信があった。見ると藤木からだった。失礼します、と稲垣に断ってから電話に出た。

「新田です。何かありましたか」

「いえ、そうではないんですが、ちょっとお話ししておきたいことがありまして。今、こちらに来ていただくことは可能でしょうか」

「こちらというのは総支配人室ですか」

「そうです」

「わかりました。今すぐ伺います」

電話を切り、稲垣に事情を話した。

「藤木さんが？　何の用かな」

「苦情でなきゃいいんですけどね。客に化けてロビーに居座ってる捜査員たちの目つきが悪すぎる、とか」

「その場合は、とりあえず謝っとけ。向こうは苦情をいいたいだけだ。で、それを黙って聞くのも、おまえたち管理職の仕事だ」

中間管理職のね、と胸の内で呟きながら、わかりました、と新田は答えた。

事務棟を出て、ホテルに戻った。バックヤードの廊下を通り抜け、総支配人室に行った。ドアを二回ノックする。どうぞ、と声が聞こえた。

新田はドアを開け、失礼します、といって頭を下げた。奥の机に総支配人の姿があり、手前に誰かが立っていると気づいたが、後ろ姿なので誰かはわからない。とりあえずドアを閉めてから、改めて前を向いた。

背を向けているのはセミロングヘアでスーツ姿の女性だった。机の向こうで座っていた藤木が笑みを浮かべて立ち上がった。

「お忙しいところをお呼び立てして申し訳ありませんでした。しかしどうしても紹介しておきたい人物がようやく到着したものですから、一刻も早くと思いましてね」

意味深長な台詞に新田は当惑した。どういうことですか、と尋ねようとした時、女性が振り返った。彼女の表情にも微笑があった。

新田は一瞬混乱し、声を失った。何度か瞬きした後、どうして、と呟いていた。

「幽霊でも見たような顔ですね、新田さん」女性が愉快そうにいった。「それとも、どこの誰なのか、すっかりお忘れなのでしょうか」

「もしそういうことなら、私から改めて紹介させていただきますが」藤木が口元を緩めた。

「いや、その、もちろん覚えています」新田は深呼吸をひとつしてから彼女に近づいていった。「どうしてここにあなたが？」

「私が呼びました」藤木が真剣な目を向けてきた。「彼女の力が必要だと思いましたから」

新田は彼女——山岸尚美《やまぎしなおみ》の顔を見つめた。切れ長の目に勝ち気そうな光が宿っているのは、何年か前に会った時と変わっていないが、上品な笑みを唇にたたえた表情には気品が増していた。年齢と共に経験も重ねたのだろう。

「お帰りなさい」新田は、なぜかこんな言葉を口にしていた。

10

自分は所用があるので、といって藤木は部屋を出ていった。たぶん気を利かせてくれたのだろう。せっかくなので甘えることにした。来客用のソファで、新田は山岸尚美と向き合った。

「空港から直接こちらに？」壁際にスーツケースが置いてあるのを見て、新田は尋ねた。

はい、と山岸尚美は快活に答えた。

「総支配人から電話をいただいたのは、真夜中でした。君の力が必要なので、大至急帰ってきてもらいたい、関係各所には自分から説明する、とおっしゃいました。詳しい事情は後ほどメールで送るから、機内で読んでくれたらいい、と」

「それですぐに空港に？」

「はい。わけがわからなかったんですけど、余程のことなのだろうと思い、大急ぎで支度をしました。コルテシア・ロサンゼルスの従業員用宿舎から空港までは約十分です。午前四時の成田《なりた》行きに乗りました」

ロサンゼルスと日本の時差は十七時間だから、山岸尚美は日本時間で昨夜の午後九時に発《た》ったわけだ。飛行時間が約十一時間ということも、かつてロサンゼルスに住んだことのある新田は知っている。本日の午前八時頃に成田に到着し、手続きを終えてここに直接来たということらしい。

ああそうだ、といって山岸尚美は腕時計を外した。針を合わせている。時差を修正しているようだ。

「時計が変わりましたね」新田はいった。「以前はお祖母《ばあ》様の形見の時計を使ってたと思いますけど」

「よく覚えておられますね。その通りです。あの時計は壊れてしまって、ロサンゼルスに行った後、新しく買いました。やっぱり正確な時計は便利です。おかげで搭乗時刻ぎりぎりまでコーヒーを飲んでいられました」

「大変でしたね。疲れてないですか」

「全然疲れてないといえば嘘になりますけど、そんな場合ではないでしょう？」山岸尚美は口元の笑みを消さないが、その目は緊急事態を理解していることを語っていた。

「で、詳しい事情はメールで読んだんですか」

「読みました。正直いって、目眩《めまい》がしそうになりました。またしても殺人事件に巻き込まれるなんて」

「二度あることは三度あるといいますけどね。でもこちらのホテルでよかったと思っているんです。警察との連携には慣れておられるはずだから」

「それは甘いです。ホテルというのは、人の入れ替わりが激しいんです。過去の事件を経験している者が何人残っているか。だから総支配人は私を呼んだのです。新田さんがおっしゃったように、警察との連携役として」

「非常に助かります。たしかに殆どのスタッフが知らない顔です。マネージャーの方も過去の事件を経験しておられず、不安そうな様子でした。それで誰を頼りにしていいかわからず、戸惑っていたところでした」

「お役に立てるかどうかはわかりませんけど」

「あなたがいるといないじゃ大違いだ。よろしくお願いします」新田は頭を下げた。

「それで今はどういう状況なんですか。一般人に話せる範囲で結構ですから、教えていただけるとありがたいんですけど」

「どこまで御存じなんですか」

「私が知っているのは、恨みを晴らしたい人々が力を合わせて、それぞれの復讐を当人以外の者が共犯で果たしているらしい、ということです。これまでに起きた三つの事件の被害者は、いずれも過去に人を死なせた経歴のある人物で、その時に亡くなった人たちの遺族には事件当日のアリバイがある。そしてその三人の遺族が、今夜このホテルに宿泊予定だとか」

新田は目を見開いた。「相変わらず、大したものですね」

「何がでしょう？」

「複雑な内容を理解し、整然と説明できる能力のことです。ホテル・コルテシア・ロサンゼルスからお呼びがかかるだけのことはある」

山岸尚美は顎を引き、窺うような目を向けてきた。

「新田さん、それ、本気でいってます？　冷やかしじゃなく」

「もちろん本気です。俺なんかじゃあ、とてもそんなふうにはまとめられない。現在の状況をほぼ過不足なく説明しているといっていいです。付け足すとすれば、その状況から我々捜査陣がどのように対応しようとしているかです」

「是非お聞きしたいですね」

「突き止めるべきポイントは二つです」新田は右手の中指と人差し指を立てた。「ひとつ目は、誰の命が狙われているのか、ということです。おそらく今夜の宿泊客だと思われますが、過去に人を死なせた経歴の持ち主だという以外、今のところ手がかりは全くありません。そういう人物は日頃から偽名を使っているケースも多く、特定するのに手こずっています」

「そうでしょうね。二つ目のポイントは？」

「彼等が手を結ぶことになったきっかけは何か、出会いの場はどこか、ということです。物理的な人間関係に関しては、すでに徹底的に調査が行われていますが、これまでのところ、繋がりは何ひとつ見つかっていません。おそらくネットだろうということで、関連サイトやＳＮＳを調べているところです」

山岸尚美は眉をひそめて頷いた。

「御存じだと思いますけど、アメリカでは殆どの犯罪にインターネットが絡んでいます。捜査当局はあらゆる手を使って取り締まりを図っていますけど、すぐにそれを上回る高度な技術が生み出されて、いたちごっこ状態だとか」

「そういうたちの悪い技術が日本にも流れてきて、それを悪用する輩《やから》がいるわけですが、残念ながら対抗できる能力が警察には乏しい。悩ましいところです。とはいえ頭を抱えてばかりでは始まらないので、可能なかぎり探る努力はしています」

「そうですね。がんばってください、としか私にはいえませんけど。とりあえず重要な二つのポイントについては理解しました」

「いや、山岸さん、二つ目の話はまだ終わっていません。遺族たちがどこで出会ったかを突き止めると同時に、はっきりさせるべきことがあります。それは仲間は何人いるのか、ということです。三人の遺族が誰かの命を狙っているのだとしたら、彼等の仲間が最低でも、もう一人どこかにいることになります。今回のターゲットとなる人物に、愛する人の命を奪われた遺族です。ただしその人物は、今日、このホテルには現れませ ん」

「そうでしょうね、アリバイを作っておく必要がありますから」

「だけど手を組んだのが、その人物を含めた合計四人だけとはかぎらない。五人か六人、あるいはもっと多いかもしれない。つまり名前が判明している三人以外にも、宿泊客の中に仲間がいる可能性があるわけです」

　山岸尚美は険しい顔つきになり視線を落とした。「三人以外にも……」

「そのことは藤木さんにも話しました」

「メールには書いてなかったです。そうですか……。そういうことなら、私が想像していた以上に事態は深刻みたいですね。じつはメールを読んだ時には、過去の事件より対策は取りやすいのではないかと思ったんです。三人の容疑者が判明しているのなら、とにかくその人たちの動きを監視していればいいんじゃないか、と。命を狙われているのが誰なのかはわからなくても、十分に対処できるのではないか、と」

「藤木さんも、最初はそういう認識でした。でもそれで済むなら、俺がこんな格好をしたりはしません」新田は上着の襟を摑んだ。

「それもそうですね。相変わらず、よくお似合いですけど」

またしても同じことをいわれたが、新田は聞き流した。

「共謀していると思われる三人の名前は把握していますか」

「いえ、細かいことは何も」

新田は手帳に三人の名前を書き、ページを破って山岸尚美に渡した。さらに三人が、過去にどういう事件に巻き込まれて愛する家族を失ったのかを手短に説明した。同情する気持ちが少なからず湧いたのだろう、山岸尚美の顔に苦悶《くもん》の色が滲《にじ》んだ。

「神谷良美と森元雅司の二人については、昨日からずっと監視をつけてあります。今のところ目立った動きはありません。まだ標的となる人物が来ていないのではないかとみています。いずれにせよ、前島隆明が来てからが彼等にとっての本番だと思われます」

「そしてもしかすると、ほかの共犯者も乗り込んでくるかもしれないわけですね」

「その通りです」

山岸尚美は頭痛を抑えるかのように右手の指先でこめかみを押してから、新田を見て頷いた。

「状況は大変よくわかりました。チェックインタイムの午後二時までには、まだ少し時間がありますけど、私もすぐに準備します。現在のスタッフたちと顔合わせをしたり、変更されているシステムを把握しておく必要もありますし」

山岸尚美が立ったので、新田も腰を上げた。さらに、「よろしくお願いします」といって頭を下げた。

彼女は驚いたように目を見張った後、にっこりと笑い、「こちらこそ、よろしくお願いいたします」と丁寧にお辞儀を返してきた。洗練された本物のホテルマンの佇《たたず》まいだった。

11

事務棟で着替えを済ませてから、尚美は久我の席まで挨拶に行った。久我は目を細めて立ち上がり、握手を求めてきた。

「よく帰ってきてくれた。助かったよ」

「どこまで力になれるかわかりませんけど、私の数少ない経験を生かせるのならと思っています」

いやいや、といって久我は意味ありげな笑みを浮かべた。

「数は少なくても、君の場合、濃密な経験をしているからね」

部長、と尚美は久我を睨みつけた。

「その台詞は少々デリカシーに欠けているのではありませんか。二度も殺されかけた人間にかけるには」

「ははは、たしかにそうだ。失礼」そういってから久我は真顔に戻った。「フロントオフィスには、もう顔を出したのかね？」

「いえ、これからです」

「それなら一緒に行こう」

二人で事務棟を出て、ホテルに向かった。途中、久我はロサンゼルスでの様子を尋ねてきた。新型コロナウイルスが蔓延《まんえん》していた頃は大変だったことなどを尚美は話した。

「初期の頃なんて、マスクの正しい使い方を知っている人のほうが少なくて、説明するのに苦労しました。ひどい方になると、グループで使いまわしたりするんです」

「そりゃたまげるね」

通用口からホテルに入った。フロントに新田の姿はない。チェックインが始まるまでは立つ必要がないと思っているのだろう。

ロビーを横切りながら人々の様子を窺った。週刊誌を広げている壮年の男性がいる。

おそらく捜査員だろう。ほかにもそれらしき人物がちらほらと目につく。うまく説明できないが、過去の経験から雰囲気でわかるのだ。

フロントに立っている安岡という男性スタッフは尚美の知っている人物だった。当時は新人だったが、今は落ち着きが感じられる。安岡は尚美を見て、にっこりと笑いかけてきた。彼女が戻ってきていることや、その事情は聞いているようだ。

事務所に入ると懐かしい気持ちに包まれた。一見したところ整理整頓が行き届いているようだが、机の上の小さな乱れ具合などが、この職場の忙しさを語っている。何もかもが最後に見た時とあまり変わっていないようだった。

ひとりの男性が駆け寄ってきた。これまた尚美の知っている人物だった。何年間か一緒に仕事をしたこともある中条という先輩だ。久我によれば、現在はフロントオフィス・マネージャーを務めているらしい。

「お帰りなさい、山岸さん。いやあ、助かった」中条は心底救われたという顔で胸をなで下ろすしぐさをした。「刑事事件で警察と連携するなんて初めての経験だから、右往左往していたところなんだよ」

「戸惑われるのは当然だと思います」

尚美は新田の言葉を思い出した。マネージャーの方も不安そうだった、と彼はいっていた。中条のことだったらしい。

「山岸さんが来てくれたなら百人力だよ。新田警部は僕に連絡役をしてくれとかいうんだけど、こっちはこっちでほかにやらなきゃいけないことがいっぱいあるしね。言い訳に聞こえるかもしれないけど」

言い訳半分、本音が半分といったところだろう。

「おっしゃっていることはよくわかります。新田警部とは気心が知れていますから、何とかやってみます」

「それを聞いて安心したよ。とりあえず現在のスタッフを紹介しておこう」

中条は、事務所にいる者を呼び集め、尚美を皆に紹介した。とはいえ、知っている顔も少なくない。男性フロントクラークの川本《かわもと》は、過去に事件が起きた時もこの職場にいた。向こうも覚えていて、またよろしくお願いします、と頭を下げてきた。

「では山岸さん、ここから先は任せていいかな」それぞれの紹介を終えてから中条が尋ねてきた。

「大丈夫です。ありがとうございました」

よかった、といってから中条は久我に一礼し、自分の席に戻っていった。その歩みは軽やかだ。厄介な仕事から解放されたと安堵しているのだろう。何かあったとしても責任を問われるおそれがなくなったわけだから、当然といえば当然だ。

もしかするとそういう狙いもあったのかもしれない、と尚美は思った。万一何らかのトラブルが生じた際には、ホテル側も責任を問われるだろう。警察との連携役をしていたのは本来のスタッフではなく、外部から招聘《しょうへい》した者だったということにすれば、世間からの風当たりが少しは弱まるかもしれないと考えたのではないか。

まさかとは思う一方で、あの人物にはそういうしたたかな一面もあるしな、と尚美は藤木の顔を思い浮かべた。

「どうかしたのか？」尚美が急に黙り込んでしまったからか、久我が訊いてきた。

「いえ、何でもありません」

「とにかくよろしく頼むよ。何かあったらいってくれ。今夜は僕もぎりぎりまで残っているつもりだから」

「わかりました。よろしくお願いいたします」

じゃあ、といって久我は事務所から出ていった。

彼と入れ違いに二人のスタッフが入ってきた。ひとりは安岡で、もう一人は尚美の知らない女性だった。胸に付けられた名札には『田中《たなか》』とある。

「あっ、山岸さん、早速相談したいことができちゃったんですけど」安岡は救いを求める目になっている。

「どうかした？」

「いや、その、こちらは警察の方なんですけど、部屋を見せてほしいとおっしゃるんです」安岡は隣の女性を手のひらで示した。

尚美は改めて女性のほうを向いた。どうやら潜入捜査官の一人らしい。どことなくキツネを思わせる風貌だが、一応美人の部類に入るだろうか。年齢は尚美よりも上に見える。

「部屋というのは？」尚美は訊いた。

「マエジマタカアキが予約した部屋です」女性はいった。よく響くハスキーボイスだ。

「マエジマ様……ですか」

尚美はポケットからメモを取り出した。新田から受け取ったものだ。三人の容疑者の一人が『前島隆明』という名前だった。

尚美はメモをポケットに戻しながら安岡を見た。「その部屋は、もう決まってるの？」

「いえ、まだです。スタンダード・ツインのシングルユースというだけで……」

「だから早く決めていただきたいんです」女性捜査官は鋭い目を尚美に向けてきた。

「捜査のためです。今すぐにお願いします」

「部屋を決めて、どうなさりたいんでしょうか」

女性捜査官は怪訝そうな目を尚美の顔と名札に向けてきた。「あなたは？」

「申し遅れました。山岸といいます。現在はコルテシア・ロサンゼルスで勤務しておりますが、過去に当ホテルで事件が起きた際、警察との連携役を任されましたので、急遽呼ばれた次第です」

「ああ、あなたが。そうですか。このホテルで過去に事件があったことは聞いています。私は警視庁捜査一課のアズサです」そういって警察手帳を出し、すぐに戻した。梓、という名字だけがちらりと確認できた。

「梓さん、なのですね。田中さん、ではなく」尚美は相手の名札を見た。

「これは部下が着る予定だった制服で、名札もそのままになっているだけです。そんなことより、早く前島隆明に泊まらせる部屋を決めて、我々に確認させていただけませんか。容疑者がどんな部屋に泊まるのか、把握しておく必要があります」

尚美は時計で時刻を確認した。すでにチェックアウトタイムの十二時は過ぎている。

「そういうことでしたら、これからハウスキーパーが清掃を始めますから、その時に御覧になったらいいと思います」尚美は梓に微笑みかけた。「スタンダード・ツインは、どの部屋も間取りはほぼ同じです」

「清掃済みの部屋はないんですか」

「今日の清掃はこれからだと思います。昨夜、使われなかった部屋ならあると思いますが」

「だったら、前島隆明にはその部屋をあてがってください」

わかりました、といって尚美は安岡に視線を移した。「部屋を選んできて」

「なるべく高層階を」梓が注文を付け足した。

はい、と返事をして安岡は出ていった。

「なぜ高層階を？」尚美は訊いた。

「容疑者が動いた時、少しでも時間的余裕がほしいからです。高層階なら移動にも時間がかかるでしょ？」

「なるほど……」

尚美は中条のほうをちらりと見た。気弱なフロントオフィス・マネージャーは、ノートパソコンに向かっている。その顔がこちらに向けられる気配は全くない。関わらないでおこう、と心に決めているかのようだ。

梓は腕組みをし、細かく身体を揺らしながら細い目を尚美に向けてきた。「ロサンゼルスではどんな仕事を？」

「私のこと……でしょうか？」

「ほかに誰がいるの？　向こうのホテルでもフロント業務を？」

「主にはそうですが、コンシェルジュの手伝いをすることもあります」

コンシェルジュ、と梓は呟いた。「ふうん、優秀なんだ」

「そんなことはございません」

「そうは思ってないでしょ。自信満々って顔に書いてある」

尚美は笑みを作った。「ホテルマンが自信のない顔をしていては、お客様が不安をお感じになりますから」

「あっ、そう」梓は白けたように横を向いた後、改めて見つめてきた。「差別はどう？　されなかった？」

「人種差別ですか。全くないとはいえません。それをうまく受け流して――」梓が首を横に振り始めたので、尚美は言葉を切った。

「そっちじゃなくて男女のほう。女ってことで苦労したことはない？」

「ああ……それもゼロではありません。でも日本に比べれば、ずいぶんと人々の意識が違うなあと思うことは多いです」

「そうなんだ。恵まれた環境でよかったわね」

「おかげさまで職場は快適です」何なのだこの人は、と思いながら尚美は答えた。どうしてこんなふうに絡んでくるのか。

ドアが開き、安岡が入ってきた。「この部屋でどうでしょうか。十一階です」メモを差し出した。そこには『１１０５』とボールペンで記されている。「現時点では、条件に合致する部屋はこれより上の階にはありません」

「その部屋で結構」梓がいった。「すぐにキーを用意してください」

はい、といって安岡はまた出ていった。

「どうされるんですか」尚美は訊いた。

「さっきもいったでしょ。部屋の中を確認するの」いつの間にか、尚美に対しての言葉遣いがぞんざいになっている。

「失礼ですが、その目的は何でしょうか。ハウスキーパーに扮した刑事さんが、清掃時に立ち会うことは聞いています。でもそれは異変がないかどうかを目で確かめるだけで、たとえばお客様の荷物に触れるようなことは決してないと伺っています。まだお客様が入っておられない部屋の、一体何を確認するというんですか」

「それをあなたが知る必要はありません。こちらの指示通りにしてくれればいいの」梓の早い口調には、明らかに苛立ちが含まれ始めていた。

梓の狙いはわからないが、どうやら厄介な話だ、と尚美は感じた。軽々しく承諾するのはよくない。

ひと呼吸置いてから唇を開いた。

「潜入捜査に関しては、新田警部が指揮を執っておられると伺っております。この件は新田警部も御承知なのでしょうか」

するとか梓は目を見開き、顎を上げた。

「私は新田警部の下にいるわけではなく、独自の判断で動いています。一応いっておくけど、私も警部よ。今は私の指示にしたがってちょうだい」

「お言葉ですが、そういうわけには参りません。容疑者といっても、まだ疑いがあるというだけですよね。つまり私共にとっては、ほかのお客様と同じです。その方がお使いになる予定の部屋にスタッフ以外の者を先に入れるわけにはいきません。どうしてもということであれば、目的をお聞かせください」

梓は唇を真一文字に閉じ、鋭い目を向けてくる。尚美は顔をそらさず、正面から受け止めた。

安岡が入ってきて、「キーを用意しましたけど」といってカードを見せた。

梓は冷めた顔でカードキーに目を向けたが、手を伸ばそうとはしなかった。

「その1105号室は前島隆明のために取っておいてください。決して、ほかの客にあてがわないように。いいですね？」

「部屋には入らなくていいんですね」尚美は訊いた。

「仕方ないでしょうね。一般人に捜査内容を明かすわけにはいきませんから」そういうと梓は出入口に近づき、ドアを開けた。だが外に出る前に振り返った。「これだけはいっておきます。捜査に口出しせず、おとなしく協力しないと後悔するわよ」

「協力はいたします。ただし、すべてのお客様が快適に過ごせることを前提に――」

尚美の言葉が終わる前に、ばたんとドアは閉じられた。

12

腕時計の針が間もなく午後一時を示そうとしているのを見て、新田は席を立ち、会議室を出た。フロントに立つ前に身なりを整えておこうと思ったのだ。

トイレの鏡に向かってネクタイを結び直しながら、気掛かりなことを振り返った。少し前に梓が戻ってきて、稲垣に何やら耳打ちしていたのだ。その顔は険しく、明らかに機嫌を損ねている様子だった。何かあったのだろうか。

ネクタイの位置を修正してから、やれやれとかぶりを振った。いよいよこれから本番だというのに、身内に振り回されているようでは先が思いやられる。まずは自分のすべきことに集中するだけだ。

それにしてもあの女性が駆けつけてくれたのはありがたい——新田は山岸尚美の顔を思い浮かべた。ロサンゼルスにいる彼女が急遽帰国することなどあり得ないと決めつけていたから、最初からまるで期待していなかったのだ。警察のやり方に慣れている人間がホテル側にいるのといないのとでは、捜査の効率が大違いだ。稲垣に報告したところ、それは朗報だ、と満足そうだった。

鏡に映った自分の姿を眺め、フロントクラークとしての外見には問題ないだろうと納得すると、トイレを出て会議室に戻った。いくつかの資料を確認した後、外にいる部下に指示を出そうとスマートフォンを握りしめたところで、新田、と稲垣から呼ばれた。

「ちょっと来てくれ」

新田は近づきながら、すみません、と謝った。

「ホテルで待機中の部下に指示を出したいんです。先にそれを済ませていいですか」

「ハウスキーパーの件か」

「そうですが」

「その話をしようと思っているところだ」

稲垣にいわれ、新田はスマートフォンを持っていた手を下ろした。「何ですか」嫌な予感がした。

「現在、神谷良美と森元雅司の両名は、それぞれ別の場所で昼食を摂り始めたようだ。つまり部屋の清掃をするチャンスだ」

「わかっています。だから指示を出そうとしているんです」

ハウスキーピングに立ち会うことになっているのは、新田の部下である岩瀬《いわせ》という女性刑事だった。

「交代させる」稲垣が素っ気なくいった。

「えっ？　交代というのは……」

「ハウスキーピングに立ち会う捜査員を変更するといってるんだ。おまえの部下は呼び戻していい」

「待ってください。なんで急にそんなことに……。誰と交代させるというんですか」新田がそこまでしゃべったところでスマートフォンが鳴った。表示を見ると岩瀬からだった。

ちょっとすみません、と稲垣に断ってから電話に出た。「新田だ。どうした？」

「係長、じつは今、七係の巡査部長が来て――」

清掃時の立ち会いを自分と交代するようにいわれた、というのだった。誰の指示かと問うと、管理官だと相手は答えたらしい。

「わかった。そのまま待機していてくれ。こちらから折り返す」新田は電話を切り、稲垣を見下ろした。「交代は梓警部がいいだしたことですか」

「決定したのは俺だ」

「どうしてですか。俺の部下だと頼りなくて信用できないとでもいうんですか」

「そんなことはいってない」

「だったら、どうしてですか。七係の捜査員なら何か特別な働きでもすると――」そこまでしゃべったところで、はっとした。閃いたことがあった。「管理官、もしかして」

「何も訊くな」

新田は腰を屈め、稲垣に顔を近づけた。

「単なる立ち会いではなく、神谷良美や森元雅司の荷物を調べさせる気ですね。ハウスキーパーたちの目を盗んで」

「俺からは、そういう指示は出していない」稲垣はぶっきらぼうにいい放った。

「指示はしていないけれど客の荷物に触れるな、ともいっていない――そうですね？」

稲垣は、げんなりしたように口元を曲げた。

「梓には、やり方は君に任せるといっただけだ」

新田は舌打ちしそうになったが、辛うじて堪《こら》えた。

「忘れたんですか。前の事件の際、本宮さんがそういうことをやって、総支配人から猛抗議を受けました」

「忘れてないから梓のところでやらせるんじゃないか。おまえの部下だと、万一の時、言い逃れができないからな。仮にホテル側から何かいわれても、おまえは知らぬ存ぜぬで押し通せばいい。梓が勝手にやったことだといえ」

「俺は別に責任逃れをしたいわけじゃなくて――」

「いいたいことはわかっている。だけどな新田、今は一刻を争う時だ。何としてでも連中の尻尾を摑まなきゃいけない。きれい事をいってる場合じゃねえんだ」

「それはわかってますけど」

「ハウスキーパー役の部下に電話をかけろ」稲垣は、新田が持っているスマートフォンを指した。「時間が惜しい。ぐずぐずしていたら、神谷や森元が部屋に戻る。これは命令だ。早くしろ」

新田はスマートフォンを握りしめ、呼吸を整えてから岩瀬に電話をかけた。待ちわびていたらしく、一回の呼出しで繋がった。

「新田だ。管理官に確認した。七係の捜査員と交代してくれ。着替えを終えたら富永たちに合流だ」

わかりました、という返事を聞き、電話を切った。稲垣を見ると、どこかに電話をかけている最中だった。この話はこれで終わりだ、と背中が告げていた。

新田はゆらゆらと頭を振り、その場を離れた。これ以上の議論は無意味だと諦めた。いくらいっても稲垣は翻意しないだろう。時間がないのは事実なのだ。

会議室を出て階段を下り、事務棟を出たところで、新田、と背後から声が聞こえた。本宮だった。身体を寄せてくる。

「気持ちはわかるが、我慢しろ。管理官だって、やりたくてやっているわけじゃない」

どうやらやりとりが耳に入っていたらしい。

「それはわかっています。だから指示に従いました」

「だけど内心じゃ納得してないだろう。それが心配なんだ。次に何かあったとしても、ブチ切れるんじゃねえぞ。おまえは警察の人間なんだ」

　気になる台詞に、新田は本宮を見返した。

「何ですか、次にって？　この上、まだ何かあるとでもいうんですか」

「あるかどうかはわからねえけど、釘《くぎ》を刺しておかなきゃいけないと思うからいうんだ。いいか、絶対に暴走するなよ」

「暴走してるのは、あの女警部でしょ」

「あの女は冷静だよ。だからああいうことができる。とにかく勝手な真似《まね》はするな。これはおまえの係だけの事件じゃねえ。どんなにやり方が気に食わなかろうが、手を組むしかねえんだ。わかったな」

　新田は小さく頷いた。「心に留めておきます」

「頼むぜ」そういって本宮は手の甲で新田の胸を軽く叩き、事務棟に戻っていった。

　ホテルに向かいながら富永に電話をかけ、岩瀬を合流させることを話した。

「岩瀬はハウスキーパーじゃないんですか」

「状況が変わったんだ。岩瀬には女性客に化けるよう指示してくれ」

「了解です」

「神谷良美と森元雅司の動きはどうだ？」

「二人とも一階のレストランで昼食を摂っています。西崎に見張らせていますが、そういうことならタイミングを見て岩瀬と交代させましょうか」

「そうしてくれ」新田は電話を切り、スマートフォンをポケットに戻しながらホテルの通用口をくぐった。

ロビーは賑わっていた。土曜日だからか、子供連れの者も目立つ。クリスマス関連の催しがいくつか行われているから、宿泊以外の目的で訪れる者も多いのだろう。

フロントに向かってロビーを横切りながら、レストランに目を向けた。神谷良美は朝とは違う席にいた。オレンジジュースの入ったグラスだけがテーブルに載っている。昼食は済んだのかもしれない。

森元雅司は、神谷良美からはかなり離れたところに座り、コーヒーカップを傾けていた。見たところ、やはりお互いの存在を意識しているようには思えなかった。

神谷良美が立ち上がった。伝票を手にし、レジカウンターに向かっている。部屋に戻るようだ。

彼女が会計を済ませてエレベータホールに消えるのを見届けてから、新田はフロントに向かった。山岸尚美が安岡と何やら話しているところだった。

新田は二人に向かって、よろしくお願いします、と改めて挨拶した。こちらこそ、と彼等も丁寧に頭を下げてきた。

「神谷様は、部屋にお戻りになったようですね」山岸尚美がいった。彼女も神谷良美の様子を観察していたのだろう。容疑者でも、神谷様、と呼ぶところはさすがだ。

「部屋の清掃は無事に終わったのかな」新田は端末のモニターをチェックしようとした。

「大丈夫、終わっています」山岸尚美がいった。「ついさっき連絡がありました」

「連絡？」

「神谷様や森元様の部屋の清掃が完了したら教えてほしい、とハウスキーパーに頼んでおいたんです」

「ははあ……ええと、それは何のために？」

新田が訊くと山岸尚美は微妙な笑みを浮かべた。隣で安岡が気まずそうに俯《うつむ》いた。

「気を悪くしたらごめんなさい」山岸尚美がいった。「きちんと約束を守っていただけたかどうか、確かめるためです」

「約束？」

「部屋の清掃に刑事さんが立ち会うことは聞いています。室内の様子を見せるところまでは総支配人も許可したとか。でもお客様の荷物に触れるのは絶対にNGです。それには稲垣さんも新田さんも了承されたはずですよね。約束とは、そのことです」

「ハウスキーパーは何と？」

山岸尚美は、こっくりと頷いた。

「立ち会った刑事さんは荷物には指一本触れなかった、といっておりました。ハウスキーパーたちは作業をしながらも、決して荷物から目を離さなかったので確かだと」

「そうだったんですか……」

ごめんなさい、と山岸尚美は繰り返した。

「新田さんを信用してなかったわけではないんですけど、もしかすると独断で勝手なことをする刑事さんもいるかもしれないと思って」

「それはまあ、刑事には変なやつも多いことは否定できません。そうですか、立ち会いの刑事は悪さをしませんでしたか」

「はい、そのようです」

「それはよかった」答えつつ新田は釈然としなかった。だったらなぜ梓は、稲垣に直談《じかだん》判《ぱん》してまで自分の部下を立ち会わせたがったのか。

「でも刑事さんには、やっぱり強引な方もいらっしゃいますね。男性だけでなく女性にも」

「女性？」

「一時間ほど前、梓さんという警部さんから少々無理なことを頼まれました。丁重にお断りしたところ、機嫌を損ねられたみたいで」

「梓警部は何を？」

「本日チェックインされる前島様の部屋を早く決めてほしいといわれましたので、昨夜未使用だった部屋を用意したところ、今すぐにその部屋を見せてほしいとおっしゃるのです。ところが目的をお尋ねしても、教えてくださいません」

「まだ前島が入っていない部屋を見せろと？」

「はい。捜査のためなんでしょうけれど、具体的な目的を教えていただけないとなれば、こちらとしてはお断りするしかありません。警察にとっては容疑者かもしれませんけど、ホテルにとっては現時点では大切なお客様の一人にすぎないわけですから」

この女性ならそう対応するだろうな、と新田は合点した。多くのスタッフの中でも、とびきり生真面目《きまじめ》なのだ。

あっ、と安岡が声を発した。「あの男性が……」レストランを見ている。

森元雅司が会計を済ませ、レストランから出てくるところだった。そのままエレベータホールに向かっている。部屋に戻るのだろう。

「森元様の部屋も清掃は終わっています」山岸尚美がいった。「そちらもハウスキーパーに確認しましたが、刑事さんが荷物に触れるようなことはなかったそうです」

「そうですか……」

新田は考え込んだ。やはり梓の狙いがわからない。前島が入る予定の部屋を見せろといったことと関係があるのか――。

突然、ひとつの可能性に思い至った。新田は息を呑んだ。

「山岸さん、前島にあてる予定の部屋というのは何号室ですか」

「1105号室ですけど」

「1105……十一階ですね。すみません、ちょっと失礼します」

新田は後方のドアを開け、事務所に入った。そのまま通り抜けてバックヤードの廊下に出ると、従業員用エレベータに乗った。

降りたのは十一階のフロアだ。廊下では二人のハウスキーパーがワゴンに向かって作業をしているところだった。すみません、と声をかけながら近づいた。念のために上着の内側から警察手帳を出した。

「このフロアに刑事が来ませんでしたか」

新田の質問に、二人は頷いた。

「ハウスキーパーの制服を着た女の刑事さんがいらっしゃいました」年嵩《としかさ》と思われる女性が、自分の襟を摘《つま》みながらいった。

「もしかして、1105号室を見たい……と?」

はい、と彼女は答えた。

「容疑者が泊まる予定の部屋からどういう景色が見えるかを確認したい、とかで」

「景色？　それで中を見せたんですね」

「お見せしましたけど……」女性スタッフの顔に不安の色がよぎった。

「刑事が確認したのは景色だけでしたか」

「ベッドの下も覗き込んでおられました。何かを隠せるかどうかを調べただけ、とおっしゃってました」

「ベッドの下、ね。ほかには？」

「それだけです。お礼をいって、すぐに出ていかれました」

「わかりました。どうもありがとうございます」新田は礼をいった後、足早にエレベータホールに向かった。

嫌な予感は確信に変わっていた。梓の狙いがわかった。山岸尚美に断られたので、ハウスキーパーに当たったのだ。潜入捜査官からの指示なら怪しまれないと踏んだのだろう。

エレベータに乗り、十四階で降りた。大股で向かった先は１４０６号室だ。ドアの前に立ち、チャイムを鳴らした。

様子を窺うような気配があり、ドアが開いた。ハウスキーパーの制服を着た女性が立っていた。もちろん本物のホテルスタッフではなく、七係の捜査員だ。

「梓警部は？」新田は訊いた。

「少々お待ちください」そういって彼女は一旦ドアを閉めた。

十秒ほどして、またドアが開いた。どうぞ、とハウスキーパー姿の女性がいう。

新田は部屋に足を踏み入れた。二つのベッドのほか、ソファやテーブル、ライティング・デスクなどが備わっているデラックス・ツインだ。

梓はソファに座り、足を組んでいた。隣には男性刑事がいる。彼の前には黒い機器が置かれ、そこに繋がれたヘッドホンを装着していた。

デスクにも別の装置が置かれ、その前に刑事がいた。彼もまたヘッドホンを付けている。

「もっと早くいらっしゃるかと思っていました」梓が澄ました顔でいった。

「盗聴器はベッドの下、ですか」新田は女性警部を睨みつけた。「見つかったら、大変なことになります」

「正確にはベッドの裏。貼り付けてあるんです。本物のハウスキーパーが改めて掃除をし直したって、たぶん見つからないでしょう」

「梓警部、あなた、自分が何をしてるかわかってるんですか」

「違法捜査だと騒ぎたいのなら、お好きにどうぞ。ただしそれは事件が解決してからにしてください。今、私にとっての最優先事項は、犯人たちの計画実行を阻止することです。それとも新田警部は、そうではないんですか」

「このことを管理官は知ってるんですか」

「私の部下を清掃に立ち会わせてもらえたなら、容疑者たちに関する情報をより多く得るアイデアがあります、とだけいいました。すべて私の責任において行います、とも」

盗聴という言葉は出していない、ということだろう。しかし稲垣は気づいている。そしておそらく本宮もだ。「次に何かあったとしても、ブチ切れるんじゃねえぞ」の台詞は、この事態を予想してのものだったらしい。

「新田警部が、ここにいらっしゃったことは私の胸の内に留《とど》めておきます。部下たちにも他言しないよう命じておきましょう。だからここで行われていることについては、知らぬ存ぜぬで押し通してくださって結構です」

「そんなことを気にしてるわけじゃない」

「だったら、一体何が問題なのですか」梓が冷笑を向けてきた。

「盗聴をやめる気はないんですね」

「はい。このゲームにルールはないと思っています。勝つためなら何でもやります。もっと確実にゲームに勝てる方法がある、とおっしゃるのなら話は別ですけど」

「そのために我々が潜入しているんですがね」

「だけど容疑者たちの部屋には入れないでしょ？　私にいわせれば潜入捜査官は――」

少し間を置いてから梓は続けた。「役立たずのままでゲームオーバーを迎える可能性が高いと思っています」

隣の部下の口元が一瞬緩んだように見えた。ヘッドホンをしていても、やりとりが耳に入っているのか。

新田はため息をついた。

「ホテル側には絶対に気づかれないように注意してください」こういうしかなかった。

「わかっています。誰かが密告でもしないかぎり、気づかれることはありません」梓が鋭い目を向けてくる。おまえもバラすんじゃないぞ、といいたいようだ。

その時、テーブルに置かれたスマートフォンが震えた。梓が手に取り、耳に当てた。

「梓です。……いつ頃？……ああ、そう」部下が何かを報告してきたらしい。

新田は踵を返し、入り口に向かいかけた。すると、新田警部、と梓が呼びかけてきた。立ち止まり、振り返る。「何ですか」

「前島隆明を尾行している部下からの連絡です。前島が自宅を出たそうです。自分の車を運転しており、方向から推測して、こちらに向かっているに違いないとのことです」

「わかりました。フロントで待ち受けます。ところで能勢警部補は今、どこで何を？」

「彼は別の任務に当たらせています。そちらもまた重要な仕事です」素っ気なく答えた。どういう仕事かを話す気はなさそうだった。

新田は無言で首を縦に揺らした後、改めてドアに向かった。

13

午後二時近くになり、デイユースやアーリーチェックインの宿泊客がちらほら訪れるようになっていた。とはいえ集中することはないので、今のところ安岡が一人で対応してくれている。尚美は横から窺っているが、不審な客は現れていない。ついさっきチェックインをした女性客は、何となく落ち着きがない感じで気になったが、デイユースで部屋がスタンダード・ダブルとわかり、安心した。おそらく男性と密会するのだろう。女性客が去った後で安岡に確認したところ、その通りです、といって彼は片目をつぶった。

「いつもは、もう少し遅い時間帯にいらっしゃいますけどね」

安岡によれば、ひと月に一度くらいの頻度で現れるらしい。相手の男性は地下の出入口から部屋に直行しているようだ、とのことだった。今日は三時間利用だから、チェックアウトは五時頃だ。土曜日、しかもクリスマス・イブの夜に家をあけるわけにいかないから昼間に逢瀬《おうせ》か、と尚美は想像を巡らせた。

現在のフロント業務については、安岡から詳細な説明を受けた。システムが新しくなっていることを除けば、尚美がいた頃と基本的に手順は変わらないようなので安心した。

ただし一点だけ気掛かりなことがあった。今夜に限り、特別なサービスがあるのだ。それは『サンタ・プレゼント』というものだった。インターネットで予約した宿泊客限定のサービスで、希望者には抽選でプレゼントが当たるのだ。当選発表は今夜の午後十時で、メールを送ることになっている。ユニークなのはプレゼントの受け取り方法で、当選者が希望時刻をメールで返せば、その時刻にサンタクロースに扮したスタッフが部屋を訪ねて直接届けるのだ。受け取り時間は午後十一時から午前四時の間となっている。チェックアウト時に受け取りを希望する場合、メールの返信は不要だ。プレゼントを届けた際、サンタに扮したスタッフと記念撮影することも可能となっている。一昨年《おととし》から始めたサービスで、これを目当てに泊まる家族が増えたらしい。子連れだと当選する確率が高いという情報がSNSで拡散したからだそうだが、デマでも何でもなく、実際にそうなのだと安岡が教えてくれた。

話を聞き、尚美は複雑な気分になった。何もない時なら、楽しくて面白そうな企画を思いついたものだと呑気《のんき》に感心していたかもしれない。しかし今の状況では話が違った。事件が起きるかもしれない夜には、特別なことはしないほうがいいように思えるのだ。もちろん今さら中止にできないという事情は十分に理解できるのだが――。

エレベータホールから新田がやってくるのが見えた。心なしか浮かない顔つきだ。

「何か変わったことはありませんか」フロントカウンターに入ってから新田が尋ねてき

た。

「それはないのですが、お耳に入れておきたいことが一点ございます。新田さんは『サンタ・プレゼント』についてお聞きになっていますか」

「『サンタ・プレゼント』？　何ですか、それは」

やはり聞いていないのだ。説明するのが面倒だと思い、中条はわざと黙っていたのかもしれない。

尚美は今夜行われる予定の特別サービスを説明した。予想通り、新田の顔は曇った。

「要するに、サンタの格好をしたスタッフが夜中に動き回るというわけですね」

「プレゼントを届けるだけなんですけど……」

「わかりました。頭に入れておきます。ほかには何か？」

特にありませんと尚美が答えると、新田は納得したように頷いてから腕時計を見た。

「三番目の容疑者である前島隆明が、自分の車でこちらに向かっているそうです。本人が現れたら教えますので、山岸さんが対応してくれますか」

「わかりました」尚美は深呼吸をした後、両手で軽く頬を叩いた。緊張して、顔が強張ってはならない。

車で来るということは、ホテルの地下駐車場に駐める気だろう。その場合、前島隆明は正面玄関からではなく、地下からエスカレータでロビーに上がってくる可能性が高かった。

「ひとつ、疑問があるんですけど」尚美は小声で新田にいった。

「何でしょうか」

「前島隆明さんというお名前は本名ですよね。ほかのお二人もそうですけど、本名で泊まっておられます。こんな言い方は変ですけど、ずいぶんと大胆ですね」

「その疑問はもっともです」新田は浮かない表情でいった。「じつは俺も気になってはいるんです。なぜ彼等は偽名を使わないのか、と」

「そうなんですか」

「それに対する現時点での推測は、ほかの事件との関連がばれていないのならば、下手に偽名などを使ったりして警察の目を引くのは得策ではないと判断したからではないか、というものです。このホテルで事件が起きれば警察は間違いなく宿泊者リストにある人物をすべて当たるし、偽名だとわかれば徹底的に調べることになりますからね」

新田の説明に尚美は納得し、首肯した。

「偽名を使っても意味がないということですね。そういわれれば、たしかにそうですよね。よくわかりました。やっぱり私のような素人が思いつく疑問なんて、すでに解決済みなんですね」

だが新田の表情は冴えない。いや、と首を小さく傾げた。

「本当に解決済みなのかどうか、じつは俺も確信があるわけではないんです。もっと別の事情があるのかもしれません。とにかく今回の事件には謎が多い。迂闊《うかつ》には何ひとつ決めつけられない状況です」

彼らしくない歯切れのよくない口調に、尚美は違和感を覚えた。それは自信のなさの表れではなく、警察官として成長し、慎重さを備えるようになった証《あかし》だと思いたかった。

そんなことを考えながら尚美が改めてエスカレータのほうを見ていたら、肩幅の広い男性が上がってきた。オープンシャツの上から臙脂色のジャケットを羽織っている。ライトブラウンのブリーフケースを提げていた。

新田が尚美の斜め後ろに立った。「前島隆明です」

はい、と尚美は前を向いたまま小声で答えた。もちろん顔には笑みを浮かべている。その笑みをフロントカウンターに近づいてきた前島に向けた。

「いらっしゃいませ。御宿泊でしょうか」

「はい。前島といいます。少し早いんですけど、チェックインできるでしょうか」大柄なわりに声が小さい。緊張しているのか、かすれ気味だった。

尚美は端末で情報を確認した。すでに部屋は決まっている。

「前島様、本日より御一泊、スタンダード・ツインをお一人様で御利用ということでよろしいでしょうか」

「結構です」

「ありがとうございます。お部屋の準備はできております。ではお手数ですが、こちらに御記入いただけますか」宿泊票を差し出した。

ボールペンで記入する前島の様子を、尚美はこっそりと窺った。白いものの交じる髪は短く整えられている。鼻の下に生やした髭《ひげ》も奇麗に手入れされていて清潔感があった。職業は何なのだろうか。ふつうの会社員という雰囲気ではなかった。

宿泊票を書き終えたようなので、尚美は支払い方法を尋ねた。前島はクレジットカードを選んだ。型通りにプリントを取らせてもらうが、本人名義のカードだった。

事前に用意してあった、１１０５号室のカードキーを手渡した。

「お部屋まで御案内いたしましょうか」

「いや、結構。ありがとう」前島は尚美に笑いかけ、フロントから離れていった。その後ろ姿から、なぜか尚美は目が離せなかった。エレベータホールに消えるまで見送っていた。

山岸さん、と新田が呼びかけてきた。「何か気になることでも？」

尚美はかぶりを振った。

「何もありません。ふつうのお客様に見えました。とても——」尚美は素早く周囲を見回し、聞き耳を立てていそうな人間がいないことを確認してから続けた。「とても人殺しを企んでいる人だとは思えません」

「殆どの犯罪者はそうです」新田はいった。「凶悪事件の犯人が逮捕された時なんか、ワイドショーでよくやってるじゃないですか。近所の住人とか、日頃から犯人を知る人々が口を揃えていうんです。そんなことをする人にはとても見えなかった、きちんと挨拶する礼儀正しい人だと思ってたってね」

「そういう話はよく聞きますけど……」

「まだ釈然としないようですね」新田は頷いてから、後方のドアを指した。「ちょっといいですか。改めてお話ししておきたいことがあります」

尚美は時計を見た。チェックインタイムの午後二時まで、まだ少し時間がある。はい、と頷いた。

「今回の事件は、かなり特殊です」事務所に入ってから新田が切りだした。「何が特殊かというと動機がです。愛する家族を失った人々が力を合わせ、それぞれの復讐を本人に代わって果たそうとしています。前島隆明は、ある事件によって娘を失っています。どんな事件だったかは、さっき話しましたよね」

「リベンジポルノの被害に遭ったお嬢さんが自殺された……と」

そうです、と新田は鋭く目を光らせた。

「犯人に下された判決は懲役三年執行猶予五年です。刑務所に入ることさえなく、最近までキャバクラで働いていました。のうのうと暮らし、反省の態度なんて微塵もなかったそうです。亡くなった娘さんの親としてはどんな気持ちでしょうか。この手で殺してやりたいと思っても不思議じゃない。その犯人は、先日殺害されました。でも手を下したのは前島ではありません。彼以外の誰かです。だから彼は今日、ここへ来ました。自分の恨みを晴らしてくれたことに対する返礼をするためです。でも本当は人殺しなんてしたくないはずです。だけどしなくちゃいけないと考えている。彼は自由が丘でレストランを経営しています。クリスマス・イブともなればかき入れ時で、従業員がいるとはいえ、店を留守にはしたくないはずです。にも拘らずこのホテルに来たのは、それだけの強い使命感があるからだと思われます。ある意味、極めて真面目で誠実な人間なのです。神谷良美や森元雅司も、おそらくそういう人間だと思います。彼等以外にも協力者がいるとすれば、その人物もまた同様でしょう。だから山岸さん、忘れないでください。今回の犯人たちは、ごくふつうの人間です。現在の精神状態はふつうではないかもしれないけれど、少なくとも見かけだけでは何もわからないと思っていてください」

淡々と語る口調は、かつて荒々しさが目立った若手刑事のものではなかった。時を経て、幾多の事件、数多くの犯罪者たちと対峙《たいじ》してきた者だから発せられる緊迫感に満ちていた。

よくわかりました、と尚美は答えた。「ごくふつうのお客様にこそ気をつけるようにいたします」

「よろしくお願いします」新田は満足そうに口元を緩めた。

そばのドアが開き、安岡が顔を見せた。「フロントをお願いしていいですか」

チェックインタイムが近づき、複数の客が現れ、ひとりでは手一杯なのだろう。はい、と尚美は答えた。

フロントに出ると安岡は男性客の相手をしていた。ほかに若いカップルがカウンターの向こうにいた。どちらも二十代半ばといったところか。男性はグレーのカットソーの上に黒革のジャケットを羽織っている。茶髪で、眉の端にはピアスが付いていた。女性のほうは金色の髪をポニーテールにし、大きなサングラスをカチューシャ代わりに頭に載せていた。なかなかの美人だが、ユーチューブで紹介されるような見事なメイクを施しているので、素顔は想像がつかない。おまけにカラーコンタクトを付けているらしく、瞳が紫色を帯びていた。着ているワンピースも華やかだ。ただし品は決して悪くない。

彼等の背後にベルボーイが控えていて、そばにはスーツケースを載せたワゴンがあった。このカップルのものらしい。

お待たせいたしました、と尚美は頭を下げた。「チェックインでございますね？」

てっきり男性が手続きをするものと思い込んでいたが、サワザキです、と女性がいった。

尚美は端末を操作し、予約者の中から適合する名字を見つけた。インターネットで予約したらしい。『サンタ・プレゼント』は『希望する』にチェックが付いていた。

「沢崎弓江《さわざきゆみえ》様でしょうか」

「そうでーす」女性は小さく右手を挙げた。

尚美は改めて端末に目を落とし、部屋タイプを確認した。さらに備考欄に記された内容を見て、少し意表をつかれた思いで顔を上げた。

「沢崎様、本日より二名様で御一泊、コーナー・スイートの御利用ということでよろしいでしょうか」

「そうそう、そのことなんですけどお」沢崎弓江はカウンターに両肘を載せた。「本当の希望は違うんです」

尚美はもう一度端末に目を落とす。備考欄には、『ロイヤル・スイートに変更希望』とあるのだった。予約時に本人が書き込んだらしい。

「空いていればロイヤル・スイートを御希望、とのことですね」

「そう。どうなんですかあ」

「少々お待ちください」

尚美は端末を操作し、空き状況を確認した。ロイヤル・スイートの欄には、『受付不可』とだけあった。今夜は使わせるな、ということだ。あの部屋を稼働させるとなれば、何かとスタッフたちの負担が増えるからだろう。ふだんならともかく、今夜は特別だ。

「お待たせしました、沢崎様。残念ながら本日は空きがございませんでした」

沢崎弓江は失望したように眉根を寄せた。「えー、そうなんだあ」

「誠に申し訳ございません」尚美は頭を下げて詫び、「ではこちらに御記入をお願いできますか」といって宿泊票を置いた。

沢崎弓江は派手なネイルアートが施された手でボールペンを手に取り、「このホテルの予約サイト、おかしいですよね」といった。

「何か不具合がございましたか」

「だって、『部屋タイプで選ぶ』っていうところから予約しようとしたのに、ロイヤル・スイートっていう選択肢がないんだもん。部屋の紹介っていうところには、画像とか間取りとかも載ってるのに」

「申し訳ございません。ロイヤル・スイートに関しましては、インターネット予約からは外させていただいております」

「どうして？」

「数が少なく、かなり早い段階でお電話などで御予約をいただき、すでに埋まっている場合が殆どだからです。インターネット御利用のお客様のお手間を取らせないためにも、予約サイトからは外したほうがいいだろうという判断でございます」

本当はもっと別のホテル側の都合——突然のＶＩＰに対応するためとか、信用できる常連客にかぎるといった理由が存在するのだが、それをここでわざわざ明かす必要はない。

「ふうん、そうなの」沢崎弓江はあまり納得していない顔つきでボールペンを動かした。余程ロイヤル・スイートに未練があるようだ。

尚美は１６１０号室のカードキーを用意すると、女性客の記入が終わるのを待ちながら、後ろにいる連れの男性をさりげなく観察した。

男性は頬がこけていて、顎も細く、不健康そうだ。しきりに周囲を見回しているが、眼窩《がんか》の奥で光る瞳には、何かを企んでいるような気配が漂っていた。

書けました、と沢崎弓江がいった。

「ありがとうございます。ところで沢崎様、今回のお支払いはいかがなさいますか。現金でしょうか、それともクレジットカードを利用されますか」

「あっ、カードで」

「さようでございますか。では誠に申し訳ないのですが、クレジットカードのプリントを取らせていただけますか」

「プリント？　今？　帰る時じゃなくて？」

「お帰りの際、別の支払い方法に変更される場合には、そのプリントは破棄いたします」

「そうか。客が逃げたらまずいもんね」

そうですともいえず、尚美は無言で笑みだけを返した。

沢崎弓江は斜めがけしていたプラダのバッグから財布を取り出すと、そこから金色のカードを抜き、はい、といってカウンターに置いた。

「お預かりします」

尚美はクレジットカードのプリントを取った。いつの間にか新田がそばにいて、手元を見つめている。カードの名義欄は、『YUMIE　SAWAZAKI』となっていた。どうやら本名のようだ。

「ありがとうございます。まずはカードをお返しします」尚美はクレジットカードを沢崎弓江に返した後、カードキーを一枚入れたフォルダを差し出した。「こちらがキーでございます。今回はエグゼクティブ・フロアでの御利用ですので、いくつか特典が付いております。詳細を記した説明書きをフォルダに入れておきますので、お時間のある時にお読みいただければと存じます。それからお荷物が届いているようです。後ほどスタッフにお部屋まで届けさせます」

はーい、といって沢崎弓江はフォルダを受け取った。

尚美はベルボーイを手招きし、もう一枚のカードキーを渡した。

「では沢崎様、どうぞごゆっくりお過ごしくださいませ」

沢崎弓江はカウンターから離れ、お待たせ、と連れの男性にいった。

すると男性は彼女の耳元に顔を寄せ、何かを囁いた。

「あっ、そうだった。忘れてた」沢崎弓江がカウンターに戻ってきた。「ルームサービスって、今ここで頼んでもいいんですよね」

「もちろんでございます。何を御所望でしょうか」

「まずはシャンパン。ドンペリのピンクをボトルで。それからフルーツの盛り合わせとキャビア」

あまりの定番に、尚美は苦笑しそうになった。せっかくクリスマス・イブをホテルで過ごすのだから、思い切り贅沢《ぜいたく》しようというわけか。しかし表情を変えることなく、「すぐにお部屋にお持ちしてよろしいのでしょうか」と尋ねた。

沢崎弓江は男性のほうを見た。「どうする？」

「いいじゃん。早く飲みたいし」

「そうだよね。——すぐにお願いします」

「かしこまりました」

「それから、ここから成田空港までリムジンバスが出てますよね。乗り場はどこですか」

「正面玄関から出ていただくと、すぐ左にバスターミナルがございます」

「時刻表ってあります？」

「ホテル内にはそういうものはございませんが、成田空港行きでしたら午前五時四十五分から十五分間隔で出ております」

「そうなんだ」

ありがとうございます、といって沢崎弓江は男性のもとに戻った。ベルボーイがスーツケースを載せたワゴンを押しながら、移動を始める。それに続いてカップルも並んで歩きだした。エレベータホールに向かう後ろ姿は楽しそうだ。

尚美は内線電話をルームサービスに繋ぎ、注文内容と部屋番号を伝えた。横では新田が沢崎弓江の宿泊票を睨んでいる。

電話を終えてから、何か、と尚美は訊いた。

「いや、今の二人、どこから来たのかなと思って。言葉に訛《なま》りはなかったでしょ」

「そうでしたね」

宿泊票の住所欄は無記入だった。インターネットで予約をした際の住所を見ると神奈川県三浦《みうら》市だった。

「近隣から泊まりに来られても不自然ではないですよ。あの様子から察すると、新婚旅行ではないでしょうか。今夜ここに泊まり、明日の朝、成田空港に向かうという予定なんだと思いますけど」

　だが新田は答えずに考え込む顔だ。

「ロイヤル・スイートって、いくらぐらいでしたっけ」

「宿泊料ですか。季節や条件によりますけど三十五万円ほどです」

「三十五万か。もし部屋が空いていたら、彼女はそれだけ払うつもりだったのかな」

「あの様子だと、そうかもしれませんね。ゴールドカードでしたから、限度額は小さくないと思いますし」

「ゴールドカードねえ……」新田は腑《ふ》に落ちないという顔つきでスマートフォンを取り出すと、電話をかけ始めた。「本宮さんですか。……宿泊客リストに沢崎弓江という名前があるはずです。免許証が確認できたら、顔写真を送ってもらえますか。年齢は、おそらく二十代……はい、全部送ってください。……いえ、ちょっと気になった程度です。……お願いします」

　新田が電話を終えるのを見て、尚美は口を開いた。

「あの若さでゴールドカードはおかしい、と思われているのなら認識を改めたほうがいいんじゃないでしょうか。親が資産家なのかもしれません」

「彼女が裕福なのは間違いないでしょう。着ているものを見ればわかる。どこのブランドかは知らないけど安物じゃない」

「あれはフェンディです」尚美は即答した。女性客の洋服をチェックしてしまうのは昔からの癖だ。「そしてバッグはプラダ。しかも新作です」

「そう、彼女は何もかも本物。でも片割れはそうじゃない」

「片割れ？」

「男のほうです。あっちは偽物でした」新田は、さらりといった。

「偽物？」

ジャケット、といって新田は服の袖をつまんだ。「フェイクレザーでした。あれはどんなに高くても二万円はしない」

尚美は瞬きした。「新田さん、革が本物かフェイクか、見ただけでわかるんですか」

「親父《おやじ》が革にうるさいんです。フェイクレザーなんか着ていたら、新田家の面汚しだとかいわれます」

「本物志向なんですね」

「単なる見栄《みえ》っ張《ぱ》りです。とにかく、さっきの二人は怪しい。新婚旅行に出かけようっていうのに、あまりにも釣り合っていない。だからまずは女性の身元だけでも確認しておこうと思いましてね。ところで荷物が届いているといってましたね。どこにありますか」

「ベルデスクにあると思いますけど」

「どんなものかな。ちょっと見せてもらいましょう」

新田がフロントを出たので尚美もついていった。

ベルデスクに行くと大きな段ボール箱が置かれていた。新田がしゃがみこみ、伝票を調べている。そばに立っているベルボーイは関根という捜査員だ。

「送り主は本人ですね。住所は神奈川県三浦市……か。品名は衣類。あんなでかいスーツケースを持っているのに、さらに服が必要なのか」

「二人で海外旅行するのなら、あのスーツケースだけだとむしろ少ないほうです。この箱の中には別の旅行バッグが入ってるんじゃないでしょうか」

新田のスマートフォンが何かを受信したらしく、電子音を発した。彼は素早く操作し、次に何度か指をスライドさせた。尚美が横から覗くと、画面には女性の顔写真が表示されている。

「その写真は?」尚美は訊いた。

「沢崎弓江と同姓同名で尚且《なおか》つ運転免許証を所持している女性は、全国に複数人いるようです。そこで全員の顔写真を送ってもらったわけですが……」新田は首を横に振り、スマートフォンを内ポケットに戻した。「すべて、先程の女性とは別人でした」

「ということは、あの方は運転免許証を持っていない?」

「あるいは偽名を使っているか、ですね。カードの名義が同じだからといって本人とはかぎらない」新田の目が刑事のものになっていた。関根、と部下の名を呼んだ。「この荷物は、おまえが1610号室に届けろ。大きいから部屋に運び入れることになるだろう。その際、二人の様子を観察しろ。絶対に怪しまれるなよ」

14

午後三時を少し過ぎた頃、事務棟に来るように、と稲垣から新田に連絡が入った。重大なことが判明したとのことだった。すぐに向かいます、と新田は答えた。チェックインする宿泊客が続々と訪れているのだが、背に腹はかえられない。山岸尚美に事情を話し、フロントから出た。

今のところ、特に怪しい客はいない。強いていえば沢崎弓江と連れの男だが、荷物を届けた関根によれば、「ふつうにリラックスしているだけでした」とのことだった。それはそうだろうな、と思う。何かを企んでいたとしても、ホテルマンの前であからさまに妙な行動を取るわけがない。

会議室に行くと、稲垣と並んで梓と能勢が座っていた。彼等と向き合い、手前に座っているのは本宮だ。お待たせしました、といって新田は本宮の隣に着席した。

「七係が貴重な情報を摑んだ」稲垣がそういって横を向いた。「能勢警部補、新田に説明を」

はい、と答えて能勢は背筋を伸ばすと、傍らの鞄《かばん》から書類を出してきた。何枚かをホチキスで綴《と》じてあるようだ。それを新田のほうに差し出してきた。「まずは一枚目を見てください」

そこにプリントされているのは、どうやらインターネットのブログらしい。タイトルは『不可解な天秤《てんびん》』となっている。

「出だしをちょっと読んでみろ」

稲垣にいわれ、新田は目を通した。そのページには、ブログ開設の動機が書かれていた。まず主張しているのは、日本は罪の大きさに比べて罰が小さすぎるということだった。

『この国には、人を殺しておきながら死刑や無期懲役にならず、刑期が二十年以下というケースがざらにあります。殺人以外の犯罪は、当然それよりも下回るわけで、たとえば業務上過失致死傷では五年以下です。窃盗罪でさえ十年以下とされているのですから、建物の上から物を落として人を死なせた場合でも、過失だと主張すれば、財布を盗んだ場合よりも軽い刑罰で済むことになります。それで遺族が納得できるでしょうか。私はこのブログを通じて、いかにこの国の刑罰決定システムが理不尽であるか、それによって被害者遺族がどれほど苦しめられるかを訴えていきたいと考えています。』」

なかなか真っ当な意見だなと納得しつつ、開設者のプロフィールを見た。性別は男性で、星座は乙女座らしい。趣味は登山、クラシック鑑賞となっていた。開設日は今から十年ほど前だった。本名は記されておらず、代わりにニックネームが記されていた。

「開設者のニックネームは『マルチバランス』か。なるほどね」

新田の呟きに稲垣が反応した。「どうして、なるほど、なんだ」

「タイトルが『不可解な天秤』とありますが、ここでいう天秤とはギリシャ神話の女神テミスが持っている天秤のことでしょう。法は万人に等しく適用されるという、法の下の平等を象徴しています。天秤は英語でバランスです。つまりこの開設者は、日本ではその天秤が一貫しておらず、ケース・バイ・ケースで違う天秤が使われる、天秤が複数存在する、ということをいいたくて、『マルチバランス』と名乗っているわけです」

「さすがは新田さん、博学ですな」

能勢がおだてるが、「大した知識じゃないですよ」と新田は流し、「で、このブログがどうしたんですか」と訊いた。

「二枚目を見てください」

能勢にいわれ、書類をめくった。二枚目にも、ぎっしりと文字が並んでいる。小タイトルは、『犯人の年齢を天秤に載せるのか』というものだった。

『少年法に代表されるように、この国では刑罰を決める際、犯人の年齢を極端に考慮する傾向があります。若いというだけで、たとえどんな罪を犯した人間であろうとも、真っ当な人間になれる可能性が高いと決めつけているようです。しかし意図的に人を殺した人間が、少々の懲役程度で本当に更生するとは思えません。科せられた刑罰期間が過ぎれば再び自由の身が得られるのならば、その間だけ大人しくして、解放されたらまた好きなように生きようと考えるのが当然ではないでしょうか。外見上の変化など信用できません。本人が更生したふりをしているだけ、あるいは関係者たちが更生したことにしているだけ、というのが現実だと思います。』

文章の熱量は高い。さらに、『たとえば過去に次のような事件がありました。』と前置きした後、具体的な事件について説明していた。

その事件は都内の住宅地にある一軒家で起きたらしい。中学三年生だった長男が帰宅すると、キッチンで母親が倒れていた。扼殺《やくさつ》だった。家の中は荒らされていて、財布や現金が持ち去られていた。

犯人は間もなく逮捕された。二十歳になったばかりの男だった。留守宅に忍び込んだつもりが人がいて混乱し、騒がれたくなかったので首を絞めてしまったと供述した。

被害者遺族たちは極刑を望んだ。ところが下された判決は、懲役十八年というものだった。強盗殺人罪は、死刑もしくは無期懲役だと聞いていたから、遺族たちは大きなショックを受けた。犯人は十分な教育を受けさせてもらえず精神的に未熟で、それが犯行に繋がった可能性が高い、更生の機会を与えたほうがいいと判断されたらしい。

遺族たちに納得できるはずがなかった。犯行時に二十歳で刑期が十八年ということは、被告人が刑務所を出る時は三十八歳で、まだ十分に人生をやり直せる、いや楽しめるではないか。そんな馬鹿なことがあっていいわけがない。だが遺族たちが控訴しても判決は覆らなかった。

これは実際に起きた出来事です、と『マルチバランス』は続けている。そして、『更生とは何でしょう。仮に犯人が更生したところで、死んだ者は生き返らないのです。受刑者の人生と被害者や遺族の人生、どちらがより尊重されるべきだと思いますか？』と問いかけている。

新田は顔を上げ、本宮を見た。「この事件というのは……」

本宮が二度三度と首を縦に揺らした。

「俺のほうの事件で殺された、高坂義広が二十年前に起こした事件だ。間違いない。状況や殺害方法なんかが完全に一致しているし、そもそも強盗殺人で死刑はおろか無期懲役にさえならないケースなんて少ない」

「新田さん、三枚目を御覧になってください」能勢がいった。

三枚目は『始末と不始末』という小タイトルの文章で、『先日、職場の近くで火災がありました。』から始まっていた。


『火災の原因を消防と警察が調べているようですが、まだ答えを出せずにいるらしいです。もし放火だったとしても、名乗り出た者が失火だったと主張すれば、それを覆せないケースもあるのではないでしょうか。同様に意図的に車で人を轢《ひ》き殺したとしても、居眠りしていた、あるいはブレーキとアクセルを踏み間違えたといい張れば、殺人罪には問えないのではないか、と考えたりもします。』


この文章には画像が添付されていた。高層ビルの窓から外を撮影したらしく、街を見下ろした構図だ。どこの街かは、すぐにわかった。都庁が映り込んでいるからだ。

「新宿のようですね」

「そうです。都庁が見える角度や大きさから、どの位置から撮影されたのか、ほぼ特定できました。書類の四枚目に地図があります」

新田は四枚目を見た。そこには新宿の地図が印刷されており、西新宿のあたりに赤いバツ印が付いていた。ビル名も確認できる。

「そのビルには森元雅司が勤務している保険会社が入っている」本宮がいった。「それでほぼ確定だ。『マルチバランス』という開設者の正体は森元雅司だ」

新田は頷き、能勢を見た。「よく見つけましたね」

ベテラン刑事は苦笑した。「私が見つけたわけじゃありません」

「サイバー犯罪のプロにかかれば、これぐらいは朝飯前ということです」梓が勝ち誇ったようにいった。

能勢に任された重要な仕事というのは、そういう専門家との連絡役だったらしい。

書類は、あと二枚あった。新田は五枚目を見た。やはりブログで、小タイトルは『天罰が下された？』だった。


『御承知の通りこのブログでは、理不尽な出来事のせいで愛する人を失った者たちの無念さについて、思いのままに綴《つづ》っています。理不尽な出来事が天災なら、諦めもつきます。あるいは事故であったとしても、そこに悪意がなかったのであれば、いずれは気持ちを切り替えられるかもしれません。

でも犯罪ならばどうでしょうか。何者かによって意図的に愛する人の命が奪われたのだとしたら、その者を恨むなというほうが無理です。では、どのように償ってもらえば心が癒やされるでしょうか。懲役？　改心？　更生？　それで本当に遺族は救われるでしょうか。安らかな気持ちになれるでしょうか。

私はやはり命に対する償いは命で、と考えてしまいます。

しかし日本の法律では、なかなか死刑は選択されません。天秤の片方の皿に死刑という重しを載せた場合、もう一方の皿に人ひとりを殺した罪を載せた程度では、天秤はびくともしないのです。二人以上殺した場合でさえ動かないこともあります。

そうなるともう国家以外のものに頼るしかないと思い始めます。それは何でしょうか。自分の力でしょうか。自分が手を下すしかないのでしょうか。

ところが最近、思いがけない出来事がありました。国家が死刑にできなかった人物が、突然命を落としたのです。

これをどう捉えればいいのかわからず、混乱しています。

天罰と受け止めてもいいのでしょうか。それとも、やはり不謹慎でしょうか。

答えを出せず、悩んでいます。』

新田はブログの日付を見て、はっと息を呑んだ。ほんの一週間ほど前だ。

「ここに書かれている天罰というのは、高坂義広が殺害されたことですね」

「おそらくそうだ」稲垣がいった。「わざわざここに書いているのは、万一このブログの存在に警察が気づいた際には、自分が事件に関与していないことの裏付けになると思ったからかもしれない」

「そう考えるのが妥当でしょうね。実際、森元自身は高坂殺害には加わっていない」

「新田さん、最後の書類を見てください」能勢が促してきた。

六枚目の書類には、二つの文章が並んでいた。最初の書き込みは『少年犯罪』だ。

『このブログで何度も取り上げているように、我が国の少年犯罪に対する刑罰の軽さには犯罪的なものさえ感じます。最近も、気の毒な話を聞きました。その方の息子さんは何の非もなかったにもかかわらず、突然見知らぬ少年から暴力をふるわれ、不幸なことに長期にわたって意識不明となったのでした。その間に犯人少年に対する審判が行われたわけですが、結果は少年院送致という信じられないほど軽微なものでした。重大な後遺症が残ったにもかかわらず、罪名は単なる傷害罪でした。ところが一年後、被害者は亡くなってしまったのです。つまり傷害致死、いえ考えようによっては殺人罪が適用されてもおかしくないケースでした。こんな理不尽なことが一体いつまで繰り返されるのでしょうか。』

もう一つの文章のタイトルは『卑劣な犯罪』というものだった。

『裁判では結果の重大性が大事だと聞いたことがあります。犯罪が行われるに至った経緯より、その犯行によってどんな結果がもたらされたかが重要であると。しかし現実には、その結果を無視したとしか思えない事例があります。ある中学生の少女がいました。彼女はＳＮＳで知り合った男と交際を始め、肉体関係を持つようになりました。それを知った両親は彼女を説得し、別れさせました。すると相手の男は、こっそりと隠し撮りをしていた画像をネットに流したのです。所謂リベンジポルノです。少女はショックを受け、学校に行けなくなりました。それだけでなく精神がおかされ、やがて自ら死を選んだのです。男の犯罪は少女の死という結果を招いたのです。それに対する刑罰はどんなものだったか。懲役三年執行猶予五年です。到底信じられません。これを受け入れられる遺族などいるでしょうか。』

新田は顔を上げ、能勢を見た。

「神谷良美や前島隆明とのつながりが見つかった、というわけですね」

能勢は頷いた。

「被害者遺族としての経歴は森元雅司が一番長く、ブログが開設されたのも十年ほど前です。おそらく神谷良美や前島たちは森元のブログを見て共感し、彼等のほうから森元に接触していったんじゃないかと思います」

「それで意気投合し、いろいろと相談したり情報交換したり、要するに慰め合っていたことは容易に想像がつく」稲垣がいった。

「その結果、自分たちの手で天罰を下せないかと考えるようになった――」新田が上司の意見の後を引き継いだ。「そこで思いついたのがローテーション殺人、というわけですか」

稲垣が顎を引き、三白眼《さんぱくがん》になった。「何か矛盾はあるか?」

「いえ、ありません。妥当な推理です。さらに、ひとつ思いついたことがあります。犯人たちが今回の現場に、このホテルを選んだ理由です」

「いってみろ」

「ブログを読んで感じたのは、彼等は自分たちの言い分を世の中に広く発信したがっている、ということです。人の命を奪っておきながら、それに相応しい刑罰が下されていない現実を多くの人にわかってもらいたいと望んでいるようです。その点、ローテーション殺人による仇討ちはどうでしょうか。個々の処罰欲求を満たせたとしても、世間がまるで気づかないのではアピールしたことにはならない。だからどこかのタイミングで、今回の計画を明るみにし、問題提起しようと考えているんじゃないでしょうか。そのためには事件が注目されなければなりません。だからこのホテルを舞台の一つに選んだんじゃないでしょうか」

　なるほど、と膝を叩いたのは能勢だ。

「もし犯行が成功すれば、マスコミが過去の事件についても嗅ぎつけるに違いなく、注目度は一気に増すというわけですな」

「そういうことです。ひょっとしたら彼等は逮捕されることさえも覚悟しているのかもしれません。最終的な目的は、法廷の場で自分たちの思いを主張することなのかも」

「そう考えれば、彼等が本名で泊まっていることにも合点がいきます」

　能勢の言葉に頷いて応じ、「どうでしょうか、この想像は？」と新田は稲垣に感想を求めた。

　管理官は顔を歪めた。「じつに嫌な想像だな」

「考えられませんか」

「考えられないどころか、大いにありそうな話だ。いくら二度あることは三度あるといっても、同じホテルが度々計画殺人の舞台に選ばれるなんて、あまりに偶然が過ぎる。だがもしその推理が当たっているなら話が面倒だ。逮捕されることを覚悟している以上、どんな捨て身の作戦を打ってくるかわからんぞ」

「おっしゃる通り、そういう可能性を加味して、犯行計画を予想する必要があります」

「厄介だな。連中のやりとりがネット上に残っているのならいいんだが」

「残念ながら、それは期待できないでしょう」新田は視線を稲垣から梓に移した。「犯行計画の立案に、ふつうのSNSを使ったとは思えません。ダークウェブならば、その形跡をネット上から発見するのは不可能――そうですよね、梓警部」

はい、と梓は冷めた顔で答えた。「おっしゃる通りだと思います」

「あなたに何かアイデアはありますか」

すると梓は隣を見て、「能勢警部補、説明を」と促した。能勢が老眼鏡を外し、新田のほうを向いた。

「この『不可解な天秤』と題されたブログで、開設者の『マルチバランス』は、ほかにも多くの事件について個人的考察を書いています。今回命を狙われている人物が起こした事件も、その中に入っている可能性が極めて高いと思われます。そこで、ブログで取り上げられたエピソードが実際のどの事件に当たるのか、大至急分析を進める予定です」

「それが判明すれば、次はその事件の被害者遺族や犯人の近況を片っ端から明らかにしていく」稲垣が後を継いだ。「宿泊者の中に、その名前があれば当たりだ」

「狙いはわかりました」新田は首肯していった。「だけど何度もいいますが、被害者遺族はともかく、命を狙われている人物が本名で泊まっているとはかぎりません」

「わかっている。それについては朗報がある。電話会社と話がついた。絶対に外部に漏《ろう》洩《えい》させないという条件で、番号を伝えれば、名義人を随時教えてもらえることになった。すでに宿泊予約の際に登録された番号については、すべてデータを出してもらった」

「現在、宿泊客の名前と照合中だ」本宮がいった。「電話の名義と一致している者が殆どだが、一致しない者も少なくない。そういう者については並行して犯歴も調査している。今のところ前科者は見つかっていないけどな」

「ここから先はおまえたちの働きにかかっている」稲垣が威圧的な視線を新田に向けてきた。「電話の名義人と一致しないからといって、宿泊者名が偽名とはかぎらない。しかしそこには何らかの事情があると思われる。まずはそういう連中を徹底的にマークしろ。残された時間はわずかだ。手段を選んでいる余裕はないぞっ」

15

フロント業務が一段落したところで時刻を確認すると、間もなく午後四時になろうとしていた。尚美はロビーに目を向けた。徐々に行き交う人々が増えてきたようだ。六時からは忘年会やクリスマス・パーティの予約も入っているので、本当の賑わいを見せるのはこれからだろう。

ロビーを横切って新田が足早に向かってくるのが見えた。その顔は険しい。何か厄介な問題でも生じたのだろうか。

「俺が外していた間に変わったことはありませんでしたか」フロントカウンターの内側に入ってから新田が訊いてきた。

「チェックインしたお客様の中に、特に不審な方はいらっしゃいませんでした」

「クレジットカードの名義と予約名が違っているようなケースは？」

「ありません。ただ、現金払いを御希望のお客様が一名いらっしゃいました。七十歳ぐらいの男性です」そういって尚美はカウンターの下から一枚の宿泊票を手に取り、新田に差し出した。

どうも、といって彼は宿泊票を受け取ると、それを見ながらホテルの端末を操作し始めた。モニターに表示されたのは、宿泊票の男性客に関するデータだ。

「何か？」尚美は訊いた。

「ここを見てください」そういって新田はデータの備考欄を指差した。そこには『禁煙が希望だが、なければ喫煙でも可。』という、本人が予約係に述べたと思われる一文が記されていた。だが尚美が目を留めたのは、さらにその下にある、『番号名義一致』という文字だった。

「何でしょうか、この表示は？　さっきはなかったと思うんですけど」

「この番号というのは、予約時に連絡先としてホテルに伝えた電話番号です。ネット予約の場合も登録することになっていますよね。一致というのは、予約者名と電話の名義人が一致しているという意味です。照合を済ませたものから順次、ホテルの端末に入力させてもらっています。あなたが見た時には、この方の分はまだ入力が間に合っていなかったのでしょう」

「電話の名義人って、警察が頼めばすぐに教えてもらえるんですね」

「すぐにというわけにはいきませんが、令状を取るなどの手続きを踏めば可能です。ただ、これだけの大人数となれば、ふつうならそう簡単にはいきません。本件が大きな事件だから、警察の上層部が電話会社に強く働きかけたんです」

新田の口調には言い訳めいた響きがある。手続きを踏みさえすれば、警察にとっては個人のプライバシーなどないも同然なのかもしれない。

あの梓という女性警部もそういう感覚なのだろうな、と尚美は思った。捜査のためなら個人のプライバシーなど二の次なのだ。

「どうかしましたか」新田が訊いてきた。

「いえ、何でもありません。つまり、チェックインするお客様が本名かどうか、この表示で確認できるということですね」

「本名ではない、と決めつけるのは早計でしょう。事情があって他人名義の電話を使っているのかもしれないし、連絡先を別人にしているだけかもしれない。ただ、要注意だということは心に留めておいてください」

「かしこまりました。でも先程もいいましたけれど、被害者遺族の方々は本名を使っておられるようですが」

「そうですが、絶対に本名を使うと決めつけられる根拠は何もありません。それにターゲットは偽名の可能性が高い」

「ターゲット……」

新田は顔を寄せてきて、「命を狙われている人物のほうです」と小声でいった。

「あ、はい。わかりました」

尚美がロビーに目を向けると、サングラスをかけたスーツ姿の女性が近づいてくるところだった。安岡は別の男性客の応対をしている。

「お泊まりでしょうか」

尚美が訊くと女性は頷き、ミワです、といった。耳の奥に響く澄んだ声で、大人の色気を感じさせる。年齢は四十歳前後か、あるいはもっと上かもしれない。

端末を操作し、名前を見つけた。『三輪葉月（ミワハヅキ）』とある。素敵な名前だ。備考欄に『番号名義一致』とあるから本名なのだろう。『サンタ・プレゼント』は『希望しない』だった。

「三輪葉月様、本日から御一泊、デラックス・ダブルをお一人様で御利用ということでよろしいでしょうか」

はい、と三輪葉月は答えた。

「ではこちらに御記入をお願いできますか」尚美は宿泊票を女性客の前に置いた。

彼女が記入している間にカードキーを用意した。部屋は0821号室を選んだ。

「書きました」

「ありがとうございます。ところで三輪様、お支払いはいかがなさいますか。現金でしょうか。それともクレジットカードで？」

「カードでお願いします」

「かしこまりました。では大変申し訳ないのですが、カードの控えを取らせていただいてもよろしいでしょうか」

はい、といって三輪葉月はバッグを開け、金色のクレジットカードを出してきた。

「ありがとうございます」

尚美がカードのプリントを取っていると、あれっ、と三輪葉月が声をあげた。「新田君じゃないっ」

はっとして振り向いた。三輪葉月が新田を凝視していた。新田は驚いたように目を見開いている。

「やっぱりそうだ。あたしよ、あたし」三輪葉月はサングラスを外した。「ヤマシタ。

ヤマシタハヅキ。忘れちゃった？　刑法各論とか法社会学で、よく一緒になったじゃない」

　あっ、という形に新田の口が開いた。どうやら思い出したようだ。彼にしては珍しく目が泳いでいる。

「いや、あの……どうも、お久しぶり」これまた彼らしくなく、しどろもどろだ。

「新田君、どうしてこんなところにいるの？　お父さんの反対を押し切って警視庁に入ったって聞いたんだけど」三輪葉月は怪訝そうに眉根を寄せた。

「それはまあ、いろいろとあって……」新田は顔を引きつらせながらいった。笑みを浮かべているつもりかもしれないが、明らかに狼狽《ろうばい》している。

　三輪様、といって尚美は二人の間に入った。

「お待たせいたしました。クレジットカードをお返しいたします。それから、こちらがお部屋のカードキーでございます」

　どうも、といって三輪葉月はそれらを受け取った。だが、まだ新田のことが気になる様子で、彼に視線を向けたままだ。

「あの……新田とお知り合いでしょうか」

「そう。大昔だけど」

「さようでございますか。当ホテルのスタッフには転職組が多いんです。私も以前は看護師をしておりました」

「へえ、そうなんだ。転職ねえ」三輪葉月の目に納得の色はない。

「では三輪様、そういうことですので……」新田が身体の前で両手を揃えた。「ごゆっくりとお過ごしくださいませ」頭を下げた。

三輪葉月は釈然としない顔つきだが、ふうん、と首を縦に揺らし、サングラスをかけ直した。そのままエレベータホールに向かって歩いていく。だがホールに姿を消す直前、もう一度立ち止まってこちらに顔を向けた。サングラスの向こうにある目は、新田を捉えているに違いなかった。

まずいな、という新田の呟きが尚美の耳に入った。

「どういうお知り合いですか」

新田は鼻の上に皺を寄せた。

「大学時代の同期です。迂闊だったな。名字が変わってたんで、全然気づかなかった。おまけにサングラスなんかかけてたし」

「ヤマシタ、とおっしゃってましたね」

「ヤマシタです。結婚して、名字が変わったんでしょうね。だけどあいつ、指輪はしてなかったけどな」

尚美は目を見張った。「そうでした？　よく見ておられますね」

「まさか知り合いだとは思わないから、そういう細かいところをチェックしていたわけです。クリスマス・イブに女性一人でホテルに泊まるなんて変だなと思いまして。その前に顔をもっとよく見とけばよかった」新田は唇を嚙んだ。

「あの方、新田さんが警視庁にお入りになったことを御存じのようでしたね」

「うちの学科から警察官になった人間は少ないので、噂が広がったようです。大学を出た後、彼女はどうしたのかな。検察官志望という話を聞いたような気もするけど、何しろ大昔なんで、よく覚えてないな」

「卒業後は、お会いになってないのですね」

「会ってません。同窓会なんてものに出たこともないし」

「検察官なら、仕事で一緒になったりしないんですか」

新田は苦笑した。「この国に検事が何人いると思ってるんですか」

そういわれればそうだ。

「新田さんが転職してきたなんてこと、いわないほうがよかったでしょうか」

「いや、あの説明は必要だったと思います。問題は彼女が信じたかどうかです」

「疑わしそうではありましたね」

「警察官からホテルマンに転職……あり得ないかな」新田は首を捻った。

「そんなことはありません。探せば、きっとどこかにいると思います。ただ問題は、あの方が新田さんのことをどう思っておられるか、です。そういう転職をするタイプだと思うかどうか」

新田は顔をしかめて顎を上げ、首を掻いた。「思わないだろうなあ」

「そんな行儀の悪い態度を見たら、あの方でなくても偽ホテルマンだと見破れると思いますよ」尚美は刑事を睨みつけた。

新田はあわてて手を下ろした。

「山岸さんがフロントにいる時、昔の知り合いがチェックインしに来た、なんてことはなかったですか」

「何度かあります」

昔の恋人が来たこともあったのだが、そこまで明かす必要はないだろう。

「そういう時にはどのように対応を？」

「特別なことはいたしません。ほかのお客様に対するのと全く同じです。向こうから話しかけてこられなければ、こちらから触れることはありません」

「話しかけてきたら？」

「それなりの受け答えはいたします。お久しぶりですとか、御無沙汰しておりますとか」

「それで済みますか」

「大抵の場合はそれで終わります。向こうだって、長々と昔話をしたいわけではないでしょうから。ただ、別の思惑があったりしたら話は別ですけど」

「別の、とは？」

「向こうの方が新田さんに特別な思いを抱いていたりしたら、という意味です。かつて好意を寄せていた相手と久しぶりに会えたなら、胸がときめいても不思議ではありません」

新田はふきだした。

「それなら大丈夫。ヤマシタの場合、その心配は不要です」

その直後、フロントの電話が鳴った。内線電話だ。尚美は受話器に手を伸ばしながら電話機のモニターを見て、はっとした。『０８２１　ミワ　ハヅキ様』と表示されている。

「はい、三輪様。フロントです。何かございましたか」

尚美がいうのを聞き、新田が目を剝いた。

「ちょっとお願いしたいことがあるので、新田さんに代わっていただけません？」

「新田ですか――」尚美は新田を見た。彼は驚いた様子で自分の鼻を指している。このまま電話を代わるのはまずいと思った。「申し訳ございません。ただ今、新田は席を外しております。戻りましたら、お電話するように申し伝えましょうか」

「だったら、部屋に直接来るようにいってください。なるべく早く」

「かしこまりました。そのように申し伝えます」

 よろしく、といって相手は電話を切った。尚美は受話器を戻し、いわれたことを新田に話した。えぇー、と彼は困惑の色を顔に浮かべた。

「何ですかそれは。どうして断ってくれなかったんです？」

「断れるわけがありません。名指しで呼ばれた以上、部屋に出向くのはホテルマンとして当然のことです」

「俺はホテルマンじゃないんだけどなあ」

「だったら、そのようにおっしゃったらいかがですか。潜入捜査をしている事情を正直に打ち明けて、協力してくれるようお願いするんです。昔のお仲間なら断られたりしないと思いますけど」

「いや、それはまずいです。どんなことがあっても、第三者に捜査上の秘密を明かすわけにはいきません」新田は苦い顔で腕組みをした。「それにしてもヤマシタのやつ、俺に一体何の用だろう」

「さっき私が申し上げたケースではありませんか。三輪様は新田さんに対して、特別な思いを抱いておられるのでは」

新田は訝《いぶか》しげな目を向けてきた。「それ、本気でいってます？」

「半分は本気です」

新田は、がくっと膝を折った。「残りの半分は冗談ですか」

「ほかのケースも考えられるという意味です。特別な思いといってもいろいろあります。甘い恋心だけではありません。先方の気持ちになってみてください。都内の高級ホテルに泊まることにしたら、たまたまそこで昔の仲間が働いていた――この偶然を何とか利用できないかと考えるのは、むしろふつうだと思いませんか」

ははあ、と新田は合点した顔つきになった。

「つまり知り合いという立場を利用して、何らかの特典とか優遇措置を要求してくる可能性があるわけだ」

「考えられることではあります」

「部屋のグレードアップとか？」

尚美は首を傾げた。

「あり得ないとはいいませんけど、その程度のことならお金で解決できます。それに三輪様の部屋はデラックス・ダブルで、ひとりで使うには十分な広さがあります。そうではなく、通常ならホテル側に断られるようなことを頼まれる可能性が高いと思います」

「たとえばどんなことですか」

「私ではないですけど、あるスタッフは高校時代の友人から、人気アイドルが宿泊する日を教えてほしいと頼まれたそうです。そのアイドルがこのホテルを頻繁に利用しているという情報を、どこかで摑んだのでしょうね」

「そのスタッフはどのように対応を？」

「もちろん丁重に断ったそうです。でも、単に規則だからといって突っぱねたのでは角が立つので、自分たち下っ端にはそんな極秘情報は知らされない、とかわしたとか」

「なるほど、それはなかなかうまい対応だ。そんなふうにかわせるといいんだけど、ヤマシタは何を企んでいるのかな」

「わかりません。とりあえずお話を聞くしかないのでは」

「無理難題をいわれたら面倒臭いな」

「悩んだら、その場ですぐに答えを出そうとしないでください。善処します、検討してみます、少しお時間をください、この三つのどれかで凌《しの》げるはずです。絶対に口にしてはいけないのは——」尚美は両手の人差し指でバツ印を作った。「無理です、のひと言です。ほかのホテルはともかく、ホテル・コルテシア東京では禁句です」

新田は両肩を落とし、ため息をついた。「参ったなあ」

「逃げられないんですから、覚悟を決めてください。御自分のことを偽物ではなく本物のホテルマンだと思って、三輪様に対応するんです」

「わかりました。まあ、何とかやってみます」

「ネクタイ、曲がってますよ」

「はいはい」げんなりしたような顔でネクタイの位置を直しながら、新田はカウンターから出ていった。

16

　0821号室のドアの前に立つと、深呼吸をひとつしてからチャイムを鳴らした。すぐに、がちゃりとドアが開き、三輪葉月の笑顔が現れた。

「ごめんなさいね、呼びつけたりして」

　いいえ、と新田は表情を変えずにいった。「どういった御用件でしょうか」

「まあ、入ってちょうだい」三輪葉月はドアを大きく開けた。

　失礼します、といって新田は室内に足を踏み入れた。

　デラックス・ダブルなので二人掛けのソファが置いてある。三輪葉月は足を投げだすように腰掛けると、隣の場所を手で軽く叩いた。「座って」

「いえ、私はここで」新田は立ったまま頭を下げた。

「落ち着かないじゃない。見上げてるのは首が疲れるし」

　新田はため息をつきたくなるのを我慢し、腰を落として床に片膝をついた。「御用件

「その堅苦しいしゃべり方はやめてくれない？　公私混同を避けたいのはわかるけど、二人きりなんだし」

　新田は懸命に口角を上げ、「御用件を」と繰り返した。

「そのしゃべり方をやめないなら、あたしも何もいわない」彼女は横を向き、顎を上げた。

「そうおっしゃいましても……」

「客の頼みを聞くのもホテルマンの仕事のはずよ」

　はあ、と新田は息を吐き出した。演技ではなかった。「一体、何の用ですか」

　三輪葉月は新田のほうを向き、にやりと笑った。

「まだ少し堅いけど、まあいいや。ねえ、どうしてホテルマンなの？」

「それは……いろいろとあって」

「どんなこと？」

「いや、あまり面白くないし、プライベートなことなので勘弁してください。それより、用件を早くいってもらいたいんだけど──」

「少しぐらい雑談に付き合ってくれてもいいでしょ、久しぶりなんだし。ねえ、警視庁ではどこの部署にいたの？　公安？　それとも交通？　案外、組対《そたい》だったりして」

ここで下手な嘘をつくのはまずいかもしれなかった。三輪葉月は法曹界に関係していて、警察にコネクションを持っている可能性がある。

主に刑事部、と正直に答えた。

「へえ、どこの課？」

「赤バッジ」

三輪葉月は顔を輝かせた。

「花の捜査一課かあ。さすがだね。あっ、そういえば――」ぽんと手を叩いた。「このホテル、例のホテルだよね」

「例のって？」

「東京地検にいる友達から聞いたことがある。今、世界で最も安全なホテルといったらコルテシア東京だといってた」

どういう意味かわからず新田が首を捻ると、三輪葉月は意味ありげに唇を綻ばせた。

「この十年ぐらいの間に、二度も殺人未遂事件が起きたそうじゃない。でも両方とも捜査一課が未然に防いだから、大事件にはならなかったんでしょ？　かなり特殊な極秘捜査が行われたって話だけど、その友達も詳しいことは知らないみたいだった。新田君がこのホテルに転職してきたのって、それらの事件と何か関係あるの？」

あまりにも急所をついた質問なので、新田は固まってしまった。だが表情を変える余裕すらなく、かえって幸いだったかもしれない。

「その話は聞いたことがあるけど、俺は関係ない。ここに転職してきたのは、全然別の理由からだ。ヤマシタさん……じゃなくて三輪さんか。その手の質問はそこまでにしてもらえるとありがたいな。警察を辞める時に誓約書を書かされたんだ。警察で知り得た情報は家族にさえも漏らさないっていう内容の」

ふふん、と三輪葉月は嬉しそうに鼻を鳴らした。「やっと口調がくだけてきた」

「用件を話してもらえるかな」

「もう少しいいじゃない。客の我儘《わまま》を聞いてよ、新田クン」

からかう態度に、新田は思わず、じろりと睨んでしまった。

あっ、と三輪葉月は顔を指差してきた。「それ、刑事の目」

ぎくりとし、新田は慌てて俯いた。顔を上げ、笑みを作った。「失礼しました」

「昔の癖が抜けきってないみたいね」

「いや、そんなことはないはずだけど」

「ごまかしても無駄。元検察官を甘くみないで」

新田は相手の顔を見返した。「やっぱり検事を?」

「そう。五年前までね。横浜地検にいた。今、やっぱり、といったわね。あたしの志望を覚えていてくれたの？　嬉しいな」

新田は何とも反応せず、視線を落とした。会話に付き合っていたらきりがない。

「今度はだんまり？　それはないんじゃない？　もっとおしゃべりしたいのに」

「ほかにも仕事がたくさんあるので……ごめん」

「わかった。その、ごめん、に免じて許してあげる。あなたを呼んだのは、ちょっとお願いしたいことがあるからなの」三輪葉月はテーブルに置いてあったスマートフォンを手に取り、操作を始めた。「今日、この男性がチェックインするはず。あるいは、もう済ませているかも」そういって画面を新田のほうに向けた。

新田は表情を変えそうになるのを寸前で止めた。画面に映っているのは、少し前にチェックインしたカップルの片方、沢崎弓江と一緒にいた男だった。眉の端にピアスを付けているのが何よりの目印だ。

「この男性が何か？」

「もうチェックインした？」

新田は頬を緩めて首を振った。

「ずっとフロントにいたわけじゃないからわからない。それに、仮にわかっていたとしても、そういう質問には答えられない」

「堅いことといわないでよ。今日、このホテルに泊まることはわかってるの。で、どうしてもあなたに協力してほしいことがあるんだけど」

「どんなこと？」

「ひと言でいえば、この彼の行動を教えてほしいの。連れがいるとすれば相手はどういう女性か。どんな部屋に泊まって、どこのレストランで食事し、何にお金を使うのか。わざわざ調べてくれとはいわない。あなたが把握できる範囲でいい」

「冗談じゃない」新田は顔の前で手を横に振った。「そんなことできるわけないだろ。プライバシーの侵害だ」

「そこを何とか。お願い、この通りだから」三輪葉月は両手を合わせた。「あたしを助けると思って。いいえ、そうじゃない。あたしの依頼人を助けるのに協力して」

「依頼人？」

「次の裁判で、あたしが弁護を引き受けることになった依頼人」

ああ、と新田は改めて昔の同期生を見つめた。「今は弁護士なのか」

「そう。元検察官だから、所謂ヤメ検」

「そのヤメ検弁護士が、ホテルマンにルール破りをさせてまで宿泊客の行動を探りたい理由というのは、一体何なんだ」

「それを話したら協力してくれる？」

「内容による」

「それじゃあだめ。協力すると約束してくれないと」

新田は思案した。本来なら断って話を打ち切るところだ。しかし沢崎弓江や連れの男に関する情報は欲しかった。山岸尚美の言葉を思い出した。その場ですぐに答えを出そうとしないでください——。

「では、こういうのはどうだろう」新田は人差し指を立てた。「話を聞かせてくれたなら、何らかの協力はしよう。ただし、どの程度のことができるかは検討させてほしい」

「そうきたか」

「悪い話ではないと思うけど」

三輪葉月は少し考える素振りを示した後、小さく頷いた。

「オーケー、それでいきましょう。じつはあたしの依頼人は男性なんだけど、結婚詐欺の罪に問われてるの。出会い系サイトで知り合った女性と付き合っている間に、約一千万円を騙《だま》し取ったってことでね。本人もお金を受け取ったことは認めている。でも騙す気はなかったというのが本人の言い分」

「よくある話だ。いずれ返す気だったとか、本気で結婚を考えていたとか」

「そうではなく、相手の女性は純粋に自分への好意からお小遣いをくれていると思っていた、といってるの」

「好意から小遣い？　君の依頼人はホストか？」

「ホストにもなれるぐらいのイケメンだけど、正体は無名の役者。だからいつも金欠病で困ってた。レッスンも受けられないし、バイトが忙しくて満足に稽古にも出られない。そんな事情を話したら女性が援助してくれるようになった、結婚しようといったことなんて一度もないし、お金を貸してくれと頼んだこともない、といってる」

「本当かなあ」

「率直にいうと、かなり嘘臭い。結婚を期待させるような言動があった証拠を検察は掴んでいるらしいの。だからその点については裁判では正直に認めさせ、反省の態度を示させようと思ってる。でもお金を騙し取ろうなんていう明確な意思はなく、ちょっと甘えたら気前よくお小遣いをくれたものだから調子に乗りすぎてしまっただけ、と主張するつもり」

「その言い方を聞いていると、被害女性は資産家のようだな」

「四十代の実業家よ。御本人は三十歳前後に見えると自負してるみたいだけど」

「事情はわかったけれど、さっきの男性がどう関係してくるんだ。ええと、名前を教えてもらえるかな」新田はメモ帳とボールペンを内ポケットから出した。

「この男性ね」三輪葉月はスマートフォンに再び男の顔を表示させた。「名前はサヤマリョウさん」

「どういう字？」

三輪葉月は右手を伸ばしてきた。手帳とボールペンを貸せということらしい。新田は空白のページをちぎり、ボールペンと一緒に渡した。

　彼女が記して返してきた紙には、『佐山涼』とあった。

「被害女性について調べてみたら、以前も年下の男性と付き合っていたことがわかった。それが佐山涼さん。聞くところによれば、女性は佐山さんの時もずいぶんとお金を使っていたらしいの。車を買ってあげたこともあるとか」

「へえ、パトロン体質なんだな」

「そこを裁判では強調したいのよ。つまり被告人に罪があるのは事実だけれど、被害者にも落ち度があったのではないか、少々親密になった程度ですぐに結婚してもらえると早合点し、金銭を渡してしまう傾向はなかっただろうか、と問いかけたいわけ」

「なるほど、狙いはわかった。で、このホテルでの佐山さんの行動を知りたいわけは？」

「要するに、どういうタイプの男性かを知りたいのよ。被告人と同タイプの人種なら、全く学習していなかったということになるでしょ」

「そんなまどろっこしいことをするより、君が直に佐山さんに会ってインタビューすればいいじゃないか。そのほうが話が早い」

「それだと真の人間性がわからないでしょ。あたしの前では格好をつけるかもしれない。なるべく無防備でいるところを観察したいの。一晩のホテルライフを分析すれば、いろいろとわかると思う。さあこれで事情は話したわよ。協力してくれるわね？」

「君がさっきいった情報をすべて提供するわけにはいかないけど、何らかの形で手伝うことは約束しよう。少し時間をくれないか」

「わかった」三輪葉月は自分のスマートフォンを差し出してきた。「これであなたのスマホに電話して」

電話番号を交換しようということのようだ。新田はスマートフォンを受け取って自分の番号にかけ、上着の内側で振動するのを確認してから電話を切った。

「三十分後に電話する」そういってスマートフォンを返した。

「待ってる。よろしくね」三輪葉月は満足そうに微笑んだ。

「君のことは何と呼べばいいのかな。三輪さん、でいいんだろうか」

「それでいい」

新田は頷き、もう一度彼女の左手に目をやった。やはり指輪がなかったが、触れないでおくことにした。

「ところでさっきの話だけど、このホテルで過去に二度殺人未遂事件が起きたっていう噂は、かなり広まっているのかな」

「どうかな。一部の人間たちの間では結構有名だと聞いたけど」

「ネットに噂が流れてるとかは？」

「さあねえ、それは聞いたことないけど、流出してても不思議ではないわね」

「そうか」新田は吐息を漏らした。

「いいじゃない。世界一危険なホテルじゃなくて、安全だといわれてるんだから」

「それはそうだけど」

じゃあね、といって三輪葉月は手を振った。

部屋を後にし、フロントに戻った。山岸尚美に目配せし、事務所に入ってから三輪葉月とのやりとりを話した。

「そんなことを頼まれたんですか」さすがに彼女も驚いた様子だ。

「参っちゃいましたよ。こっちはそれどころじゃないっていうのに」

「それで、どうするつもりですか」

「これから考えます。その前に確かめなきゃいけないことがあるので」

新田は端末を操作し、沢崎弓江のデータを表示させた。備考欄には『番号名義一致』とあった。つまり彼女は偽名ではない。免許証がないのは、単に取得していないからだろう。

次にスマートフォンで本宮に電話をかけた。

「新田です。確認してほしいことがあります。さっき沢崎弓江という女性の免許証を送ってもらいましたが、その名前での犯歴の確認は済んでいますか」

「ちょっと待て……ええと、ああ、済んでるな。その名前で重大な犯歴のある者はいない」

「そうですか。じつは、その女性の連れの名前がわかったんです。佐山涼といいます。おそらく本名です。ニンベンに左の佐、山川の山、涼はサンズイに京都の京です。こちらも調べてください」

「よっぽどその二人のことが気になるみたいだな」

「二人というより、男のほうが胡散臭《うさんくさ》いんです」

「どうやってそいつの本名を探り当てた？」本宮は不思議そうだ。

「たまたまです。詳しいことは後で話します」

「佐山涼か。同姓同名がいそうだな」

「年齢は二十代半ばから三十代です」

「わかった。該当する免許証の写真をすべて送る。顔が一致しているかどうか、そっちで確かめてから知らせてくれ」

「了解です」

電話を切り、ふっと息を吐いた。山岸尚美と目が合った。

「三輪様からの指示には、どのように処置を？」

「本宮さんからの回答次第です。事件に関係していないとわかれば、はっきりいって佐山涼に興味はありません。三輪葉月には、部屋から出る様子はないしフロントに電話もないから、何をしているのかはわからないといっておけばいいでしょう。女連れだってことぐらいは教えてやってもいいけど」

「部屋番号は教えないでくださいね」

「わかっています。俺だって余計なトラブルはごめんです」

二人でフロントに戻った。チェックインをする宿泊客がひっきりなしに訪れるようになった。新田は山岸尚美や安岡の後ろで、手続きのたびに端末の内容を確認した。例の『サンタ・プレゼント』を申し込んでいる者が多い。予約者名と電話番号の名義人が一致していない客はいなかった。

新田のスマートフォンが震えた。取り出し、画面を確認した。本宮が『佐山涼』名義の運転免許証の画像を送ってくれていた。予想通り、複数存在していた。新田は三枚目に表示させた免許証の顔写真が、沢崎弓江と一緒にいる男のものだった。新田は本宮に電話をかけ、その旨を話した。

「住所が町田《まちだ》市になっている佐山涼だな。なるほど、おまえの勘も鈍っちゃいないな」

「どういうことです？」

「この佐山涼には逮捕歴があったんだ。二年前だ」

「罪状は？」

「大麻取締法違反だ。起訴されたかどうかは、これから調べる」

「よろしくお願いします。俺も今すぐそちらに行きます」

クスリか——これは無視できない、と新田は拳を固めた。

「山岸さん、すみません。ちょっと外します。電話名義が不一致の人物が来たら、どんな印象だったか、簡単なメモでいいので残しておいてもらえますか」

「了解しました。ほかにも不自然な行動を取るお客様がいたら、チェックしておくようにいたします」

「ありがとうございます。助かります」

新田はフロントから出て事務棟に向かった。途中、歩きながら三輪葉月に電話をかけた。

「方針は決まった？」電話が繋がるなり、向こうから尋ねてきた。

「申し訳ない。もう少し時間をもらえないかな」

「構わないけど、佐山さんはチェックインした？」

「したのかもしれない」

「かもしれない？　何よ、それ。記録を見たらわかるでしょ」

「佐山涼さんの名前は予約者リストにはないんだ。ところがスタッフに訊いてみたところ、チェックインした女性の連れが、その男性だった可能性がある。眉の端にピアスを付けていたらしい」

「それだ、きっと。女性の名前は？」

「それはいえない」

「どうしてよ。協力するといったじゃない」

「佐山さんに関することにかぎる。そもそも、その人物が佐山涼さんだという確証がない。それを確認するために時間がほしいといってるんだ。別人の情報を君に流すわけにはいかないだろ」

「堅物なことをいうのね」

「そういう仕事だからな。もう三十分待ってくれ」

仕方ないわね、といって三輪葉月は電話を切った。

17

新田がフロントから出ていって間もなく、夫婦と思われる年配の男女が正面玄関から歩いてきた。男性が小ぶりの旅行バッグをロビーのソファに置くと、女性はその横に腰掛けた。短く言葉を交わした後、男性だけがフロントにやってきた。安岡はほかの客を相手にしている。尚美がカウンターに立った。

「いらっしゃいませ。お泊まりでしょうか」

コバヤシサブロウです、と男性はいった。

尚美は端末を操作した。予約者リストに『小林三郎（コバヤシサブロウ）』の名前が見つかった。『サンタ・プレゼント』は『希望しない』だ。備考欄に『番号名義不一致』の記載があるのを目にし、つい口元を引き締めそうになった。

「小林三郎様ですね。今回はデラックス・ツインを本日より二名様御一泊の御利用ということでよろしいでしょうか」

うん、と男性は頷いた。

「ではこちらに御記入をお願いいたします」

尚美は宿泊票を渡し、カードキーを作成しながら男性の様子を観察した。白髪と顔の皺から推して、年齢は六十歳前後か。着ているスーツは仕立てがよさそうで、がっしりとした体形にフィットしている。

書けました、と小林三郎はいった。尚美は宿泊票を一瞥《いちべつ》した。住所欄には長野県の軽《かる》井沢町《いざわまち》の地名が記されている。

尚美が支払い方法を尋ねると、小林三郎は予想通りに現金払いを希望した。さらに自分から、「デポジットがいるんだよね」といって財布を出してきた。「十万円でいいかな？」

「結構です。恐れ入ります」躊躇《ためら》いなく差し出された紙幣を尚美は受け取った。

彼等には1501号室の部屋を用意した。カードキーとデポジットの預かり証を尚美は手渡した。

「お待たせいたしました。どうぞごゆっくりお寛《くつろ》ぎくださいませ」

「ありがとう」

小林三郎は連れの女性のところに戻り、バッグを提げるともう一方の手を差し出した。女性はその手に摑まり、ソファから立ち上がった。年齢は小林よりも下だろう。痩せていて表情も暗く、病弱そうな印象を受けた。

二人はエレベータホールに向かって歩きだした。女性は小林の左腕に摑まっている。どちらも周囲の目を気にしている様子はない。少なくとも尚美の目には、不倫関係にあるようには見えなかった。

だが――。

本当の夫婦が、ホテルに泊まるのに偽名を使ったりするだろうか。

18

新田が事務棟の会議室に行くと、本宮と稲垣が顔を寄せ合っていた。

「佐山涼は起訴されていた」本宮がいった。「懲役三年だが執行猶予が付いている。たぶん初犯だったからだろう」

「検挙したのはどこの警察ですか」

「町田署だ。今、詳しいことを調べてもらっている」

「新田、どうやって佐山の名前を突き止めた？」稲垣が訊いてきた。

「それには少し複雑な事情がありまして。じつは古い知り合いと会ってしまったんです」

新田は三輪葉月との関係や、チェックイン後のやりとりを詳しく説明した。

「なんだ、そりゃあ。ずいぶんと面倒臭いことになってるじゃねえか」本宮が眉間に皺を寄せた。「新田、おまえ、正体はばれてねえだろうな」

「大丈夫だと思います」新田は小さく両手を広げた。「――としかいいようがないです」

「ばれてなければ、その状況を利用しない手はないな」稲垣がいった。「その三輪とかいう女弁護士は、佐山について、すでにいろいろと調べているんじゃないか。もしかするとこちらに役立つ情報を持っているかもしれない。協力するふりをして、いろいろと聞き出してみろ」

「事件については明かさないわけですね」

「当然だ。おまえはあくまでもホテルマンとして接しろ」

「承知しました。それからもう一つ、三輪から重要なことを聞きました」

新田は、このホテルで過去に起きた二つの事件を三輪葉月が知っていたことを話した。

「詳細は知らない様子ですが、やはり情報が漏れているようです」

「そういうことか」稲垣は苦々しい顔でいった。「それなら犯人たちがそれを摑んでいる可能性もあるわけだ。――本宮、容疑者たちの周辺に東京地検と繋がりのある人間がいないかどうか、七係と連携して調べてみてくれ」

「わかりました」

「ほかには何かあるか」

「ホテルのイベントに関することが一つ」

新田は山岸尚美から聞いた、『サンタ・プレゼント』の企画について話した。稲垣は渋い顔を作った。

「夜中にサンタクロースがうろつき回るのか。それまた面倒臭い話だな」

「しかしサンタに扮するスタッフは限られているはずです。その者たちの動きさえ把握していれば問題ないと思います」

「わかった。そのへんは任せる」稲垣は頷いた。

新田は事務棟を出るとホテルに戻り、そのままエレベータホールに向かった。エレベータに乗り込み、8のボタンをタッチする。三輪葉月に電話するより、直接会って話したほうがいいと思った。

八階で降り、0821号室の前まで行ってチャイムを鳴らした。はい、と返事があった。

「新田です」

すぐにドアが開いた。「わざわざ来てくれたのね」

「今は都合が悪いのなら出直すけど」

「大丈夫よ。どうぞ」

「失礼します」

三輪葉月はソファの上で先程と同じ姿勢を取った。新田は立ったままでいたが、今度は何もいわれなかった。

「佐山涼さんは、すでに部屋に入っていた」

「間違いないの？」

「ルームサービスを頼まれたから、スタッフが運んでいく時に同行して、横から顔を確認した。さっき君が見せてくれた写真の人物だった」

「ルームサービスで何を頼んだの？」

「ドンペリとキャビア、それからフルーツの盛り合わせ」

「チェックインしたのは女性だといったわね。顔は見たの？」

「俺は見ていない。だけど手続きをしたスタッフによれば、派手な感じの若い女性だったらしい」

「どこの部屋？」

「それは教えられない。君にしても知ったところで訪ねていくわけにはいかないだろ」

「それはそうだけど……」

「代わりに部屋のタイプを教えてやろう。コーナー・スイートだ」

「その部屋、一晩いくら？」

「十万円」

「それをその女性が払うわけね」

「ゴールドカードで払うことになっている」

ふうん、と三輪葉月は首を縦に揺らした。

「そういうことか。新しいパトロンを見つけたってわけだ。女性の名前、教えてくれないわけね？」

「しつこいぞ」

「今度は若い女か。どこかのお嬢様かな」

この口ぶりから察すると沢崎弓江のことは知らないようだ。

「現時点で提供できる情報はこんなところだ」

「ありがとう。役に立った」

「こちらからも相談したいことがあるんだけどね」

「何？」

「佐山涼さんって、どういう人なんだ」

「はあ？」三輪葉月は眉根を寄せた。「何いってんの。それを知りたいから、あなたに情報提供を頼んだんじゃないの」

「全く知らないわけではないだろ？　むしろ、佐山さんについては、かなりの調査が済んでいるはずだ。事実、今夜このホテルに泊まることを知っていた。そこで最終チェックとして、どんなホテルライフを送るかを確かめるために乗り込んできた。違うか？」

三輪葉月は髪をかきあげた。「それはまあ、そんなところだけど」

「経歴や前科の有無なんかも把握してるんだろ？」

三輪葉月は警戒する目つきになった。「それを知りたいっていうの？　どうして？」

「何かと気になるカップルだからだよ。若いのにコーナー・スイート、しかも支払いはブランドもので身を固めた女性。ところが連れの男は合皮の安物ジャケットで眉にピアス。到着するなりドンペリにキャビアとフルーツを注文。はっきりいって怪しい。何か企んでいるんじゃないかと疑っているわけだ。君のおかげで男性の名前はわかったけれど、女性が偽名だったら正体不明のままだった。よからぬことをされたとしても、気づくのがチェックアウト後なら手の打ちようがない」

「よからぬことって何？　備品の持ち出しとか？」

「かもしれない。バスローブは一着二万円。二着で四万円。馬鹿にならない」

「せこい話」そういって笑ってから三輪葉月は真顔に戻った。「佐山涼さんの職業はギタリスト。あたしが調べたかぎりでは、チャラい奴だとはいわれてるけど周りの評判は悪くない。何かの事件を起こしたという話も聞いてない。もしあなた方が用心するとしたらパーティかな」

「パーティ？」

三輪葉月は二本の指を立て、煙草《たばこ》を吸うしぐさをした。「マリファナ・パーティ」

「ああ……」

「捕まったことがあるみたい。二年前だったかな」

「そのパーティで、大きなトラブルはなかったのかな。死人や怪我人が出たとか」

「そんな物騒な話は聞いてない。ちょっと騒いだ程度でしょ。でもホテルとしては、部屋でそういうことをされるのは嬉しくないんじゃないの？」

「当たり前だ」

「でしょ？　だから用心したほうがいいといったの」

「わかった、気をつけるよ。参考になった」

「何かあったら、あたしにも教えてくれる？　どんな小さなことでもいい」

「気がついたらね」

じゃあ、といって新田は踵を返した。

思った通り、三輪葉月は佐山涼についてかなりのことを知っているようだ。命を狙われるほどの事件を佐山が過去に起こしていたなら、把握しているのではないか。あの口ぶりからは、それを隠しているようには感じられなかった。

八階のエレベータホールで稲垣に電話をかけ、三輪葉月とのやりとりを報告した。

「こちらも町田警察署からの情報を得たところだ。仲間たちと集団で大麻を吸っているところを一斉検挙したらしい。佐山は過去に逮捕歴がなく、売買ルートも持っていなかった。それで執行猶予がついたようだ。たしかに、そのパーティで死傷者が出たという事実はない。釈放された後は一時更生施設に入っていたという話だ」

「そうですか。でもクスリをやっていたぐらいですから、危険な連中と付き合っていた可能性はあります。犯歴には残っていなくても、間接的に誰かの死に関わっていたかもしれません」

「その死んだ誰かの遺族が佐山に恨みを抱く、か。それは大いにありそうだな」

「いずれにせよ、要注意です。部下に監視を命じておきます」

「そうしてくれ」

エレベータで一階に下り、フロントに行った。山岸尚美は中年の女性客のチェックイン手続きを終えたところのようだ。

新田は佐山涼の犯歴について話した。

「我々の事件には関係ないかもしれませんが、部屋でマリファナ・パーティなんかをされないよう気をつけたほうがいいと思います」

新田の言葉に山岸尚美は困惑したように眉をひそめた。

「それは問題ですね。わかりました、スタッフたちと情報を共有しておきます」

「こちらでは何か変わったことは？」

「ひと組だけ電話番号の名義と不一致のお客様がいらっしゃいました。女性連れです」

山岸尚美がカウンターの下に置いてあった宿泊票を手に取り、差し出してきた。そこには『小林三郎』という名前が記されていた。

「年格好は？」

「六十歳ぐらいに見えました。白髪で貫禄のある方でした。スーツも高級品だと思います」

新田は本宮に電話をかけた。

「予約者に小林三郎という人物がいますが、電話番号の名義は不一致のようですね」

「ええと……ああ、そうだな。電話の名義はサワイセイイチとなっている」

「その人物の身元確認はどうなっていますか」

「サワイセイイチのほうなら複数の免許証が確認できている。犯歴のある者もいるようだ」

「小林三郎のほうは？」

「免許証が存在することは確認したが、そこまでだ。同姓同名が五百人以上いる」

「五百……」

「どうする？　全部出力させようか」

「とりあえず結構です。サワイセイイチの免許証画像だけ送ってもらえますか。先程、チェックインしたそうなので、山岸さんに確認してもらいます」

「わかった」

新田は電話を切り、山岸尚美を見た。

「女性連れといいましたね。若い女性ですか」

「いいえ、年配の方です。私の目には御夫婦に見えました。でも本当の夫婦なら、ふつう偽名は使いませんよね」

「電話の名義が違っているからといって偽名とはかぎりませんが……。支払いはカードですか」

「いいえ、現金で、ということでした」

やはりそうか。ますます怪しい。新田は改めて宿泊票を手にした。

「荷物は持っていましたか」

「小さめの旅行バッグをお持ちでした」

さすがは山岸尚美だ。ぬかりなく観察してくれている。

宿泊票によれば、住所は長野県の軽井沢になっていて、町域や番地まで記してある。偽名ならこれも嘘の可能性が高いが、まるで縁のない地名を細かく記すのは簡単ではない。実際の住所も、この近くなのではないか。

バッグが小さいのは、東京に長く滞在するつもりはないからだ。つまり、今夜このホテルで一泊するだけのために、長野県からわざわざ上京してきたことになる。

スマートフォンにメールの着信があった。本宮からだ。『沢井清一《さわいせいいち》』名義の運転免許証の画像だった。十枚ほどある。それらをすべて山岸尚美に見せた。

彼女は画像の一つ一つを凝視していたが、最後の一枚を見終えた後、首を横に振った。

「どれも小林様ではありません」暗い表情でいった。

「そうですか……」

新田は考え込んだ。五百人以上いるという『小林三郎』名義の免許証をすべて出力し、山岸尚美に見てもらうか。

そんなことを考えていると、あっと山岸尚美が声を漏らした。彼女の目はロビーに向けられている。「あのお二人です」

視線の先を辿《たど》ると、初老のカップルがコーヒーショップに向かっているところだ。

「あれが小林三郎さん？」

「そうです。仲がよさそうですよね。やっぱり不倫なんでしょうか」山岸尚美がいった。

「そうかもしれない。むしろ、その程度のわけありカップルにすぎないことを祈るだけです」新田はコーヒーショップに入っていく二人を見て、心の底からいった。

19

間もなく午後六時になろうとしていた。新田は山岸尚美たちの後方から、宿泊客がチェックインする様子を観察し続けたが、格別怪しい客は現れなかった。本宮から、宿泊者リストから犯歴のある名前が見つかった、という情報も入らない。

何気なく正面玄関に目を向けると、三人の男女が入ってくるところだった。男が一人で女が二人だ。年齢は全員が二十代か三十代前半と思われた。服装は派手で、しかもラフだ。髪も明るい色に染めている。このホテルには来たことがないのか、入ってくるなりロビーを好奇の目で見渡し、何やら盛り上がっている。

チェックインするつもりなのかと思って新田が眺めていると、彼等はきょろきょろと何かを捜すように視線を動かした後、エレベータホールに向かって歩きだした。

　彼等のすぐそばに、ベルボーイの格好をした関根がいた。彼も若者たちのことが気になったのか、じっと見送った後、新田のほうに駆け寄ってきた。係長、とカウンター越しに声をひそめて呼びかけてきた。

　新田は周囲に客がいないことを確認してから、どうした、と尋ねた。

「1610号室は要注意の客室ですよね」関根がいった。潜入している捜査員たちには、注意すべき宿泊客や客室に関する情報が常に伝えられている。1610号室は佐山涼たちが泊まっている部屋だ。

「そうだけど、どうかしたか」

「今、エレベータに乗りにいった女性の一人がいったんです。部屋は1610号室だから十六階だろうって」

「本当か」

「間違いありません。はっきりと聞こえました」

「わかった」

　新田は山岸尚美に、そのことを話した。彼女はかすかに眉をひそめた。

「そうですか。あの部屋はコーナー・スイートですから、男女五名で使っても狭くはないでしょうね」

「そういう使い方はルール違反ではないんですか。ひとつの部屋を大勢で利用するというのは」

「もちろんルール違反です。そもそも宿泊客以外は客室フロアには立ち入れない、というのが原則ですから。でも例外はございます。たとえば結婚式を挙げる予定で部屋を御利用のカップルに、式の招待客が挨拶に行かれる場合などです。ルール違反ですから部屋ではお会いにならないでください、などと野暮なことは申せません」

「それはそうでしょうね。でも佐山たちはそうじゃない。あの若者たちにしても、お世辞にも行儀がよさそうには見えなかった。マリファナのこともあるし、さっさと追い払ったほうがいいんじゃないですか」

山岸尚美は思案顔をした後、「マネージャーと相談してきます」といって後方の事務所に消えた。

五分ほどして彼女は戻ってきた。

「とりあえずしばらく様子を見ようということになりました。短時間なら、そう目くじらを立てる必要はないだろうと。でも、もしルームサービスで料理や飲み物を大量に注文されるようなら、こちらから連絡して、そのような部屋の使い方は料金には入っておりませんが、とやんわり注意させていただこうと思います。問題は、追加料金を払うからパーティをさせてほしい、と頼まれた場合です。そういうサービスを提供することもありますから、無下にお断りするわけにはいきません」

「その時にはどうするんですか」

「臨機応変に対応するだけです」

「たとえば？」

「お客様がどのようにおっしゃるかによります。大丈夫、それなりに抽斗《ひきだし》はございます」

山岸尚美が余裕の笑みを浮かべた時、新田のスマートフォンに着信があった。稲垣からだった。

「七係から連絡があった。森元が外出するようだ。本宮の部下に追尾させる。おまえは部屋を調べさせてもらえるよう、ホテル側と話をつけてくれ。すでに森元の部屋には梓の部下が向かっている」

「待ってください。外出するといっても、すぐに戻ってくるかもしれないじゃないですか」

「その心配はない。森元の行き先は自宅の近くだ。当分戻ってくることはない」

「どうしてそんなことが――」

わかるのかと問いかけて気づいた。梓たちは森元の部屋を盗聴している。おそらくそれで得た情報だろう。

新田は口元を覆い、山岸尚美に背を向けた。「ホテルにはどう説明すればいいんですか」

「それはおまえに任せる。何とかしろ」そういい捨てて稲垣は電話を切った。

スマートフォンを手に新田は呆然《ぼうぜん》とした。

「どうしたんですか」山岸尚美が訊いてきた。

新田は懸命に思考を巡らせた。大したアイデアが出ぬままロビーに目を向けていたら、エレベータホールから森元雅司が現れるのが見えた。チェックインの時と同様、ビジネスリュックを背負っている。

新田は玄関に向かう森元を指差した。

「防犯カメラをチェックしている連中から、森元が部屋を出たという報告が入ったんです。外出するようなので、室内を調べさせてもらえませんか。もちろんホテルのスタッフ立ち会いのもとで」

「お客様の部屋に入るんですか。無断で」案の定、山岸尚美は難色を示した。

「清掃の際に捜査員が入ることは認めてもらっています。それと同じことじゃないですか。お願いします。森元雅司はビジネスバッグを背負っていましたから、部屋に荷物はないはずです」

森元が正面玄関から出ていき、タクシーに乗り込むのが見えた。

でも、と山岸尚美がいった。

「もし刑事さんが部屋にいる時、森元様が戻ってこられたら大変です」

「大丈夫です。ほかの捜査員が尾行しています。こちらに戻ってくるようなら、その前に知らせてくるはずです」

山岸尚美はしばらく考えた後で答えた。「総支配人に相談してからでいいですか」

「もちろん構いませんが、なるべく早くしていただけると助かります」

「わかりました」

山岸尚美はスマートフォンを取り出し、電話をかけ始めた。

新田は玄関を見た。森元を乗せたタクシーが出ていく。追尾を任された捜査員も、車で動き始めるだろう。

山岸尚美が電話を切った。

「総支配人の許可が下りました。ただし、私が立ち会います」

「あなたが？」

「潜入捜査に関しては私が現場責任者ですから。何か問題がありますか」

「いいえ。俺も同席していいですか」

「そうしていただけると私も助かります。知らない刑事さんと二人きりなのは、やっぱり気詰まりなので」

フロントをほかのスタッフに任せ、二人でエレベータホールに向かった。

エレベータを九階で降りて廊下を進むと、0911号室の前にハウスキーパーの制服を着た女性刑事が立っていた。梓の部下だ。新田たちを見て、頭を下げてきた。ホテルスタッフのお辞儀ではなく、着帽していない警察官の敬礼だった。

山岸尚美がマスターキーを使い、ドアを開けた。だが先に入ろうとはせず、どうぞ、と新田たちを促してきた。人より先に入室することに慣れていないのだろう。

女性刑事を先に入らせ、新田は後に続いた。森元雅司は荷物を持ち出している。彼女が何を調べるつもりなのか気になった。無論、梓から何らかの指示が出ているはずだ。

女性刑事はライティング・デスクに近づいた。その手には手袋がはめられている。彼女はデスクの上に置いてあるメモ用紙に手を伸ばすと、一枚だけ剝がし、ポケットに収めた。山岸尚美が息を吞む気配を発したが、抗議をする様子はない。メモ用紙はホテルの備品にすぎず、宿泊客の所有物ではないからだろう。それに剝がしたのは白紙だった。

新田は室内を見回した。森元雅司は身の回り品をすべてビジネスリュックにしまったらしく、私物は見当たらなかった。女性刑事はゴミ箱の中を調べているが、特段変わったものはなさそうだ。

新田はバスルームに入ってみた。洗面台と洋式トイレ、バスタブがセットになったユニットタイプだ。ざっと見回したところ、ハンドタオルが一枚使用されているだけで、ほかには手を触れた形跡がない。

ゴミ箱の中を覗き込もうとした時だった。「何ですか、それはっ」と山岸尚美の鋭い声が聞こえてきた。

バスルームから出ると、窓際に立った山岸尚美が女性刑事を睨みつけていた。

「何でもありません。ゴミを拾っただけです」女性刑事が答えた。

「見せてください」山岸尚美が右手を出した。

だが女性刑事は動かない。黙って俯いている。

「どうしたんですか」新田は訊いた。

「この方がベッドの下から何かを拾われたんです。私が窓の外を見ている隙を狙ったんでしょうけれど、ガラスに反射していました」

ベッドの下——何のことか、すぐにわかった。

「早く見せてください。ただのゴミなら見せられるはずです」山岸尚美がいった。彼女には珍しくきつい口調だ。「それともゴミではなく、見せられないものなんでしょうか」

女性刑事は沈黙したままだ。その右手は固く握りしめられている。

君、と新田はいった。「見せてやりなさい」

女性刑事は顔を上げ、驚いたように見開いた目を向けてきた。

早く、と新田はさらにいった。

「でも……」

「いいから、早くっ」

女性刑事は不承不承といった様子で右手をゆっくりと上げ、指を開いた。手のひらに載っているのは黒く四角い板状のものだった。細長いアンテナが付いている。

「それは？」山岸尚美が訊いた。

女性刑事が答えないので、「教えてやれ」と新田が命じた。

「音声送信器です」女性刑事が淡泊な声で答えた。

「音声？　送信器って、あのそれはもしかして……」山岸尚美は驚きと失望の混じった表情で新田を見つめてきた。

「簡単にいえば盗聴器です」そういってから新田は女性刑事のほうを向いた。「回収しろと梓警部から命じられたのか？」

「そうではなく、位置を変えろと……。集音状態があまりよくなかったので」

舌打ちしたくなった。余計なことをしてくれたものだ。

「新田さん、御存じだったんですか」山岸尚美の声は震えていた。怒鳴りたいのを我慢しているのだろう。

ふっと息を吐き、頷いた。「知っていました」

「そんな……たとえ容疑者でも、証拠が見つかるまではふつうのお客様として扱うということに同意してくださってたじゃないですか。私を騙してたんですか」

「すみません。心苦しかったんですが、捜査のためには仕方がないと判断しました」

「ほかの方……あとのお二人の部屋にも盗聴器を？」

　ここで嘘をつく意味がなかった。はい、と新田は答えた。

「最低……」山岸尚美は目に嫌悪感を浮かべ、女性刑事を見た。「それ、今すぐにスイッチを切ってもらえますか。そうして、私にください」

　女性刑事が当惑した顔を向けてきた。新田はため息をつき、「電源を切り、山岸さんに渡しなさい」と命じた。

　女性刑事は盗聴器からボタン電池を抜き、差し出した。

　受け取った盗聴器を握りしめ、山岸尚美は新田たちを睨んできた。

「お二人とも出ていってください。ここはお客様の部屋です。私は今一度点検してから出ます。ほかにも何か隠してあるといけないので」

「いや、ほかには何も――」

「信用できませんっ」新田の言葉を遮り、山岸尚美はいい放った。「早く出ていってください」

　新田は頷き、女性刑事を促してドアに向かった。

20

森元の部屋から追い出されてから約二十分後、新田は事務棟の会議室で稲垣や本宮、そして梓らと机を囲んでいた。重要なことが判明したと稲垣から呼ばれたのだ。それまで新田はフロントにいたが、山岸尚美はとうとう戻ってこなかった。協力する気が失《う》せたのかもしれないと新田は思った。それならそれで仕方がない。愛想を尽かされても文句はいえない状況なのだ。

梓がボイスレコーダーを操作し、机の中央に置いた。

「十八時五分頃、森元雅司のスマートフォンに電話がかかってきました。これがその時の会話です」

(僕だ。どうした?)ボイスレコーダーから声が聞こえてきた。(……えっ、ケンタが?……どこで?……何やってるんだ。なんでそんなことになったんだ。……仕方がないな。とりあえず僕も向かうよ。場所は?……ああ、それなら家の近くだな。……それはこっちで調べるからいい。それより、一応相手の電話番号を教えてくれ。……ちょっと待って、メモするから。……いいぞ。……うん……うん。わかった。じゃあ、後で。……えっ?……いや、まだ何も……ああ、そうだ。捜してるけど見つからない。……わ

からない。それはそっちの状況次第だ。……じゃあ後で）

　梓がボイスレコーダーを止めた。

「この後、慌ただしく部屋を出ていく物音が聞こえたので管理官に報告しました」

　だから森元の行き先は自宅の近くだとわかったのか、と新田は納得した。

「七係の女性刑事が、森元の部屋からメモ用紙を回収していたようですが」

　新田の問いに、これだ、といって稲垣が一枚の紙片をテーブルに置いた。真ん中のあたりが鉛筆で薄く塗りつぶされ、白い数字が浮かび上がっている。０８０から始まっているから、おそらく携帯電話番号だ。森元のメモの痕が下の紙に残っていたらしい。梓が部下を部屋に送り込んだ一番の目的はこれだったわけだ。盗聴器の移動は、ついでだったのだろう。

「電話会社に照会したところ、世田谷《せたがや》区在住の男性が名義人だった。早速運転免許証を確認したら、今日の夕方に交通事故を起こしていることがわかった。自転車との接触事故らしい」

「交通事故？」

「本宮、追尾班からの報告について新田に話してやれ」

　本宮が手元の書類に目を落とした。

「森元雅司が向かった先は、世田谷区内にある病院だった。森元の家族が交通事故に遭い、救急搬送されたようだ。さっきの録音で、森元がケンタという名前を出していただろ？　ケンタは中学二年になる息子の名前だ。たぶんその息子が自転車に乗っていて、車と接触して怪我をしたんだろう」

「つまり森元に電話をかけてきたのは、身内の者である可能性が高い。たぶん女房だろう。事故の知らせを聞き、森元は病院に駆けつけたというわけだ。この電話番号は――」先程のメモ用紙を手にして稲垣がいった。「事故を起こした運転手の番号だ。おそらく事故後に被害者側に伝えたんだろう。森元が『相手の電話番号を教えてくれ』といっているが、それだと思われる」

「だとすれば、森元にとって全く予期していないアクシデントが起きたわけですね」

「そういうことになる。さて新田、どう思う？」

新田は顎に手をやり、首を傾げた。

「問題は、森元の今後の行動ですね。神谷良美や前島隆明らと何らかの計画を立てているのであれば、当然ホテルに戻ってくる必要があります。あるいは計画を変更するか……」

「元々連中がどんな計画を立てていたのかが重要だな。実際に殺害を担当する者、見張り役、ターゲットの誘導役、森元はどんな役割を担っていたか。場合によっては中止もあり得るかもしれん」

「中止の場合、ほかの者たちはどうするかな」本宮が訊いた。「ホテルにいる意味はないってことでチェックアウトするか」

「それはどうでしょう。別に急いで立ち去る理由はないわけで、今夜は泊まるんじゃないですか」

新田の反論に、そうだな、と本宮は首をすくめた。

「とにかく様子を見よう。ほかの二人から目を離すな」稲垣の命令が部屋に響いた。

新田が会議室を出て階段を下りていると、新田警部、と後ろから呼ばれた。振り向いて見上げると、梓が足早に追ってきた。「少しお話が」

「何ですか」

「どこかゆっくり話せるところで」

「わかりました」

一階に下りてから、廊下の奥に移動した。近くに事務所はないし、誰かが来れば話をやめればいい。

「話というのは何ですか」

新田が尋ねると梓は内ポケットから何かを出してきた。先程のボイスレコーダーだった。スイッチを操作し、左手に載せた。

（たとえ容疑者でも、証拠が見つかるまではふつうのお客様として扱うということに同意してくださってたじゃないですか。私を騙してたんですか）山岸尚美の声だ。

（すみません。心苦しかったんですが、捜査のためには仕方がないと判断しました）もちろんこれは新田自身の声だった。

（ほかの方……あとのお二人の部屋にも盗聴器を？）

（はい）

森元の部屋に仕掛けた盗聴器から、女性刑事がボタン電池を抜く直前の会話だ。

梓はスイッチを切り、ボイスレコーダーを内ポケットに戻した。

「どうしていわなかったんですか。七係の梓が勝手にやったことだって」

新田は両手を広げた。

「そんなことをいったって、何の意味もありません。俺は盗聴器の存在を知っていながら山岸さんに隠していました。同じことです」

「だけどこのやりとりだけだと、まるで新田警部が盗聴器を仕掛けろと指示したように聞こえます。あの方……山岸さんでしたっけ。彼女もそのように受け取ったと思います。その誤解は解いておいたほうがいいんじゃないですか」

「何のために？」

「何のためって……」梓の視点が左右に揺れた。「それは、だって、誤解されたままだと不本意ではありませんか」

「だから誤解されたとは思っていません。潜入捜査の責任者は俺です。不本意だろうが何だろうが、ホテルで実施されるすべての捜査について責任を取る覚悟でいます。妙な気遣いは無用です。それに管理官や本宮さんだって、ボイスレコーダーに森元の声が録音されていることについて何もいわなかったでしょう？　いつどうやって録音したのか、触れようともしなかった。内心ではあなたのやり方に賛同しているんです」

梓は鼻先を上げ、見つめてきた。

「新田警部はどうなんですか。賛同してくださるんですか」

「賛同はしません。でも何度もいいますが、責任は取ります。あなたがゲーム・プレイヤーだとしたら、俺はゲーム・マネージャーですから」新田は腕時計を見た。七時半になろうとしていた。「時間が惜しいので失礼します」梓を残し、廊下を歩きだした。

事務棟を後にし、ホテルに入ったところで後ろから肩を叩かれた。振り返ると能勢が立っていた。悪戯《いたずら》っぽい笑みを浮かべている。

「今度は能勢さんか。どうしたんですか」

「ちょっとだけ時間をいただけますか」能勢は親指と人差し指で小さなものを摘むしぐさをした。「ほんのちょっとで結構です」

「いいですけど」

新田はフロントを見た。山岸尚美が戻っていて、客の相手をしている。新田たちには気づいていないようだ。

「じゃあ、上に行きましょう」

エスカレータで二階に移動した。無人のブライダルコーナーに入り、近くのテーブルについた。

「うちの係長のこと、困った女だと思ってるんでしょうね」

能勢の言葉を聞き、はっとした。

「もしかして、さっきのやりとりを聞いてたんですか」

「階段を上がろうとしたら、たまたま聞こえてきちゃったんです。……といっても信用してもらえないでしょうね」そういってから能勢は舌を出した。

「立ち聞きですか。あまりいい趣味じゃないですね」

「すみません。どうしても気になったものですから。で、どうなんですか」

「梓警部ですか」

はい、と能勢は頷いた。その顔には、もうおどけた色はない。

「ひとくちに警察官といっても、考え方は人それぞれです。捜査に向き合う姿勢もそうです。隠し撮りとか盗聴は俺の性分には合いませんが、森元の行動を分析できたように、それなりに成果はあげている。それは評価しなくちゃいけないと思います」

能勢は穏やかな顔になり、テーブルの上でゆっくりと両手の指を組んだ。

「前にもいいましたが、あの方は優秀です。根っからの刑事です。あまり御本人はいいたがりませんが、お父さんも元刑事です」

新田は、ぴんと背筋を伸ばした。「マジですか」

「マジです。しかもそのお父さんも、娘を警察官にしたかったそうですよ。係長の下の名前を聞きましたか」

「梓警部の下の名前ですか。そういえば聞いてないです。何とおっしゃるんですか」

「マヒロさんです」

「マヒロ？」

能勢は手帳を出してくるとボールペンを走らせ、新田のほうに向けた。「こういう字を書きます」

そこには『真尋』と書かれていた。

「真実を尋ねる、という意味で名付けられたそうです。いかがですか。刑事にぴったりの名前だと思いませんか」

「たしかに」

「お父さんは男の子がほしかったけれど、生まれたのは娘二人。長女が大人しくて繊細な子だったので、次女に期待したんだとか。小さい頃からいくつかの武道を習わされて、特に合気道の腕前はかなりのものだとか」

「刑事になる英才教育というわけか」

嫁のもらい手がなくなることは考えなかったのかな、と新田は思った。

「そのお父さんの期待に、梓係長は立派に応えておられると思います。女性でなかったら、もっと早くに出世していたでしょう。だけどあの人はくさらず、とにかく結果を出そうとしました。そのためには男性と同じことをしていてはいけないと気づいたんです。上司たちが自ら手を染めるのを躊躇うような違法すれすれの捜査をこなし、着々と成果を収めてこられました。でもね、梓係長は別に偉くなりたいわけじゃないんです。あの方が望んでいることは単純明快です。正義を貫きたい、自分の手で悪者をやっつけたい、ただそれだけなんです。新田さんと同じです」

新田は能勢の丸い顔をしげしげと眺めた。つい笑みが漏れた。

「何ですか？　私、おかしなことをいいましたか」

いえいえ、と新田は手を振った。

「能勢さんが梓警部の下で忠実に働いておられる理由がわかりました。定年退職までの時間を、あの人になら捧《ささ》げられると思ったんですね」

「捧げるだなんて、そんな大層な」能勢は顔の前で手を横に振った。「それにこんなジジイの残り時間なんか、あの方にとってはどうでもいいでしょう。ただ、私としてはこういうふうに思っています。最後に仕える上司が、がつがつと出世だけを狙っているような人物でなくてよかった、とね」

「そうでしたか」

「新田さんに理解していただけるといいんですが」

「理解できます。何よりだと思います。そして梓警部のほうも能勢さんには心を許してるんじゃないですか。そうでなければ、名前の由来を話したりはしないでしょう」

「さあ、それはどうでしょうねえ。そうだといいんですが」やや照れ臭そうにいって目を細めてから、でもね、と能勢は首を傾げた。「優秀な人ではあるんですが、どこか危なっかしいところがあるのも事実です。誰が何といっても自分が正しいと思ったことをやり抜く、という強い意志を持っているのはいいのですが、それにこだわるあまり、暴走するおそれがあります。しかも厄介なことに、暴走していると自分では気づけない。だから私に関していえば、このようにいい換えることもできます。警察での残り少ない時間を、あのじゃじゃ馬を調教することに使いたい、と」

新田は大きく頷き、「たしかに、そちらのほうが能勢さんらしいですね」と笑った。

21

「お待たせしました。こちらがお部屋のカードキーと今回のプランに入っているサービスの説明書きです。お時間のある時にでも、お目通しくださいませ。もし御不明な点がございましたら、いつでもお問い合わせいただければと存じます。このたびは当ホテルを御利用いただき誠にありがとうございます。どうぞ、ごゆっくりとお過ごしくださ い」

地方から来たと思われる二人組の女性客のチェックインを済ませ、頭を下げて見送った後、尚美がふと視線を遠くに向けると、エスカレータに乗って新田が上がっていくのが見えた。一緒にいる小太りの男性も知った顔だった。能勢というベテラン刑事だ。二人で何の相談をするのだろう、と気になった。もしかすると盗聴に関することかもしれない。そう考えると気持ちが暗くなった。

森元雅司の部屋での出来事が頭から離れなかった。あの新田が自分を騙していたことが信じられず、ショックをひきずっている。おかげであの後すぐにはフロントに戻れず、バックヤードの休憩所にいたのだ。少し気持ちが落ち着くのを待ってフロントに来たら、新田の姿はなかった。

ぼんやりと二階フロアを見上げていると、「チェックインを頼む」と声をかけられた。はっとして前を向くとカウンターの前に一人の男性が立っていた。よく日に焼けた四十歳前後の男性だ。ノーネクタイだが、スーツは高級そうだ。

「失礼いたしました。チェックインでございますね」

「そうだ。早くしてくれ」そういって男性は腕時計を見た。金色のパテックフィリップだった。

「かしこまりました。お名前を伺ってもよろしいでしょうか」

男性は不満そうに眉間に皺を寄せてから、「カサイだけど」といった。

尚美は端末を操作し、その名前を見つけた。

「カサイ様、本日から御一泊、エグゼクティブ・フロアのデラックス・ツインの御利用ということで間違いないでしょうか」

「ああ、間違いない。さっさと済ませてくれ。急いでるんだ」

「ではこちらに御記入をお願いいたします」尚美は宿泊票を男性の前に置いた。

ところがなぜか男性客はボールペンを手に取ろうとせず、冷めた目を尚美に向けてきた。

山岸さん、と横から安岡が手を伸ばしてきて、端末の画面を指した。それを見て、尚美はぎくりとした。『ノーレジスター』の表示があった。宿泊票の記入は不要という意味だ。つまりこの人物は常連客、もしくはＶＩＰなのだ。だから最初に名前を訊かれたのが気に障ったのだろう。このホテルに勤めていながら俺の顔を知らないのか、といいたかったわけだ。尚美が帰国したばかりだということなど、当然相手は知らない。

「大変失礼いたしました。御記入は結構です」尚美はカウンターから宿泊票を下げた。

急いでカードキーを用意すると、フォルダに入れて差し出した。

「お待たせいたしました。これが今回のお部屋のキーでございます」

「それ、ジムとプールも使えるんだろうね」男性客が訊いてきた。

尚美はぎくりとして改めて端末を見た。『プール、フィットネス利用権付加』の文字が目に入った。本来は有料だが、ホテルからのサービスとしていつも付けているらしい。

「申し訳ございません。失念しておりました。今すぐに手続きをいたします」

カードキーは部屋を開けるための鍵としてだけではなく、ホテル内の様々なサービスを受ける際のパスポートとしての機能もある。だがそのためには事前に情報を入力しておく必要があるのだった。

「完了いたしました。本当に何度も申し訳ございませんでした」カードキーを両手で持ち、差し出した。

男性客はカードキーを受け取ると、「君、新人?」と見下すように訊いてきた。「そんなふうには見えないけど」

トウが立ってて悪かったな、と腹の中で罵りつつ、「御迷惑をおかけいたしました。以後気をつけます」深々と頭を下げた。

男性客は嘲笑するように唇の片端を上げ、無言で立ち去った。尚美は肩を落とし、はあーっと息を吐き出した。

「どうしたんですか。山岸さんらしくないですね」安岡がいった。

「余所事《よそごと》を考えてた。集中してないと、やっぱりだめね」尚美は顔をしかめた。

その時、エレベータホールから一人の女性が現れた。神谷良美だ。彼女はロビーを横切り、オープンスペースのレストランに向かっている。夕食を摂るつもりだろう。

尚美の頭に、ある考えが浮かんだ。迷っている暇などない。

カウンターの下に手を伸ばし、各種のクーポン券を何枚か取った。それをホテルの封筒に入れ、クリスマス特製のシールを貼ってボールペンでメッセージを書き込んだ。

「山岸さん、何をしてるんですか」安岡が尋ねてきた。

「ちょっと急な用事ができちゃったの。安岡君、少し外していい？」

「あ、はい。了解です」

「ごめんなさい。すぐに戻るから」そういいながらカウンターの外に出た。

足早にロビーを通り抜け、エレベータに乗り、七階に向かった。

息を整えながら制服のポケットに手を入れ、小さな機器を取り出した。森元雅司の部屋に仕掛けてあった盗聴器だ。新田によれば、同じものが神谷良美と前島隆明の部屋にも仕掛けられているらしい。

このことはまだ誰にも話していなかった。藤木にさえも報告していない。

ホテルで誰かが殺されようとしているのならば、それは何としてでも防がなければならないと思う。そのために警察に協力することは厭《いと》わないし、少々強引な捜査があったとしても目をつぶる気でいる。

だがこれはどうなのだろう――盗聴器を見つめながら考えた。

もしこの存在を知らないままで、無事に犯人が逮捕された後、じつは客室の盗聴が功を奏したのだと聞かされたなら、自分はどう思っただろう。捜査のためだったなら仕方がない、事件が解決したなら何よりだと割りきれるだろうか。

尚美は首を振り、盗聴器をポケットに戻した。きっとそんなふうには思えない。どうしても逆のことを想像してしまう。逆とは、その客が犯人ではなかった場合だ。

犯人でないならば盗聴した内容は即座に処分されるし、本人に盗聴したことを明かすこともないから何も問題はない、というのが警察側の言い分に違いない。しかし客のプライバシーが侵害されたという事実は変わらない。たとえば事件とは無関係だが、極めて興味深い会話が客室内で交わされたとする。盗聴した警察官が、それを誰にも漏らさないという保証はないではないか。

エレベータが七階に着いた。息を整えながら廊下を進み、０７０７号室の前で足を止めた。神谷良美がいないことはわかっているが、一応チャイムを鳴らした。誰かを室内に招き入れているかもしれないからだ。

だがいくら待っても反応はなかった。念のためにノックをしたが同じだった。尚美はマスターキーを使って解錠し、ドアを開けて中に入った。ただしドアは完全には閉めず、ドアガードを間に挟んだ。客室に入った時の癖だ。

シングルルームなのでベッドは一つだけだ。近寄り、腰を屈めた。手で裏側を探ると、すぐに固いものが触れた。両面テープで貼り付けてあるようだ。引き剝がしてみたら、やはり盗聴器だった。

それをポケットに入れ、代わりにホテルのクーポン券を入れた封筒をテーブルの上に置いた。封筒の表には、『神谷様へ　昨夜より連泊のお客様にホテルからのささやかなクリスマス・プレゼントです』とメッセージを記してある。無断で入室する後ろめたさをやわらげるための、いわば自己満足だ。

部屋を出ようとした時、ライティング・デスクに写真立てが並んでいることに気づいた。全部で四つある。写っているのはそれぞれ、幼い男の子、サッカーのユニフォームを着た中学生ぐらいの少年、Tシャツ姿の若者、そして車椅子に乗って目を閉じている青年だ。年代は違うが、いずれも同一人物のようだった。

さらによく見ようと尚美が顔を近づけた時、ドアの開く気配があった。はっとして入り口を見ると、神谷良美が立っていた。

尚美は直立不動の姿勢を取ってから、失礼しました、と頭を下げた。

「神谷様にお渡ししたいものがあったのですが、お留守のようでしたからテーブルの上に置かせていただきました」封筒を手に取り、神谷良美に近づいた。「宿泊優待券とプールやエステ、フィットネスなどのクーポン券です。昨夜から連泊しておられる女性のお客様にプレゼントさせていただいております。有効期間は一年間ですから、この次にお越しの際にでもお使いいただければと」

「へえ、そうなの……。それはどうもありがとうございます」神谷良美は特に疑う様子もなく封筒を受け取った後、デスクのほうに目を向けた。「あの写真、気になりました？」

「申し訳ございません。素敵なお写真なので、つい眺めてしまいました。息子さん……でしょうか」

神谷良美は微笑んで頷き、ライティング・デスクに近づいた。

「外で泊まる時でも、こんなふうに写真を並べておかないと落ち着かないんです。朝起きたら、まずこの子におはようって声をかけて、それでようやく一日が始まるの」

「そうなんですか」

「もう六年になるんですけどね、亡くなってから」

「……お悔やみ申し上げます」

神谷良美はTシャツ姿の若者の写真を手に取った。

「これが一番のお気に入り。なかなかハンサムでしょ？　出会った頃の主人にそっくりなの。その主人は病気で早くに死んじゃったから、この子が大きくなるたびに思ったわ。もしかしたら彼が天国から戻ってきて、乗り移ってるんじゃないかって」

笑えない冗談を、尚美は神妙な気分で聞いた。

神谷良美は別の写真立てを取った。車椅子に乗っているものだ。

「この写真は、そんなに元気だった頃からたったの二年ぐらい後のもの。どう？　顔がむくんじゃって、別人みたいでしょう？　ある出来事のせいで、こんなふうになっちゃったの。ずっと眠り続けたまま。植物状態というやつだけど、その言葉はどうしても好きになれなかった」

その出来事とはどういうものか、尚美は訊かなかった。新田から聞いて知っているからではない。求められていないかぎり、ホテルマンは質問してはならない。

神谷良美は写真を見つめ、再び唇を開いた。

「いつかきっと目を覚ましてくれると信じてた。それどころか、眠っているように見えるだけで、じつは私の声は聞こえているんじゃないかと思ったりもした。だから話しかけたのよ。朝はおはようって声をかけて、楽しいことや嬉しいことがあったら、すぐに話してあげた。音楽も流した。彼のスマートフォンに入ってたお気に入りの音楽をね。それを聞いている時は、身体を揺らしているように見えた。ただの呼吸だっていう人もいたけど、私は彼には聞こえてると思いたかった。そんな暮らしを辛《つら》いと思ったことはないわ。目を覚ましてくれる日が必ず来ると信じて、その日を楽しみにしていたから。目を覚まして、お母さんおはようっていってくれることを心待ちにしてたから。だけどそんな日は結局来なくて……」

神谷良美は声を詰まらせ、写真立てを胸に抱えて床にしゃがみこんだ。身体が小刻みに震えている。

「大丈夫ですか」尚美は駆け寄り、神谷良美の背中に手を当てた。

「大丈夫よ。ごめんなさい。話してたら急に悲しくなっちゃって」

彼女がベッドに腰掛けるのを尚美は手伝った。

「ありがとう。もう平気。これ、デスクに戻してくださる？」

尚美は差し出された写真立てを受け取り、デスクの上に戻した。

「ほかに何かお手伝いできることは――」ございませんかと続けようとして、尚美は言葉を切った。神谷良美の頬を涙が伝っていたからだ。

彼女は手の甲で目元をぬぐい、「誰かを心の底から憎んだことがある？」と尋ねてきた。

「心の底から……ですか」

「そう。できればこの手で殺したいと思うほど」

「さあ……私の場合、記憶にはございません」

「そうなの？　それは幸せなことね」

「恐れ入ります」

「憎しみなんてね、人生にとって何の足しにもならない。ただの重たい荷物。早くそんなものからは解放されたい。だけど、その荷物を下ろす方法は一つしかない。ところが私の場合、それも失ってしまった」

「神谷様……」

尚美の呟きが耳に届いたらしく、神谷良美は我に返ったような顔をした後、にっこりと笑いかけてきた。

「おかしなことをいっちゃった。忘れてちょうだい」

「何かお飲み物でもお持ちしましょうか。コーヒーとか日本茶とか」

神谷良美は首を横に振った。

「ありがとう。でも結構よ。心配させてごめんなさい」

「何かございましたら、遠慮なくお申し付けくださいませ」

「ええ、その時はお願いします。クーポン券、時間があれば使わせてもらうわ」

「是非。では失礼させていただきます」

尚美は一礼し、ドアに向かった。

部屋を出て廊下を歩いていくと、エレベータホールの前に人が立っていた。スタッフの制服を着ているが、本物でないことは顔を見なくてもわかった。立ち姿が全然違うのだ。

相手は待ち構えるように尚美のほうを向いていた。神谷良美の部屋を盗聴していた部下から報告を受け、やってきたに違いない。

「仁王立ちするホテルマンなんていませんよ、梓警部」近づきながら尚美はいった。

梓が右手を出し、手のひらを上に向けた。

「返してちょうだい。それ、警察の備品ではなく私物だから」

何のことをいっているのか、すぐにわかった。

「そうなんですか」尚美はポケットから二つの盗聴器を出した。「参考までに伺うんですけど、こういうものはどこで購入するんですか」

秋葉原《あきはばら》、といって梓は受け取り、一方の盗聴器からボタン電池を抜いた。「ほしいのなら、店を紹介してもいいけど」

「結構です。誰かの会話を盗聴する予定はございませんから」

「そうなの。まあ、これだけ買っても仕方ないんだけどね。受信機も必要だから」梓がエレベータの下りボタンに触れた。「少し付き合ってくれない？　話したいことがある」

「わかりました」

エレベータの扉が開いた。幸い、無人だった。二人で乗り込んだ。

「お話はどちらで？」尚美は訊いた。

「あなたに任せる。なるべく人目につかないところ」

「座る場所がなくても構いませんか」

「構わない。そんなに長くならないから」

それなら、と尚美は二階のボタンに触れた。

エレベータが止まると、ロビーを見下ろせる場所に移動した。

「盗聴器は私物。つまり盗聴を指示したのは新田警部じゃない」梓がいった。「私が自己判断でやったこと。いったでしょ、私は新田警部の下にはいないって」

「そうなんですか。でも私にとっては、どちらでも同じことです。お客様に対するそういう卑劣な行為を見逃すわけにはいきません」

「卑劣、ねえ」

「違うんですか」

梓は手すりに肘を載せ、尚美のほうを見た。

「彼等は人殺しなの。明日の朝までに、このホテルで誰かを殺そうとしている。それを阻止するためには手段を選んでいられない。それぐらい、あなただってわかるはずよ」

「犯人と決まったわけではなく容疑者の段階だと伺っています」

「証拠はないけど、確実なの。だから何としてでも逮捕しなきゃならない。殺人未遂の現行犯でね。理解してもらえないかな？」

「そういうお考えだということは理解いたしました。でもホテルマンにはホテルマンの姿勢というものがございます」

「ホテルマンの姿勢？」梓は得心のいかない顔を傾けた。「どういうもの？」

「ホテルを訪れるお客様は、皆さん仮面を被《かぶ》っておられます。その仮面を守るのが私たちの務めだと思っています。それは同時に、仮面の下の顔を信じることでもあります。たとえ警察が容疑者だと断定していたとしても、私たちはその方に対して、犯人ではないという前提で接しなければならないと考えています。それがホテルマンの姿勢です」

「御立派な考えね。皮肉でなく、そう思う」

「そういうことですから、大変申し訳ないんですけど、残るもう一つの盗聴器も何とかして回収するつもりです」

「それは困るといったら？」

「総支配人に話します。このことはまだ私しか知りませんが、総支配人が知ればどうなると思いますか。私だけの胸にしまっておくのが最大の譲歩だと御理解ください」

梓は唇の端を曲げた。「仕方ないわね。勝手にすれば」

「ほかにお話がないようでしたら、私は持ち場に戻りたいのですが」

「話は以上よ」

「では失礼いたします」

一礼してから階段に向かって歩きかけたが、「あと一つだけいっておく」と梓の声が後ろから聞こえた。尚美が振り向くと女性警部は続けた。「盗聴の件、新田警部は反対だった。私が勝手に仕掛けたことを知ると怒った」

「そうなんですか。でも、なぜそれを私に？」

「あなたは知っておいたほうがいいと思ったから。それとも知らないほうがよかった？」

どのように答えるべきか少し考えた後、素直に応じる気持ちになった。

ありがとうございます、と尚美は答えた。

22

スマートフォンに着信があった。警備員室で防犯カメラのモニターを睨んでいる富永からだ。新田は事務所に入りながら電話に出た。

富永によれば、１６１０号室に動きがあったらしい。

「三人の女性が出てきて、エレベータに乗りました」

「女だけか。佐山は？」

「部屋に残っていると思われます」

「神谷良美や前島隆明の様子はどうだ?」

「神谷良美は再び部屋を出ました。中華料理レストランに入ったので、夕食を摂るんでしょう。前島は、まだ部屋にいます」

「了解。監視を続けてくれ」

新田が電話を切った直後、ドアが開いて山岸尚美が入ってきた。彼女は一瞬驚いた様子を見せてから、ゆっくりと頷いた。「先程は失礼いたしました」

新田は意外な気がした。彼女の表情が、森元雅司の部屋から新田たちを追い出した時とは打って変わって穏やかだったからだ。

「神谷良美の部屋に忍び込んだそうですね」新田はいった。「防犯カメラの映像を見ていた部下から報告がありました」

「忍び込んだなんて人聞きが悪い。ホテルからのクリスマス・プレゼントとして、クーポン券をお届けしただけです」

「クーポン券か。さすがですね。万一見つかった時の用心をしていたわけだ」

「そうではなく、理由もなく無断で部屋に入ることに抵抗があったんです」

「それがさすがだといってるんです。しかもその気遣いが功を奏しましたね。神谷良美が思いのほか早く戻ってきたので、焦ったんじゃないですか」

「まあ少しは……。一階のレストランで食事をされていると思っていましたから」

「彼女を見張っていた捜査員によれば、レストランの前まで行ったけれど中には入らず、外から店内を見回した後、引き返したそうです。ターゲットを捜していたのかもしれない」

「ターゲット……」山岸尚美は浮かない顔つきになった。

「盗聴器は無事に回収できたようですね」

「はい。梓警部にお返ししておきました」

「それも部下から聞きました。梓警部はエレベータホールであなたを待ち伏せしていたとか。彼女とはどんな話を？」

「盗聴はおやめくださいとお願いし、もう一つの盗聴器も回収しますといいました。それから――」山岸尚美は少し躊躇するように間を置いてから続けた。「梓警部から聞きました。新田さんは盗聴には反対だったと」

「そうですか」新田は頭を掻いた。「でも結局やめさせなかったわけだから、あなたに軽蔑されても仕方がないと思っています」

「軽蔑なんかはしません。辛いお仕事だなと改めて思いました」

「それはどうも……」新田は首筋を擦《さす》った。

「ところで、お耳に入れておきたいことがあります。神谷様についてです」

「何ですか」

「部屋で少しお話をしました。息子さんに関してです」

山岸尚美は神谷良美とのやりとりを詳しく話してくれた。その慎重な口ぶりからは誇張や曲解を感じられなかった。

「憎しみなんて人生にとって何の足しにもならない――こんなふうに思っている人が、恨みを晴らすために人殺しなどするでしょうか。私は新田さんたちの推理には、根本的な間違いがあるように思えてならないんですが」

「その言葉が本心ならね。だけど、そうとはかぎらない。あなたを欺くための演技だった可能性もあります」

山岸尚美は諦めたような苦笑を浮かべた。「そうおっしゃるだろうと思いましたけど」

「神谷良美の一人息子が被《こうむ》った傷害事件は、かなり理不尽なものでした。犯人の少年が駐輪禁止の場所、具体的には点字ブロックの上に自転車を駐めようとしていたのを注意し、かっとなった少年から暴行を受けたんです。犯人の少年は父親の影響でボクシングに興味を持っていて、ジムにこそ通っていませんでしたが、日頃から我流で練習を続けていました。自宅のアパートには、手製のサンドバッグが吊《つる》されていたそうです。逮捕された後、少年はこう供述しています。ボクシングの練習の成果を試したかった、機会があれば誰かを練習台にしようと思っていた、難癖をつけられたのでちょうどいいと思った、やる以上はノックアウトしなければならないと思った、あんなことになるとは思わなかった――。この供述は神谷良美も間接的に聞かされたはずです。母親として、どんな気持ちになるでしょうか」

「それは……怒りに震えるでしょうね」

「憎しみなんて人生にとって何の足しにもならない。そりゃあそうでしょう。そんなものを抱えて、いいことなんてあるわけがない。そんな重い荷物を背負わされたことを嘆いている――神谷良美がいいたかったのは、そういうことなのかもしれません」

「その荷物を下ろす方法は一つしかないけれど、それも失ってしまったというのは？」

「後悔しているのかもしれませんね。復讐を人に委ねたことを。憎むべき相手が死ねば苦しみから解放されるかと思ったけれど、そうはならなかった。やはり自分の手で殺すべきだったと悔やんでいるのかもしれない。元少年が殺害された夜、神谷良美はアリバイ作りのために友人と横浜で観劇していたそうですが、おそらく頭の中は芝居どころではなかったと思います」

山岸尚美は首を傾げた。「私には、そんなふうには聞こえなかったのですけど……」

「すみません。疑うのが俺の仕事ですから」

するとと山岸尚美は諦めたような苦笑を漏らした。

「新田さんたちのそういうところを完全には否定できないとも思っています。以前は理解できず、刑事というのは、なんて心のねじ曲がった人たちだろうと呆《あき》れることもありました。でも今は見習うべきところも多いと思ったりします。このホテルで過去に起きた二度の事件では、いずれも犯人は意外な人物でした。私はあの人たちを完全に信じ、騙されました。それどころか私自身が危険な目に遭いました。甘かったと反省しているんです。だから今回もまた、私は騙されかけているのかもしれません」

新田は女性ホテルマンの顔を見返した。

「そんなことをいうなんて、あなたらしくないな」

「人は誰だって変わります。とはいえ――」山岸尚美は一旦唇を真一文字に結んでから、改めて開いた。「少しは成長して、人を見る目も養われたと自負しています。だからやっぱり私は神谷様を信じたいです」

新田は首を縦に揺らした。「あなたはそれでいいと思いますよ」

内ポケットでスマートフォンが震えた。ちょっと失礼、といって取り出した。富永からだった。前島隆明が部屋を出たという。行き先は不明のようだ。

「わかった。監視を続けてくれ」

電話を切ったら、間もなくまた着信があった。今度は稲垣からだ。

「前島が部屋を出たことは聞いているな」

「たった今、報告を受けました」

「その後、日本料理店に入ったようだ。料理を注文したらしいから、当分部屋には戻らないはずだ」

稲垣が何をいいたいのかを新田は察した。

「了解です。室内の確認は俺がやります。そのほうがホテル側との話もつけやすいですから。それでいいですね」

「ああ、任せた」稲垣はあっさりと即答した。新田の反応を予想していたのかもしれない。

電話を切り、事情を山岸尚美に話した。

「というわけで、どなたかホテルのスタッフに同行してもらいたいのですが」

「わかりました。もちろん私が行きます。やるべきこともありますから」

何のことをいっているのかは訊くまでもなかった。

「盗聴器のこと、総支配人に報告しなくていいんですか」

山岸尚美は眉をぴくりと動かした。「してもいいんですか？」

「いや、それは……」

新田が口籠もると山岸尚美は唇の両端を上げた。

「小さなトラブルをいちいち上に報告していたらきりがありません。警察もそうじゃないんですか」

「まあ、たしかに」

彼女は人差し指を立てた。「ひとつ、貸しです」

新田は肩をすくめた。「覚えておきます」

二人で事務所を出るとロビーを通り抜け、エレベータホールに向かった。

エレベータを待っているると間もなく扉が開いた。すると中に三人の女性が乗っていた。沢崎弓江と後から来た女性たちで、合わせて三人だ。佐山涼ともう一人の男性の姿はない。

彼女たちが降りる様子がないので、失礼いたします、と挨拶して新田たちは乗り込んだ。

山岸尚美が十一階のボタンを押した。すでに最上階のボタンが点灯している。沢崎弓江たちが押したのだろう。

「猫の置物、かわいかったね」沢崎弓江がいった。「ああいうのを部屋に飾ったら癒やされるだろうなあ」

「かわいかったけど、あんなのに何万円も払う気にはなれないなあ」髪をピンクに染めた女性がいった。「そんなお金があったら、洋服とか旅行に使っちゃう」

「あたしもそう」ショートボブの女性が同意し、沢崎弓江を見た。「あなたはいいよね。高い洋服を買えて、おまけにアメリカにも行けちゃうんだから」

「そのかわり私だって猫の置物は買ってないでしょ」

　沢崎弓江の言葉に、そうだった、と後の二人が笑った。

　エレベータが十一階で止まった。失礼いたします、と若者たちに挨拶し、新田は山岸尚美と共に降りた。

「ちょっとすみません」沢崎弓江が呼びかけてきた。『開』のボタンを押しているらしく、扉は開いたままだ。

「はい、何でしょうか」山岸尚美が尋ねた。

「ロビーの飾りとか『サンタ・プレゼント』以外で、クリスマスのイベントってやってないんですか」

「イベント……でございますか」

「そう。楽しめるところ」

「でしたら、特設ギャラリーはいかがでしょうか。二階にございます。クリスマスの歴史というテーマで、様々な時代のクリスマス関連のものが展示してあります。グッズの販売も行っておりますから、お楽しみいただけるのではと」

「クリスマスの歴史ね。ありがとうございまーす」

　エレベータの扉が閉じるのを見届けてから、「連中、何をやってるんだろう?」と新田はいった。

「猫の置物の話をしていましたね。たぶん地下のショップを見てきたのだと思います。欧風雑貨の店がありますから」

「つまり連中はホテル内の探検を始めたってことですね。徹底的にホテルライフをエンジョイするつもりらしい。で、次は最上階か」

「展望コーナーが目当てじゃないでしょうか」

「なるほどね。それにしても大したものだ」

「何がですか」

「あなたです。今朝、このホテルに着いたんですよね。それなのに催し物やショップのことを把握しておられる。まるでブランクを感じさせない」

ああ、と山岸尚美は照れたような笑みを浮かべた。

「警察との連絡係とはいえ、お客様の対応もしなくてはいけませんから、それぐらい調べておくのは当然です」

「まあ、あなたにとってはそうなんでしょうね。ところで――」新田は首を捻った。

「佐山がいなかったのが気になる。あいつは部屋で何をしてるんだろう」

「もう一人、男性がいるはずですよね。二人でお酒でも飲んでるんじゃないですか」

「それならいいけど、まさか早速マリファナ・パーティを始めてたりしないだろうな」

山岸尚美が青ざめるのを見て、冗談です、と新田はいった。

「少なくとも現時点では大丈夫です。大麻を吸ったら独特の臭いが出ます。彼女たちの服に、その臭いはついてなかった」

山岸尚美は安堵の吐息を漏らした。「悪い冗談はやめてください」

「いずれにせよ、客でもない人間にうろちょろされたら迷惑だ。さっさと帰ってくれないかな」

「これからレストランを御利用になるおつもりだとしたら、ホテルにとっては大事なお客様ということになりますから、そんな言い方はしないでください」

新田は廊下を歩きながら思わず苦笑した。

「あなたは相変わらずだ。やっぱりプロフェッショナルですね」

「私なんか、まだまだです。ロサンゼルスで思い知らされました」

「どんなことがあったんです」

「今度、お話しします。機会があれば、ですけど」

じゃあ機会を作らないとな、と新田は思ったが口には出さなかった。

１１０５号室に近づいていくと、またしてもハウスキーパーの格好をした例の女性刑事が立っていた。新田たちを見て、気まずそうに頭を下げた。

「また君か。一緒に部屋に入るよう、梓警部から命令されたのか」

「そうではなく、これをお渡しするようにと」彼女は紙袋を出してきた。

新田は受け取り、中を覗いた。三十センチほどの棒状の器具が入っている。

「何ですか?」横から山岸尚美が訊いてきた。

「金属探知機です」新田は答え、女性刑事を見た。「俺にこれを使えと?」

「使用するかどうかは新田警部にお任せします、とのことでした」

「わかった。一応預かっておこう」

「よろしくお願いします。では失礼いたします」女性刑事は敬礼し、去っていった。

「梓警部は、その手の道具がお好きなんですね」山岸尚美が紙袋に目を向けた。「それ、お使いになるんですか」

新田は鼻の下を擦《こす》った。「とりあえず、部屋に入りませんか」

山岸尚美は不満そうな顔でマスターキーを取り出した。

部屋に入ると、まずは二人でベッドの裏を調べた。ツインルームなのでベッドは二つある。すぐに山岸尚美が、ありました、といった。

新田は彼女から盗聴器を受け取ると、ボタン電池を引き抜いた。

「お互い、これですっきりしましたね」

「本当にそうです。このまま何もせずに部屋を出ていくのなら一番いいんですけど」

「そうしたいのはやまやまですが、それだと俺は給料泥棒ってことになります」

新田は室内を見回した。ティー・テーブルやライティング・デスクの上に前島の私物はない。ゴミ箱は空だった。クロゼットも使われていない。

部屋の入り口にあるバゲージ・ベンチに、ライトブラウンのブリーフケースが置かれている。それを横目で見ながらバスルームのドアを開けた。トイレの蓋には『消毒済』の紙が付いたままだった。つまりまだ使われていない。

新田は床に置いた紙袋から金属探知機を取り出した。

隠し撮りや盗聴はともかく、これはいい着眼だと思った。過去三つの事件で犯人は凶器にナイフを使用している。今回もそのつもりなら、誰かがナイフを用意しているはずだ。

ブリーフケースの前に立つと、「やっぱり、使うんですか」と山岸尚美が沈んだ口調で尋ねてきた。

「金属探知機が反応するかどうかを調べるだけなら、プライバシーの侵害には当たらないでしょう。コンサート会場の入り口や空港の保安検査場でもやっていることです」

「でも本人に無断ではやらないんじゃないですか」

「特別な警備では、怪しいと思った人物に対し、警察官は半ば強制的に行う場合があります。それと同じです」

山岸尚美は釈然としない様子だったが、「そういうことなら」といった。

新田は金属探知機のスイッチを入れ、ブリーフケースに近づけた。その途端、ピピッと電子音が響いた。

あっ、という声が背後から漏れた。振り向くと山岸尚美が目を見開いていた。

新田は再び金属探知機をブリーフケースに近づけ、左右に振った。やはり電子音が鳴る。

見たところ鞄自体に大きな金具などは付いていない。ファスナーに反応しているわけでもなさそうだ。明らかに金属類が中に入っている。しかも小さなものではない。

新田は金属探知機のスイッチを切り、ブリーフケースを見つめた。

「だめですよ、新田さん。それ以上はだめです」山岸尚美が早口でいった。「鞄には触らないでください。お願いします」懇願する口調だ。

新田は金属探知機を紙袋に戻してから、でも、と振り返った。

「ホテルだけでなく利用客にとっても、犯行を未然に防ぐことが何より優先されると思いませんか」

「そう思いますけど、ほかにも方法があるじゃないですか。その鞄を開けたら必ず防げるというわけではないし、開けなければ絶対に防げないというわけでもないでしょう?」

「もし凶器が入っていれば、前島だけをマークすればいいのだから、犯行を防げる可能性は俄然《がぜん》高まります」

「入っていなければ？　無断で鞄を開けたという事実だけが残ります」

「でも、その事実を知っているのは我々だけです」

山岸尚美は大きく目を見開いた。

「だから私に黙っていろと？　重大なルール違反なのに、見て見ぬふりをしろと？」

「捜査に協力してほしいとお願いしているんです」

「ホテルマンとしてのプライドを捨てろ、信念を曲げろというんですか」彼女の声は震えていた。興奮しそうになるのを懸命に堪えているのだ。

そのプライドや信念はそんなに大事なものなのか、という疑問が新田の頭に一瞬浮かんだが、すぐに消失した。大事なのだ、この女性にとっては。そのことはよく知っている。

「新田さんは、まだ甘く考えておられますね」山岸尚美は声のトーンを落とした。「私たちの仕事について」

「そんなことはないつもりですが」

だが彼女はゆっくりとかぶりを振った。

「ホテルにはいろいろなお客様がいらっしゃいます。中にはとても神経質でうたぐり深い方もいるんです。自分が部屋を空けている間に従業員が侵入し、持ち物を漁《あさ》るんじゃないかと心配して、外出のたびにスーツケースに鍵をかける方は珍しくありません。鍵のないバッグの場合、無断で開けたりしたら、その痕跡が残るように工夫する方もいらっしゃいます。だからハウスキーパーたちは極力お客様の荷物には触れないようにしますし、万一移動させなければならない場合でも、ファスナーや留め具などには触らないよう注意します。開けていないのに開けたと誤解されるのを防ぐためです。前島様がそういうお客様ではないという保証など、どこにもありません。もし新田さんが開けて、そのことに前島様がお気づきになったらどうなるでしょう？　犯人だった場合でも、犯人でなかった場合でも、とてもまずいとは思いませんか。ホテルにとっても、警察にとっても」

淡々と語られた説は正論であり、説得力があった。新田には反論が思いつかない。強いていうなら、事件解決のためには一か八《ばち》かの賭けも必要、といったところか。だがそんな幼稚な暴論が通用する相手ではない。

「私のいいたいことはいいました」山岸尚美はいった。「後はお任せします」

えっ、と新田は彼女の顔を見返した。「お任せって……」

「鞄を開けるかどうかの判断は新田さんに任せる、ということです。警察には警察の考え方があるでしょうから、これ以上の発言は控えます。でもお客様の鞄が無断で開けられる場にはいたくないので、私は立ち去らせていただきます」

「山岸さん……」

「失礼いたします」

新田に向かって一礼し、山岸尚美は毅然《きぜん》とした足取りで部屋を出ていった。

ぱたんとドアが閉じられるのを見送った後、新田は視線をブリーフケースに戻した。迷いつつ床に膝をつき、ファスナーの周囲を観察した。開閉したらその痕跡が残る仕掛けが施されているようには見えない。

だが山岸尚美にいわせれば、きっとそういう問題ではないのだろう。無断で荷物に触れたと客に思われないためには、触れないのが一番、というわけだ。

新田は腰を上げた。

フロントに戻ったが、山岸尚美の姿はなかった。新田はカウンターの内側に入ってからスマートフォンを取り出し、稲垣に報告した。金属探知機がブリーフケースに反応したと聞き、稲垣は唸り声を出した。

「中は見たんだろうな」

「いえ、見ていません」

「どうしてだ？」稲垣は不満そうな声を発した。

「ブリーフケースのファスナーに、目立たないよう細い紙縒《こよ》りが結びつけてあったんです。下手に開けようとしたらちぎれる仕掛けです」

再び稲垣の低い唸り声が聞こえた。

「わざわざそんなことがしてあるのか。そいつはますます怪しいな」

「しかし山岸さんによれば、留守中に鞄を従業員に開けられるんじゃないかと警戒して、そういう工夫をする客が時々いるそうです」

舌打ちが聞こえた。「何とかできなかったのか」

「やろうと思いましたが、元に戻すのが難しそうなので断念しました。開けたことに前島が気づいたらまずいですし」

「それはそうだが」

「しかし管理官、森元は戻ってきませんし、非力な神谷良美が殺人の実行役だとは思えません。直接手を下すとすれば前島と見ていいんじゃないでしょうか。あとは、ほかに共犯者がいるかどうかです」

「そうだな。引き続き、奴らの監視を続けさせよう」

「こちらは怪しい客たちの動きに注意しておきます」

「おう、任せた」

電話を切り、スマートフォンを内ポケットに戻した時、背後に気配を感じた。後ろを向くと山岸尚美が立っていた。

「紙縒りの仕掛けなんて、よく思いつきましたね」

「ショーン・コネリーが出ていた『007』で、ジェームズ・ボンドが外出前にクロゼットのドアとドアを渡すように髪の毛を唾で貼りつけておくシーンがあるんです。知らずにドアを開けたら髪の毛が落ちるので、留守中に誰かが侵入したかどうかがわかるというわけです。そのアイデアを応用しました。紙縒りに変更したのは、髪の毛だと頑丈すぎて切れないと思ったからです」

「とてもいい考えです」山岸尚美は指で輪を作っていった。それから両手を身体の前で合わせ、ありがとうございます、と丁寧に頭を下げた。

「どうしてあなたが礼を？」

「たとえその場に自分がいなかったとしても、お客様のプライバシーが侵害されたと思うと胸が痛みます。それを回避してくださったのですから、お礼をいうのは当然です」

「じゃあ、これでさっきの借りを返せましたかね」

「これで？　何だか都合のいい話にも聞こえますけど、まあいいでしょう」山岸尚美は目を細めた。だがその目を新田の後方に向けた瞬間、表情が厳しいものに変わった。

彼女の視線の先を見ると梓がロビーを通り抜け、真っ直ぐに向かってくるところだった。

「新田警部、ちょっとよろしいでしょうか」フロントに来ると梓はいった。「御相談したいことがあります」

「いいですよ。――山岸さん、少し外します」

はい、と彼女は真剣な顔つきで答えた。

23

能勢の時と同じく、二階のブライダルコーナーを使うことにした。夜は大抵無人だ。テーブルを挟んで向き合った。

「まずは、これらをお返しします」新田は前島隆明の部屋に仕掛けられていた盗聴器と金属探知機の入った紙袋を差し出した。

梓は冷めた顔でそれを受け取り、紙袋の中を覗いた。

「バッグに反応したそうですね。でも開けなかったとか」

「管理官から聞いてませんか。開けなかったのではなく、開けられなかったんです」

「まあ、そういうことにしておきましょう」梓は諦めたような顔でいい、紙袋を隣の椅子に置いた。「新田警部も今回の実行役は前島だと考えておられると聞きました」

「非力そうな神谷良美には、とても無理だと思いますからね。その言い方から察すると、あなたも同意見ですか」

はい、と梓は頷いた。

「前島は自由が丘でレストランを経営していますが、名物はジビエ料理です」

「そうなんですか」

ジビエとは食用にする野生の鳥獣のことだ。鹿やイノシシ、野ウサギなどだ。

「調べたところ、前島は食品衛生法違反を犯している疑いがあります。ジビエの肉は専門業者から仕入れる必要があるのですが、どうやら彼は知り合いの猟師から調達しているようなのです。また彼自身も狩猟免許を持っていて、自分で獲《と》ったジビエの肉を店で提供することもあるらしいです」

「狩猟免許か。つまり動物の命を奪った経験がある」

「加えてナイフの扱いに慣れています。調理に必要な繊細な動きだけではなく、一撃で肉を突き破る動作にも長《た》けているはずです。私は、これまでの犯行の殆どは、前島が実行役だったのではないかと考えています。もしかするとローテーション殺人を思いつき、皆に提案したのも彼かもしれません。村山慎二以外のターゲットはすべて自分が始末するから協力してほしい、といわれたら話に乗る者も出てくるように思います」

村山慎二は、前島の娘にリベンジポルノを仕掛けた男だ。

大胆だが説得力のある推理だ。やはりこの女性は頭がいい、と改めて思った。

「前島隆明というのは、どういう人物ですか」新田は訊いた。「直接会ったことはありますか」

「私はありませんが、話を聞きに行った捜査員から報告は受けています。その報告書をお見せしてもいいのですが、これを聞いてもらったほうが手っ取り早いかと」

　梓は懐に手を入れると、またしてもボイスレコーダーを出してきて、スイッチを入れてからテーブルに置いた。

　間もなく小さなスピーカーから声が聞こえてきた。

（その日なら、ずっと店にいました。従業員に訊いてもらってもいいですし、お客さんに確かめてもらっても結構です。うちは要予約なので、連絡先はわかると思います）話しているのは前島隆明のようだ。捜査員からアリバイを訊かれ、答えた時のものらしい。その口調は落ち着いていて自然だ。

（村山慎二が死んだことは、いつ知りましたか）男性の声が尋ねた。捜査員だろう。

（二日前です。朝のニュースで見ました）

（それを見て、どう思いましたか）

（どう思ったっていうより、どきっとしました。あの男と同じ名前でしたから。でも同姓同名かもしれないし、ずっと気にはなっていました）

（本人かどうか、確かめようとは思わなかったんですか）

（確かめたかったけど、方法がありませんでした。テレビでは飲食店の店員としか報道されてなかったし）

（同姓同名ではなく、あの時の被告人だと知って、今はどんな気持ちですか）

（気持ち、ですか……）

しばらく沈黙の時間が流れた。前島の考え込む姿が目に浮かぶようだ。一連の犯行に関わっているか否かに拘らず、村山慎二の死に対しては複雑な思いがあるはずだった。

（天罰、だと思いたいですね）やがて前島がいった。（人の道に外れたことをしていながら相応の罰を受けず、しかも反省もせずに生きている鬼畜に天から制裁が下された——そんなふうに思いたいです）

（ざまあみろ、というところですか）

捜査員の問いに対し、ははん、という声が聞こえた。笑ったようだ。

（そんな感情はありません。天罰だと思いたいといったのは、実際にはそうではないからです。天罰なんかではなく、あいつに恨みを持った私以外の誰かに殺されたわけだ。そう思うと、正直いってとても悔しいです。あの男を生かすも殺すも自分次第だと思っていましたからね。その気になればいつでも殺せると思うことで、今まで耐えてこられたんです。だけど、それももう終わりました。死なれたらおしまいだ。どうしようもない。こんなことなら、もっと早くにこの手で殺したほうがよかったのかとさえ思います）

（聞き捨てならないことをおっしゃいましたね）

（お疑いになるのなら好きなだけ調べてください。あの男を殺したんじゃないかと疑わ

れることには何の不満もありません）

梓がボイスレコーダーに手を伸ばし、スイッチを切った。「いかがですか」

「いい聴取ですね。前島の人となりが伝わってくる」

「後半の言葉には本音が含まれています。村山慎二を生かすも殺すも自分次第だと思っていた、というのはおそらく本心でしょう。自分以外の誰かに殺されたと思うと悔しいとか、死なれたらおしまいとかいっているのは、ローテーション殺人であることを隠すための詭弁《きべん》です。だけどここで前島はミスを犯しました。いつでも殺せると思うことで耐えられた、といってましたよね。いつでも殺せる？　事件を知った時には同姓同名じゃないかと思ったほど村山慎二に関する情報を持っていなかったはずなのに、なぜこんな台詞が出てくるんでしょう？」

新田は女性警部の顔を見返した。彼女のいいたいことがわかった。

「本当は村山慎二の居場所や近況を把握していて、常に行動を監視していたと？」

我が意を得たりとばかりに梓は顎を大きく引いた。

「そう考えるのが妥当だと思いませんか」

「たしかにあり得ますね。そしてほかの容疑者たち、神谷良美や森元雅司も同様だったのかもしれない」

「そう。それぞれが恨みを抱く対象に対し、動向を把握していた」

「つまりみんな、それぞれが憎む相手を『いつでも殺せる』状況だったわけだ。でもこれまで手出しはしなかった。前島がいうように、いつでも殺せると思うことで耐えていられたのかもしれない。ではなぜ、ここにきて報復を始めたのか。何年間も耐えてきたのに、なぜそれができなくなったのか」

「誰かが引き金になったのだと思います。このままずっと苦悶し続けるぐらいなら、恨みを晴らしてしまおうと提案した」

「その誰かというのが前島だというんですね」

「そうです。前島だけは、ほかの被害者遺族とは状況が違います」

「どう違うんですか」

梓はボイスレコーダーをしまい、代わりにスマートフォンを出してきた。

「被害が現在進行形だということです。ほかの遺族たちも理不尽な形で愛する者の命を奪われていますが、それは過去の出来事です。でも前島が奪われたのは娘の命だけじゃない。まず先に彼女の尊厳が奪われ、それを苦にして彼女は自ら命を絶ちました。そして彼女の尊厳は今も貶《おとし》められ続けています」

梓はスマートフォンを操作し、画面を新田のほうに向けた。映っている画像を見て、新田は思わず顔をそらした。少女の裸体だった。

「御承知の通り、インターネット上に放たれたデータは未来永劫《みらいえいごう》残ります。所謂、デジタルタトゥー。消しても消してもどこからか現れ、拡散を続けます。最近になり、前島は何かのきっかけで画像を目にしたのではないでしょうか。そこで改めてショックを受けた。娘の自殺の原因となった画像が今もネット上に存在し、さまよっている。それを知ったら親としてはどんな気持ちになるか」

「耐えがたい……でしょうね」

「一方、流した張本人はどうなったか。懲役三年執行猶予五年。こんなもの、何の刑も下されなかったも同然です。しかも村山慎二は、今もその忌まわしいデータを持っている可能性が高い。持っていて、時折眺めているかもしれない。それどころか再び流出させるおそれさえある。そう思ったら、今すぐにでも殺したいと考えるのは、親なら当然の心理です。私でも、そう思うでしょう」

最後のひと言は、少なからず新田を驚かせた。

「梓警部は、ずいぶんと前島に同情的なんですね」

「それは否定しません。でもそれ以上に村山慎二に怒りを覚えます。調べれば調べるほど、そうです。出会い系で知り合った少女を騙して売春まがいのことをさせたり、性行為の隠し撮り動画を販売したり、これまで発覚していなかっただけで、余罪はいくつも出てきました。全く懲りていない人間のクズです。殺されて当然です」

新田は、すっと息を吸い込んだ。

「殺されて当然の人間などいない、と警察学校では教えられたものですが」

梓は首を横に振り、スマートフォンを懐に戻した。

「それは建前です。少なくとも私はそう思っています。今回の被害者たちは、全員殺されて当然の人間たちです。森元雅司のブログは正しいことを訴えています。現在の刑事司法システムには問題があります」

熱く語る梓に、新田は反論するのは避けることにした。彼女には彼女なりの信念があるのだろう。罪と罰に関する考え方は人それぞれだ。だが能勢が梓について、暴走していることに自分で気づかない、と評していたことが頭をよぎった。

「梓警部の考えはよくわかりました。それで俺に相談というのは？」

「今もいったように、私はローテーション殺人の実質的なリーダーは前島だと考えています。少なくとも、今回も直接手を下すのは彼に間違いないと踏んでいます。金属探知機のセンサーが反応したのは、バッグの中にナイフが入っているからでしょう。そこで相談です。私に前島と話をさせてもらえませんか。できれば二人だけで」

新田は意表を突かれた思いだった。まるで予想していなかった要求だ。

「その目的は？」

「彼に犯行を認めさせます。ローテーション殺人が見抜かれていることや現在の警備体制について話せば、きっと諦めて白状すると思います」

「しなかったら？」

「します」梓は断言した。「白状させる自信が私にはあります」

「真実を尋ねるという名は伊達《だて》じゃない、というわけですか」

「えっ？」

「真尋さん、いい名前だ」

梓はげんなりしたように口元を歪めた。「能勢ですね。おしゃべりな」

「前島もおしゃべりならいいんですが、そうだという保証はありません。黙秘されたらどうする気です？」

「その時には身体検査をします。刃物を見つけ、銃刀法違反で逮捕します。スマートフォンを押収して解析すれば、何らかの証拠が見つかるはずです」

そう来たか。あの金属探知機には、そんな狙いがあったのだ。

「刃物がなければ？」

「そんなはずはないと思っていますが、その場合は食品衛生法違反の疑いで任意同行を求めます」梓は勝ち誇ったように鼻をぴくつかせた。

「この話を管理官には？」

「まだです。話せばきっと新田に相談してみろとおっしゃるでしょう。だから先にお話しすることにしたのです」

「それはよかった。そんな馬鹿な話を管理官には聞かせられませんから」

　梓の片方の眉が上がった。

「馬鹿な話？　私にいわせれば、このような潜入捜査こそナンセンスです」

「お言葉ですが、発案者は当時の管理官、現在の尾崎捜査一課長ですよ。しかも二度の成功実績がある」

「プライドを傷つけたのなら謝ります。極めてアクロバティックな捜査を見事成功させた新田警部たちには、心から敬意を表します。だけど容疑者もターゲットも不明だった過去のケースと今回は違います」

「決定的な証拠を摑むまで容疑者を泳がせるのは、ある意味捜査の常道です。いいですか。我々はまだ彼等の計画の全貌を把握していない。ローテーション殺人にしたって推論でしかない。もしかすると計画はさらに複雑で、もっと多くの人間が関わっている可能性だってある。前島だけを逮捕しても、ほかの人間に手を出せなくなったら意味がない」

「前島に口を割らせます。そうすれば芋づる式に全容を解明できるはずです」

「そんな賭けができないから、俺がこんな格好をしているんです」新田は声を荒らげて自分の制服の下襟を摑み、梓を睨みつけた。「あなたがナンセンスだといって馬鹿にする捜査を続けている」

だが梓に怯《ひる》む様子はなく、新田の視線を正面から受け止め、目をそらさない。その目には強い決意が籠もっている。

人が入ってくる気配を感じ、新田は睨み合いをやめた。遠慮がちに近づいてきたのは山岸尚美だった。「今、ちょっとよろしいでしょうか」

「どうかしましたか」新田が訊いた。

「たった今、森元様から電話がありました」

「森元から？　何と？」

「もうホテルには戻らないからチェックアウトの手続きをしてほしい、とのことでした」

「チェックアウトを……」新田は梓と顔を見合わせた。

「森元様にはクレジットカードのプリントを取らせていただいておりましたから、精算するのに問題はございません。通常の手順に従って手続きを済ませました」

山岸尚美の報告に、そうですか、と新田は答えた。

「森元雅司の今夜の役目は、突然欠けても問題ないものだったようですね」女性警部がいった。「少なくとも彼は実行役ではなかった」

新田はそれには答えずスマートフォンを取り出し、稲垣に電話をかけた。

森元雅司がチェックアウトしたと聞き、「やっぱりそうか」と稲垣はいった。「本宮の部下からの話では、森元は依然として息子が担ぎ込まれた病院に留まっているようだ。ホテルに戻らないというのは本当だろう」

「しかし計画が中止になったという保証はありません。このまま潜入捜査を継続します」

「もちろんだ。ところで、ちょうどよかった。こっちから電話をかけようと思っていたところなんだ。今、フロントにいるのか」

「いえ、梓警部と別の場所にいます」

「それなら二人でこっちに来てくれ。能勢警部補が新しい情報を摑んできた」

24

新田と梓が事務棟に向かうのを見送り、尚美はフロントに向かった。

あの二人は何の話をしていたのだろうか。かなり険悪な雰囲気だったように感じられた。盗聴器の件といい、捜査方針で折り合わないことが多そうだ。素人が口出しすべきことではないのだろうが、これから何が起きるかわからないというのに、彼等が一枚岩でないのはホテルの人間としては不安だった。

ロビーは賑わっていた。巨大なクリスマスツリーの前には、記念撮影をしようとする人たちの列ができていた。早めの夕食を終えた人や、これからクリスマス・イブを楽しもうという人々が行き交い、東京見物を堪能《たんのう》してきたと思《おぼ》しき観光客たちが正面玄関から続々と訪れる。待ち合わせをしている人も多く、ソファはほぼ埋まっていた。無論、そのうちの何パーセントかは捜査員なのだろうが。

尚美がカウンターに入ろうとした時、「ちょっとごめんなさい」と後ろから声をかけられた。振り返ると派手な装いの女性が立っていた。その顔には見覚えがあった。三輪葉月だった。

「何か御用でしょうか、三輪様」笑顔で尋ねた。

「さっきからカウンターの中を見ているんだけど、新田君がいないようね。彼、どこにいるの?」

「申し訳ございません。新田は今、ほかのお客様の用件で外しております。私でよければ、御用を伺いますが」

「残念ながら、彼でないと無理なの。ていうか、彼じゃなきゃ引き受けてくれないし」

どうやら佐山涼に関する情報を求めているようだ。だが尚美は事情を知らないふりを装い、どういうことでしょうか、と訊いた。

「いいの、忘れてちょうだい。それより、あなたに訊きたいことがある。新田君は転職してきたといったわね。彼がこのホテルに来たのは何年前?」

「ああ……それは存じておりません。同じ部署になったのは最近で、プライベートなことはあまり話しませんので」

「ふうん、そうなんだ」

「お答えできず、申し訳ございません。ほかに御用がないようでしたら――」

「もう一つ質問。このホテルでは過去に二度、大きな事件が起きてるわよね。ああ、とぼけても無駄よ。あたしには特別なルートがあって、そういう情報も入ってくるんだから」

　いきなりの急所をついた質問に、さすがの尚美も顔が引きつりそうになった。だが懸命に頬を緩め、狼狽を封印した。

「詳しいことは存じ上げておりませんが、そういうことがあったけれど幸い何事もなく済んだ、というふうに聞いております」

「その時、警察はどうやって防いだの？　何か聞いてない？」

　これまた予想外の質問だ。またしても答えに窮する。

「申し訳ございません。繰り返しになりますが、詳しいことは存じておりません。何しろ、今の部署に来てからまだ日が浅いので」

「そうなの？　経験豊富そうに見えるけど」三輪葉月は疑いの目を向けてきた。

「見た目だけで、まだまだ半人前です。あの三輪様、そろそろ持ち場に戻らせていただいてもよろしいでしょうか」

「いいわ、ありがとう」三輪葉月は顎を突き出すようにいった後、くるりと背を向け、歩きだした。その後ろ姿を見送りながら尚美は胸を撫で下ろした。さらにあれこれ追及されたら、ぼろを出してしまったかもしれない。

それにしてもあの女性は、なぜあんなことを訊いたのだろうか。新田のことも疑っているような気配があった。

嫌な予感を抱きつつ、尚美はフロントに戻った。

25

ホワイトボードを背にして能勢が立ち上がった。彼を見上げているのは、稲垣と新田ら三人の係長だ。

「森元雅司だと思われる人物が運営している『不可解な天秤』のブログに、注目すべきものが見つかりましたので御報告いたします。問題の記事は、これです。少し長いのですが、まずは目を通していただけますか」

配られたA4サイズの書類に新田は目を落とした。プリントアウトされた文章のタイトルは、『刑事責任能力とは？』というものだった。

『痛ましい殺人事件のニュースを目にした時、私たちはどんな人間が犯人なのだろうと考えます。やがて犯人が逮捕されると、その動機や犯行に至った経緯を知りたくなります。それらを踏まえた上で、果たしてどういう処罰が下されるかを想像します。時に同情すべき動機が存在したりもしますが、明らかに正当防衛と認められる場合を除いては、刑が下されます。

ところが正当な理由がなく人の命を奪っておきながら、何の罪にも問われないことが稀《まれ》にあります。犯人には刑事責任能力がない、と判断された場合です。

刑事責任能力とは、物事の善悪を判断し、それに従って行動する能力のことです。具体的には、心神喪失と認定された者と十四歳未満の者が、それを有していないとされています。ここでは前者のケースについて取り上げたいと思います。

刑法第三十九条には、「心神喪失者の行為は、罰しない。心神耗弱《こうじやくしや》者の行為は、その刑を減軽する。」とあります。心神喪失および心神耗弱の例としては、病的疾患や精神障害あるいは薬物中毒、飲酒による酩酊《めいてい》状態などが挙げられ、症状の深刻さによってどちらかにわけられます。

さて想像してみてください。あなたの愛する人が殺されたとします。逮捕された犯人には刑事責任能力がないので罰せられない、といわれたらどう感じますか。

私なら納得ができません。たとえば犯人は生まれつき精神に障害があったとします。そのこと自体は本人のせいではないかもしれませんが、その人物の状態を周囲（少なくとも家族）が知らなかったはずがなく、危険性を放置していたことが許せないと思うのです。

しかしその場合はまだ、不運だったと諦められるかもしれません。人には様々な事情がありますす。犯人を恨んでも仕方がないと割りきれる可能性はあります。

問題は、心神喪失や心神耗弱を起こした原因が本人にある場合です。たとえば覚醒剤などの薬物です。それらを摂取すれば精神に異常をきたすことは、誰よりも本人がわかっているはずです。アルコールも同様です。大量に飲酒して酔っ払えば、常軌を逸した行動に出るおそれがあることは誰だって知っています。つまり意図的に心神喪失あるいは心神耗弱になったわけで、それにより罪を犯したのならば、刑事責任能力がなかったなどという言い訳は通りません。

もちろん裁判では、その点が見逃されることはなく、故意にアルコールの大量摂取や薬物（麻薬、覚醒剤など）などで心神喪失・心神耗弱に陥った場合には刑法第三十九条は適用しない、という判例があります。

ところがそれに該当しない事件があったのです。

事件を起こしたのは二十歳の女です。彼女は交際していた男性が、自分と別れてほかの女性と付き合おうとしていたと知り、気持ちを鎮めるために精神安定剤を大量に服用しました。その結果、錯乱状態になり、話し合いのために訪れた男性を刺し殺してしまったのです。自らも死ぬ気だったのか、発見された時には左手が血みどろになって、気を失っていたそうです。

やがて意識を取り戻した女は、「何が起きたのか全く覚えていない」と主張しました。警察は彼女を殺人の疑いで逮捕、送検しました。検察は彼女を取り調べた後、鑑定留置の手続きを取り、精神鑑定を受けさせました。

三か月以上に及ぶ鑑定で下された診断結果は、「大量の精神安定剤の服用により、犯行時は急性薬物中毒下にあり心神喪失状態だった」というものでした。これを受けて東京地検は、刑事責任は問えないとして女を不起訴処分としました。事件発生から約半年後のことでした。ちなみに女の実家は資産家で、父親は莫大《ばくだい》な費用をかけて何人もの弁護士を雇ったという話もあります。

これについて皆さんは、どうお考えになるでしょうか。私は遺族の心境を考えると苦しくなります。たとえ合法的な薬だとしても間違った飲み方をすれば何らかのアクシデントが起きることは予想できたはずです。女に過失がなかったとは到底思えません。

刑事責任能力というものについて、司法は今一度考え直してほしいと思います。』

読み終えた全員が顔を上げるのを待って、いかがですか、と能勢が訊いた。

「この事件、知っています」梓がいった。「五年ほど前に港《みなと》区白金《しろかね》で起きた事件じゃないでしょうか」

その通りです、と能勢が答えた。さらに持っていたファイルを開き、説明を始めた。

「事件が起きたのは五年前の十月六日です。この日の午後六時十八分、災害救急情報センターに119番通報がありました。ところがオペレーターが対応しようとしても、相手からの反応がなかったそうです。火事ではなく、通報者自身が意識を失っている可能性が高いとみて、救急隊員が出動しました。電話は繋がっているので位置確認は可能でした。現場で救急隊員たちが目にしたのは、血まみれで床に倒れている二人の男女でした。男性の胸からはおびただしい量の血が出ており、すでに心肺は停止していました。その手にスマートフォンが握られていたことから、男性が通報したと思われます。女性は左腕に無数の切り傷がありましたが、呼吸をしていました。救急隊員は警察に連絡した後、彼女だけを近くの病院に搬送しました。間もなく通信指令センターからの指示を受けて所轄の警察が駆けつけ、遺体を確認し、殺人事件としての捜査が始まりました」

「その状況だと逮捕までに手間はかからなかったんじゃないか」

稲垣の問いかけに、おっしゃる通りですと能勢は答え、再びファイルに視線を落とした。

「被害者は免許証を持っていたので、すぐに身元が判明しました。オオハタセイヤという大学生でした。こういう字を書きます」

能勢はホワイトボードに、『大畑誠也』と書いた。

「共用玄関に設置された防犯カメラの映像によれば、被害者がマンションを訪れたのは午後六時七分でした。そこからの移動時間を考えれば、部屋に入った直後に刺されたことになります。ナイフの柄には指紋が付いていて、部屋のほかの部分から採取されたものと一致しました。そこでおそらく犯人は部屋の住人——搬送された女性だろうと思われました。捜査責任者は女性の回復を待って話を聞くことにしましたが、ここでひとつ問題が起きました。担当医によれば、女性は薬物中毒のせいで一時的に精神に異常をきたしていて、記憶が欠落している可能性があるとのことでした。実際、取調官の質問に対し、女性は何も覚えていないと繰り返すばかりだったそうです。また現場からは空の薬包が大量に見つかっており、大量の薬物を服用したのは事実だと確認できました。そういうわけで自供は得られなかったのですが、逮捕状を請求する材料は十分に揃っているので、まずは逮捕、送検することになりました」

「だけど結局、不起訴になったんですか」新田が訊いた。

「そうです。検察での取り調べでも、記憶がないという彼女の主張は変わりませんでした。そこで鑑定留置となったわけですが、事件時に刑事責任能力があったと証明することはできませんでした。その結果を受け、検察は不起訴を選んだようです」

「このブログの通りだな」本宮が書類をひらひらさせた。「厄介なケースだ。そんな事件に当たったら、逃げだしたくなるね」

梓警部、と新田は右隣を向いた。

「この事件を御存じだとおっしゃいましたよね。何か特別な関わりでもあったんですか」

「警察学校の同期が所轄の刑事課にいて、加害女性の話を聞きに病院に行ったそうです。同期が選ばれたのは、女性だったからです。同性のほうが話しやすいだろうと当時の捜査責任者が判断したんでしょうね」

「事件について、同期の方は何と？」

梓は少し考えてから唇を開いた。「辛かったといってましたね」

「辛かった？」

「何も覚えていないという女性に、あなたは恋人を殺したんだといわなきゃいけなかったんです。辛くないわけがないでしょう？」

「ああ……なるほど」

能勢警部補、と稲垣が呼びかけた。

「その事件の被害者遺族に関して、何か情報は摑んでいるのかな？」

「両親の氏名はわかっています」そういって能勢はホワイトボードに、『大畑信郎』、『大畑貴子』と書いた。「当時の住所も判明しています。それで今、免許証を照会してもらっているんですが……少々お待ちください」

能勢は少し離れたところで作業をしているグループに近づくと、二言三言交わした後、タブレットを持って戻ってきた。

「ちょうど今、免許証が見つかったそうです。住所は事件が起きた時と変わってないですね。長野県の軽井沢在住でした」

「軽井沢？」新田は思わず声を上げた。「顔写真を見せてください」

どうぞ、といって能勢が画面を新田のほうに向けた。

息を呑んだ。『大畑信郎』名義の運転免許証の写真の人物は、あの怪しいカップルの男性のほう、小林三郎に相違なかった。

新田の話を聞き、全員の顔色が変わった。

「その夫婦らしき二人もローテーション殺人の仲間ということか」稲垣が苦々しい顔で呻くようにいった。「やっぱり、まだほかにも共犯者がいたわけだ。長野県警に連絡して、大畑夫妻に関する情報を集めてもらおう」

新田は、能勢さん、と呼んだ。

「加害女性の居所はわかっているんですか。大畑夫妻の息子——大畑誠也を殺害した女性の現住所とかは」

「それについては、今調べているところです。事件を起こした時とは、当然住所も変わっているようです」能勢は一枚のカラーコピーを出してきた。若い女性の上半身が写っていて、その下には『長谷部奈央（ハセベ　ナオ）』と記されている。髪が長く、化粧をしていないせいか、まだ幼さの残る顔立ちだった。十代といっても通用しただろう。事件が起きたのが五年前なら、今はまだ二十代半ばのはずだ。

「大畑夫妻が犯行に加わっているということは、その女性は今回のターゲットではないんだろうな」稲垣がいった。「しかし、いずれは彼等から命を狙われるわけか。こうなると、さらに共犯者が増える可能性もあるぞ」

「なんてこった。宿泊客の身元を一層徹底的に洗う必要が出てきたってわけか。こりゃあ大変だ」本宮が頭を抱えた。「能勢さん、森元のブログには、まだほかにも実在の事件に関するものがありそうなんですか」

「引き続き調べていますが、今のところは見当たりません。ただ記事が多いので、出てくるかもしれません」

なんてこった、と本宮は繰り返した。

新田は梓の様子を窺った。彼女は能勢が配った書類を眺めている。

どうやら前島と二人だけで話したいという要望を、ここで稲垣に切りだす気はなさそうだ。大畑夫妻の存在が明らかになったことにより、ほかにもまだ共犯者がいる可能性が高まり、前島をリーダーと断定するのは危険だと思い直したのかもしれない。

新田のスマートフォンに着信があった。富永からだった。

「前島隆明が食事を終え、日本料理店を出ましたが、部屋には戻らず、ホテル内を移動しています」

「どこへ行った？」

「あちらこちらです。いろいろなフロアに行くのですが、客が増えてきて、防犯カメラで追いきれないことも多く、やや手こずっています」

「神谷良美のほうはどうだ？」

「ついさっき中華料理レストランを出て、部屋に戻りました」

「1610号室の連中は？」

「二人の男が出てきました。どこに行くのかは不明です。女たちは最上階で夜景を見ながらはしゃいでいましたが、その後は二階をうろついていました。——あっ、ちょっと待ってください」

「どうした？」

「神谷良美が再び部屋を出ました。エレベータホールに向かっています」

前島と同じタイミングで動いている。偶然とは思えない。

「富永、申し訳ないが、監視対象の追加だ。小林という夫婦が容疑者に加わった。小林というのは偽名で、本名は大畑信郎だ。大きな畑と書く。部屋は——」新田は手帳を開き、1501号室だと告げた。

「さらに増えましたか……。1501ですね。わかりました、手分けして何とかやってみます」

「すまん、よろしく頼む」

電話を切り、新田は立ち上がった。容疑者たちが怪しげな活動を始めたのなら、自分もこんなところでのんびりしているわけにはいかない。

26

尚美がロサンゼルス空港の近くにあるショップで購入した腕時計は、午後八時十分を示していた。ロビーの賑わいは少し落ち着いてきたようだ。パーティ会場、レストラン、イベント会場、客室と、客たちはそれぞれの目的地に散ったのだろう。よく見ればロビーに残っている顔ぶれの多くは、潜入している捜査員たちのようだ。

エレベータホールから現れた女性を見て、はっとした。神谷良美だった。真っ直ぐに尚美たちのところへやってきた。

「何かございましたでしょうか、神谷様」尚美が応対した。

神谷良美は持っていたスマートフォンの画面を尚美のほうに向け、「これはどこにあるのかしら？」と尋ねてきた。

画面に映っているのはホテル・コルテシア東京の外観写真だが、現在のものではなく改築前のものだった。明かりの点《とも》った窓が、クリスマスツリーを描くように並んでいる。つまり昔の写真を撮影したものなのだ。

すぐにわかった。尚美は頷いた。

「これは二階の特設ギャラリーにございます。クリスマスの歴史というテーマで、写真などの展示を行っております。その一つだと思われます」

「二階の特設ギャラリーね。ええと……」神谷良美は周囲を見回した。

「神谷様、私でよろしければ御案内させていただきますが」

「あ……いいんですか」

「もちろんです」

尚美は安岡に声をかけてからフロントを出た。こちらです、と神谷良美にいいながらエスカレータに向かった。

ちょうどよかった、と思った。この女性と、もう少し話してみたかったのだ。尚美には、人殺しに加担できる人物とはどうしても思えなかった。とはいえ、どんなふうに話を進めていいのか、まるでわからなかった。

　エスカレータを降り、廊下を進んだ。

　特設ギャラリーはなかなかの賑わいを見せていた。昭和の高度成長期から現在まで、様々な時代のクリスマスの様子を撮影した写真が並んでいる。当時流行したグッズの実物が展示されていたりもする。先程神谷良美から見せられた写真もあった。バブル時代のクリスマス、という説明がなされていて、そばにはディスコで使用された派手な扇子が飾られていた。それを眺めて神谷良美が、懐かしい、と目を細めた。

「もう今から三十年以上も前になるのねえ。私も若かったから、毎日のように遊び回ってた。仕事帰りにディスコに行こうと思って、派手な着替えをこっそり職場に持ち込んだりしてね」

「華やかな時代だったそうですね」

「あなたの世代じゃ知らないわよね。華やかというより、世の中全体が浮かれてたのよ。男性たちからちやほやされて、私みたいな平凡な女の子でも、自分を中心に世界が回ってると思ってた。主人と出会ったのもその頃……」楽しそうに話していた横顔から、ふっと笑みが消えた。

　バブル期に出会った愛する夫は、もうこの世にいない。その血を継いだ息子も亡くしてしまった。世界の中心どころか、辛うじて片隅に寂しく存在しているだけだと実感している表情に尚美には見えた。

「神谷様、このたびは当ホテルの御利用、誠にありがとうございます」尚美は明るい声を発した。「十分にお寛ぎいただけているでしょうか」

神谷良美が尚美のほうを向き、表情を和らげた。

「のんびりさせてもらっています。ひとりぼっちのクリスマスも、なかなかいいものね」

「独り旅感覚でしょうか」

「まあ、そんなところ」

「よくお一人で御旅行を？」

神谷良美は首を横に振った。

「外泊自体がすごく久しぶり。息子のことがあって、何年もいろいろなことを我慢してたから、少し羽目を外そうかなと思ったりもして」

「それはいいと思います」

「この前もね、十年ぶりぐらいにミュージカルを見に行ったの。なかなかチケットを取れなかったんだけれど、ネットオークションで見つけたのよ。ところが上演はその日の夜で、チケットは会場で受け取ることになってた。落札してからあわてて友人を誘ったんだけど、一体どうしたのって驚かれちゃった」

「当日にオークションで……。そうでしたか。それでミュージカルはいかがでした？」

「素晴らしかった。その夜はすごく楽しかったんだけど……」何か不吉なことを思い出したように突然表情が陰った。目は虚空を見つめている。

「どうかなさいましたか」

神谷良美は手を振り、口元を緩めた。だがその動きはぎこちない。

「何でもない。ごめんなさい、おしゃべりに付き合わせちゃって。もう一人で大丈夫よ」

「そうですか。何かあれば、遠慮なくお声がけくださいませ」

「ええ、ありがとう」

失礼いたします、といって尚美は一礼してから神谷良美のそばを離れ、エスカレータに向かった。すると上りエスカレータを降りて、歩いてくる男性がいる。その顔を見て、息を吞んだ。前島隆明だった。向こうは尚美には一瞥もくれない。彼がギャラリーを目指しているのは明らかだった。

前島から少し遅れ、ワンピース姿の女性客が歩いてきた。見覚えがあった。ずっとロビーのソファに座っていたのを知っている。捜査員だろうと見当をつけていたが、当たりだったようだ。前島の見張りを命じられたに違いない。

尚美は立ち止まり、ギャラリーを振り返った。前島が入っていき、女性刑事も続いた。

少し眺めていたが、前島が神谷良美に近づく気配はない。神谷良美のほうも前島を気に掛けているようには見えなかった。

「何をしてるんですか」不意に後ろから声をかけられ、どきりとした。すぐ後ろに新田が立っていた。

「脅かさないでください。どうしてこんなところにいらしたんですか」

「監視対象の二人が同じ場所に移動したと聞けば、この目で確かめるのは当然じゃないですか」新田はギャラリーに目を向けた。「二人が接触する気配はなさそうだな」

「お二人が一緒になったのはたまたまではないですか。食後にひとりでホテル内を散策するとなれば、行き先は限られてきます」

「犯行を企てている人間が呑気に散策？　それはあり得ない」

「そのことですけど、神谷様に関してお話ししておきたいことがあります」

新田は意外そうに瞬きし、少し考え込む顔をしてから頷いた。「聞きましょう」

二人でブライダルコーナーに入ると、尚美は神谷良美がミュージカルのチケットを入手した経緯を話した。

「当日にチケットをネットオークションで落札か……」新田も不可解さに気づいたらしく、眉根を寄せた。

「それが本当なら、神谷様がその夜に観劇に出かけたのは偶発的だったことになります。

アリバイを作るつもりなら、もっと周到に計画するのではないでしょうか」

「彼女の話が本当とはかぎりません」

「なぜ私にそんな嘘を？　神谷様は私が警察と繋がっていることなど御存じないのですよ」

「アリバイは用意していたが、友人との観劇のほうがより強力だと思って変更したのかもしれない」

「だったら、最初からその友人と食事の約束でもしておけばいいじゃないですか。そのほうが確実だし、十分に強力です。ミュージカルは素晴らしかったし、その夜は楽しかったとおっしゃった神谷様の言葉も嘘ではないと思います。そこまで話した後、急に暗い顔をされました。その観劇中に事件が起きていたことを思い出したからではないか、と私は想像しています。息子さんの死を招いた人物が殺されたという事件が」

反論できないらしく新田は黙り込んだ後、「確かめる必要がある。どこのオークションだったかは聞いてませんか」と尋ねてきた。

「聞いておりません。やはり神谷様が嘘をついたと思うんですか」

「その可能性はゼロじゃない。ホテルに来るお客様は仮面を被っているんでしょう？」

「神谷様は違います。あの方は逆だと思います」

「逆？」

「ふだんは仮面を被って苦しい胸の内を人に見せないようにしているけれど、このホテルにいる間だけは、その仮面から解放されている——私にはそんなふうに感じ取れました」

新田は何かをいいたそうにしたが、無言のままスマートフォンを取り出した。

「もう一つ、お耳に入れておきたいことがございます。三輪様のことです」

新田はスマートフォンを操作しかけていた手を止め、顔を上げた。「彼女が何か？」

「新田さんと過去に起きた事件について質問を受けました」

「俺と事件について？」

尚美は三輪葉月から訊かれた内容を新田に話した。

「彼女がそんなことを……」

「気をつけてください。もしかするとあの方は、新田さんの正体に気づいているのかもしれません。新田さんの仮面こそ、危ういのではないでしょうか」

尚美の言葉に、新田は沈黙した。その目に宿る光に、険しさが増したように見えた。

27

「森元のアリバイ？」本宮が眉間に入った皺を一層深くした。「どうして今頃そんなことを訊くんだ」

「確認しておきたいんです。事前に用意されたものか、そうでないのか。森元雅司本人のアリバイは、どういうものですか」

「たしか、出張か何かだったはずだ。ちょっと待ってくれ」本宮は傍らに置いたノートパソコンを操作した。「ああ、やっぱりそうだな。出張で金沢に行っている。一泊二日で、東京に帰ってきたのは事件翌日の夕方だ。宿泊先のビジネスホテルや出先で会った人間にも確認が取れている。アリバイとしちゃあ完璧だな」

「その出張は上から命じられたものですか。決まったのはいつですか」

「取引先と話し合って日程を決めた、とあるな。いつ決定したのかは不明だ」

「ビジネスホテルに予約を入れた日にちはわかりますか」

「いや、そこまでは確かめてない」

「至急、ホテルに確認してもらえませんか。ふつう、出張の予定が決まった日に予約するはずです」

「それは構わないけどさ」

　新田、と少し離れた席でやりとりを聞いていた稲垣が声をかけてきた。「おまえ、一体何がいいたいんだ？」

　じつは、といいかけたところで部下の西崎が駆け寄ってくるのが目の端に入った。ちよっとすみません、と稲垣に断った。

「例の件、確認できたか」新田は西崎に訊いた。

「できました。神谷良美の供述は嘘じゃないようです。例のミュージカルが上演された当日の午前中、チケット二枚を売りに出したオークションサイトが見つかりました。開場前に現地で直接手渡し、という条件も一致しています」

「あっちには当たったのか。神谷良美と一緒に観劇した友人には」

「電話をかけて訊いてみました。劇場前で会った時、すでに神谷良美はチケットを持っていたそうです。そういえばオークションで入手したといっていたような気がするがよく覚えていない、ということでした」

「わかった。御苦労だった。持ち場に戻ってくれ」

新田は改めて稲垣のほうを向くと、山岸尚美から聞いた話を要約し、入江悠斗が殺害された日に神谷良美にアリバイがあったのは偶然の可能性が高いことを説明した。

「西崎の裏取り内容は絶対的ではありませんが、神谷良美が山岸さんに話したことは本当だと思われます」

「たしかにその話を聞くかぎり、周到に用意されたアリバイとは思えないな」稲垣は渋面を作り、腕組みをした。

本宮が席を離れ、どこかへ電話をかけ始めた。森元雅司のアリバイの詳細を調べるためだろう。

　間もなく電話を終え、本宮が近づいてきた。

「わかったぞ。森元がホテルを予約したのは、高坂義広が殺される二日前だ」

「二日前……。少し余裕がなさすぎると思いませんか。出張がなかったら、どうする気だったのか」

「会食の予定でも入れてあったんじゃないか。ところが急に出張に行かなきゃいけなくなったので、そっちのほうはキャンセルしたとか」本宮がいったが、その口調から自信は感じられない。

「さっきの話では取引先と話し合って日程を決めたんですよね。何らかの予定が入っていたのなら外すんじゃないでしょうか」

「アリバイとしては出張のほうがより強固だと判断したんじゃないか」

「だけど、出張が急遽中止になったらどうするんです？　やはり確実なものを押さえておきたいというのが当然の心理だと思いますが」

　新田は、と稲垣が口を挟んできた。

「神谷良美と同じく、森元にアリバイがあったのも偶然だといいたいようだな」

「森元は営業畑の人間です。平日の夜は家にいるほうが珍しいんじゃないでしょうか。神谷良美ほどには偶然性は高くないと思います。それと同様、前島隆明にアリバイがあったのも不思議ではありません。レストランのオーナーシェフなら、通常は店にいるのが当然ですから」

「おいおい、今更そんなことをいうなよ」本宮が口を尖らせた。「それじゃあ、あの話はどうなる？　ローテーション殺人の話は？　ひとりがアリバイを作っている間に、そいつが恨んでいるターゲットをほかの者たちで殺害していたんじゃないのか」

「あの仮説については、当然見直す必要があると思います」新田は室内を見回した。「梓警部はどちらに？」

「ホテルの部屋じゃないのか。さっきまで、そいつを睨んでたがな」本宮は会議机に置かれたファイルに顎先を向けた。能勢が持ってきた、『港区白金マンション男性殺害事件』の捜査資料だ。

　新田はファイルを手に取った。

「じつはこの事件の話を聞いた時から、気になっていたことがあるんです。ええと、たしか犯人女性の写真があったはずだけど……ああ、ありました」写真を手にし、稲垣と本宮のほうに向けた。「これを見て、どう思いました？」

「どうって、こんな若い娘が人殺しをしたのかって思うだけだ」稲垣がいい、なあ、と本宮に同意を求めた。

「ええ。いくら薬を飲んで頭がおかしくなってたとはいえ、えらいことをしたもんです。

本人だって、正気に戻ってから自分のしたことを知って、さぞかし驚いただろうなあって思いますね」

「そこですよ、本宮さん」

「えっ、どこだ？」

「人の命を奪ったにもかかわらず正当な刑罰が下されなかった犯人たちを被害者遺族たちが手を組んで裁いた――これまでに起きた三つの事件についてなら、この説明で矛盾はありません。いずれの犯罪も悪質で、実行犯が被害者遺族に代わって恨みを晴らすことに躊躇わなかったとしても不思議じゃない。だけど、この女性の場合はどうでしょう？」新田は写真を揺らした。「人を殺しておきながら刑事責任に問われないなんて理不尽だ、だから遺族に代わってみんなで殺してしまえ……そうなると思いますか？」

「こんなに若くて素朴そうで、おまけにかわいい女性を殺そうとはしないんじゃないか、おまえはそういいたいのか」

稲垣の問いに、「ある意味、その通りです」といって新田は写真を置いた。

「例のブログの主張には一理あります。精神安定剤を大量に服用したことは明らかに本人の落ち度です。錯乱して男性を殺害したことに対して何の刑罰も与えなくていいのか、という疑問には妥当性があります。しかし刑事責任を問えないとした検察の判断に同意する人もいるはずです。神谷良美や森元雅司、そして前島隆明の意見が、これまでの夕ーゲットと同様、この女性も殺害するということで一致するとはとても思えません」そういって新田は写真を指差した。

「私も、その説に同感です」背後から声が聞こえた。誰なのかはわかったが、新田は振り返った。

梓がゆっくりと近づいてきた。

「その事件を担当した同期に連絡を取り、詳しいことを聞きました。犯人の女性――長谷部奈央さんには同情すべき点が少なくありません」

「たとえば？」新田が訊いた。

「そもそも長谷部さんが精神安定剤を所持していたのはなぜか。彼女は交際していた男性がほかの女性と親しくしていることを知りつつ、関係が壊れるのを恐れて気にしないふりをしていたそうです。ところが相手の男性は浮気を隠さないどころか、わざと見せつけたりしました。どうやら長谷部さんのほうから離れていくのを待っていたようです。でも彼女は見て見ぬふりをして耐えていました。やがてストレスから精神に異常をきたし、クリニックで薬を処方されるようになりました」

なんだそりゃあ、といったのは本宮だ。「そんなくだらない男となんか、さっさと別れちまえばよかったのに」

「それができれば苦労はしません。彼女は心の底から男性を愛していたんでしょう。一時的に彼の気持ちが別の女性に向いたとしても、いずれは自分のところに戻ってくると信じていたのだと思います。男性は、もっと早い段階で自分から別れを切りだすべきでした。それが彼女のためでもあったんです」

「君のいっていることはわかるが、だからといって男を殺していいってことにはならんだろう」稲垣がいった。「遺族の側からすれば、失恋した腹いせに殺されたようにしか思えんのじゃないか」

「遺族はそうでしょう。でもそうではない者なら、男性にも非があったと思ったり、別れ話に備えて薬を大量に服用してしまった彼女の行為に同意できる者も少なくないと思います。現に私がそうです。リベンジポルノで少女を自殺に追い込んだ男に天誅を与えることには賛成できても、長谷部奈央さんに対しては同調できません。何しろ彼女には罪を犯した記憶がないのです。罰を与えることに何の意味もありません」

稲垣は顔を歪め、頬を掻いた。梓の意見は尤《もつと》もだと認めたようだ。

「例のブログに取り上げられた事件の犯人を全員殺してしまえってことではないんじゃないですか」本宮が稲垣にいった。「その長谷部という女性は見逃してやろうってことで話がついてるのかもしれません」

「いや、それでは大畑信郎たちがこのホテルに来ていることの説明がつかん。自分たちの息子を殺した犯人は見逃して、ほかの遺族の復讐に参加したりはせんだろう」

稲垣の言葉に、それもそうか、とばかりに本宮は顔をしかめた。

参ったな、と稲垣が呟いた。「アリバイの件もあるし、ローテーション殺人説は、どうやら怪しくなってきたな」

「アリバイの件とは？」梓が怪訝そうな顔をした。

新田は、神谷良美と森元雅司にアリバイがあったのは偶然の可能性が高いことを説明し、さらに前島隆明にアリバイがあったのは、むしろ当然だといい添えた。

「ローテーション殺人ではない、ということですか」梓は完全には納得していない顔だが、反論も思いつかない様子だ。

「だとしたら、連中は何のために今夜このホテルに集まってきたんだ？」本宮が苛立ちを含んだ声を出した。「まさか、たまたまクリスマス・イブを楽しみに来たってことはないだろう。何か企んでるはずだ」

「とにかく彼等の行動を見張るしかないでしょう」新田がいった。「明朝のチェックアウトまでに、このホテルで何かが起きようとしている。それだけは確実です」

28

手が空いたところで尚美が腕時計を見ると午後九時を少し過ぎていた。事務棟に行った新田はまだ戻ってこない。何をしているのだろうか。

するとと、山岸さん、と後ろから呼ばれた。中条が事務所のドアを開け、顔を覗かせていた。「ちょっといいかな」

はい、と答えて事務所に入った。「何でしょうか」

中条が困ったように両方の眉尻を下げた。

「1610号室に少し問題のあるお客様がいるということだったね」

「沢崎弓江様の部屋ですね。問題といいますか、お連れ様に犯歴があり、現在別に三名の方が入室されているようです。何かありましたか」

「じつは今、ルームサービスから連絡があってね、ドンペリ一本とワインの白と赤、それからオードブルやら何やら料理を何点か注文されたらしいんだ。どうやらクリスマス・パーティを始める気のようだ」

「ああ、なるほど……」

「いつもならうるさいことはいわないんだけど、こんな状況だし、マリファナのことも聞いていたので、どうしたらいいものかと思ってね」

たしかに厄介な話だが、ルームサービスを断るわけにはいかないし、ほかの三人に今すぐ帰れというのも無理だ。

「わかりました。では料理を届ける際、私もスタッフに同行します。お客様の意向を確認した上で、お泊まりになれるのはあくまでもお二人だけだと説明しておきます」

「そうしてくれるかい？　それなら助かる」中条は安堵の笑みを見せた。「じゃあ、ルームサービスからフロントに連絡させるようにするよ」

「そのようにお願いします」そういってから尚美は事務所内を見た。数名のスタッフが何やら作業をしている。「彼等は何を？」

「『サンタ・プレゼント』の当選者を決めているんだ。大体はランダムに選んでるけど、小さい子のいる家族連れを優先するようにしている。でもあまりに露骨になるのもよくないから、匙加減《さじかげん》が難しいんだ」弱ったような言葉とは裏腹に中条は楽しそうだった。

尚美が事務所を出ると新田がフロントに戻っていて、真剣な顔つきで端末を操作していた。宿泊客たちのデータを確認しているようだ。

「何をしてるんですか」尚美は横から訊いた。

「ヒントを探してるんです」

「ヒント？」

「何のために彼等が今夜このホテルにやってきたのか、という謎を解くヒントです」新田はため息をつき、尚美のほうを向いた。「あなたの意見は尤もだと思って、もう一度いろいろと調べ直してみました。その結果、神谷良美だけでなく森元や前島にアリバイがあったのも単なる偶然の可能性が高いってことになったんです」

「するとローテーション殺人という説は……」

新田は首を横に振った。「見当違いだった、といわざるをえないでしょうね」

「そうなんですか」尚美は自分の胸に手を当てた。「何だか、少しほっとしました」

「どうして？」

「ほかの方はわかりませんけど、神谷様が人殺しに関わるなんて、私にはとても信じられないからです。間違いだとわかってよかったです」

「あなたはお客様を信じる側の人間だからなあ」

「新田さんたちがうたぐり深すぎるんです」

「お言葉ですが、そうでないと務まらない仕事でしてね。それに彼等が何も企んでないとは思えません。共通点を持つ宿泊客が四組——」新田は右手の指を四本立てた。「同じ日に同じホテルに泊まる。偶然では片付けられない」

「四組？」尚美は首を傾げた。「三組では？」

「もう一組、見つかりました。例の小林三郎夫妻です。息子を殺害されていました」

聞いた瞬間、尚美は鳥肌が立つのを感じた。あの二人の哀愁を帯びた気配には、やはりそれなりの理由があったのだ。

フロントの電話が鳴った。内線電話だ。安岡が受話器を取って少し話した後、尚美のほうを見た。「ルームサービスから連絡です。間もなく1610号室の料理が上がるとのことですが」

「わかった。すぐに行きますと伝えて」

安岡が頷き、再び受話器を耳に当てた。

「何ですか、ルームサービスって」新田が訊いてきた。

じつは、と尚美は中条とのやりとりを話した。

「そういうことですか。だったら俺も行っていいですか。連中の様子を自分の目で確かめたいんで」

「ルームサービスのスタッフ以外に、二人もついていったら変に思われます。どんな様子だったかは後で必ずお話ししますから我慢してください。警戒されて困るのは新田さんたちのはずです」

新田は不満そうな表情を見せたが、すぐに諦めたように頷いた。

「それはそうだ。じゃあ、よろしくお願いします」

「任せてください」尚美は事務所のドアを開けた。

バックヤードの廊下を通ってルームサービス専用の厨房に行くと、男性スタッフがワゴンに料理を載せているところだった。

「結構な量ね」ワゴンを眺め、尚美はいった。

「オードブルだけで三皿あります。二人分ではないですね」男性スタッフは苦笑した。

従業員用エレベータで十六階に上がり、部屋に向かった。1610号室の前に着くと、男性スタッフがチャイムを鳴らした。

ドアが開き、若い女性が顔を見せた。同時に音楽が聞こえてきた。かなりの音量だ。

「お料理をお持ちいたしました」男性スタッフがいった。

「はーい」

男性スタッフがワゴンを押しながら部屋に入っていく。尚美も後に続いた。

室内を見て、ぎょっとした。モールやリボンなどで壁一面にクリスマスの飾り付けが施されていたからだ。クリスマスツリーまで飾られている。

そして五人の男女は全員がサンタの格好をしていた。女性の一人は白い髭を付けている。

部屋の隅を見ると段ボール箱が開いていた。どうやら箱の中身はクリスマスの飾りやサンタの衣装だったらしい。

「やったー、ごちそうが来たぞ」佐山涼ではない男性がいった。

イエーイ、といって髭を付けた女性がクラッカーを鳴らした。テーブルの上にはビールやチューハイの缶が並んでいる。持ち込んだものだろう。

男性スタッフが料理をテーブルに移そうとしたが、「ああ、いいよそのままで」と佐山涼がいった。「自分たちでやるから」

「さようでございますか。では、こちらにサインをいただけますか」

男性スタッフが伝票を差し出すと、沢崎弓江がソファから立ち上がった。

彼女がサインを終えるのを見届けてから、沢崎様、と尚美は話しかけた。

「お楽しみのところ申し訳ございませんが、お部屋はお二人だけで御利用になる、と理解しておりました。でもこれから皆さんでパーティのようなことをされるのでしょうか」

「これからっていうか、もうとっくに始めちゃってるんだけど、あっそうか。追加料金がいるんだ。だったら、精算の時に入れちゃってください」沢崎弓江は、あっけらかんといった。

「いえ、料金は結構ですが、ほかの方は大体何時ぐらいまでいらっしゃるのでしょうか」

「どうかなあ、まだ何も決めてないですけど。それじゃあだめ？」

「当ホテルでは、基本的には御宿泊のお客様以外の方の客室エリアへの立入は御遠慮いただいております。例外的にお客様が御訪問客様と客室内で面会される場合でも、午後十時まで、というふうにお願いしているのですが」

えー、という声が周りから上がった。

「それじゃあもうすぐじゃん」沢崎弓江が唇を尖らせた。「注文した料理を食べる時間もないよ」

「では十二時まで、ということでいかがでしょうか。日付が変わる前に御訪問客様にはお引き取りいただくということで」

「十二時までね。わかりました。みんな、それでいいね？」

オーケーという声が返ってきた。

「では、そういうことでよろしくお願いいたします」尚美は頭を下げ、男性スタッフと共に部屋を出た。

フロントに戻り、1610号室でのことを新田に報告した。

「十二時までいるんですか。とっとと追い出しちゃえばよかったのに」

「あの様子ですと、ルームサービスで料理やお酒などを追加で注文される可能性が高いです。ホテルの料飲部としてはありがたいはずです」

「あなたはプロだなあ。でも連中が約束を守るとはかぎりませんよ。全員泊まったらどうするんです。無銭宿泊じゃないですか」

「その場合は仕方がありません。でもそれはないと思います」

「どうして？」

「もしお仲間も泊まらせたいのなら、もう一部屋確保すればいいからです。沢崎様なら、お金を惜しんだりはしないはずです。それにあの方々にしてみれば、ホテルから目をつけられていることは自覚したはずです。いつ注意されるかと気にしながらでは、パーティが楽しくないでしょう？　それに私の勘でもあります」

「勘って？」

「あの方々は悪い人ではないと思います。そんな気がします」

「お客様を信じます、か。まあ、いいでしょう。その勘が当たっていることを俺も祈りますよ」新田は端末を操作しながらいった後、「あれ、何だこれ」と呟いた。

「どうしたんですか」

「1610号室のデータを見ていたら、備考欄に『W』の文字が書き込まれているんです」

尚美は横から端末の画面を見た。たしかに『W』とある。わからなかったので、安岡に声をかけて尋ねた。

「それは『サンタ・プレゼント』の抽選結果です。『WIN』の略ですよ」

「ああ、そうか。『WIN』ね」

「つまり沢崎弓江さんは見事当選ってわけだ」新田がいった。「当選メールを受け取ったら、プレゼントを届けてほしい時刻をメールで返すんでしたね。何時ぐらいを希望する人が多いのかな」

「お子さんが眠る前に、ということで早い時間を希望する方が多いですね。だから十一時です」安岡が答えた。「あとはやっぱり午前零時。そのあたりだと何人ものスタッフが手分けして届けます」

「そいつは大変そうだ」新田は指先で頰を搔くと、「ちょっと外します」といって背後のドアを開けた。

「どちらへ？」

「警備員室です。ここにいても新しい情報は得られそうにないので」そういうと新田はドアの向こうに消えた。

「あの方こそ大変そうですね」安岡がいった。「山岸さんが１６１０号室に行っている間、ずっと端末を睨んでおられました」

「優秀な人よ、警察官としてはね。あの人がいれば悪いことにはならないと思う。でも、もしかしたら」尚美は閉まったドアを見つめて続けた。「ホテルマンとしても優秀かもしれない」

29

警備員室には四台の液晶モニターが並んでいた。一台の画面が四分割されているので、合計十六の映像を見られるわけだ。通常は警備員がひとりで操作しているらしいが、今は富永ら二人の部下と共に新田も画面を睨んでいる。

「動きがないですね」富永が頭を掻きながらいった。「神谷良美は部屋に戻ったきりだし、前島は地下のバーに入ったまま。大畑夫妻だけがホテル内をうろついていますが、ほかの二人と接触する気配さえありません。一体どうなってるんでしょうか」

「わかんねえな……」新田は唇を嚙み、時計を見た。ここに来てから、もう三十分ほどが経っている。だが大きな動きは全くない。あるとすれば夜中ということか。

「あっ、バーから前島が出てきました」もう一人の部下がいった。

新田はモニターを凝視した。バーを出た前島はエレベータホールに向かうようだ。

富永が画像の一つをエレベータ内に切り替えた。

前島は片手でスマートフォンを操作している。何を見ているのかはわからない。その手の動きを見るかぎり、メッセージを打っているわけではなさそうだ。

エレベータは十一階で止まり、前島が降りた。すかさず富永は十一階のフロアを映したが、前島は自分の部屋に戻っただけだった。

新田は思わず大きなため息をついた。「空振りか」

「進展がありませんねえ」富永も力のない声を出す。

新田は十六の映像を眺め、その一つに目を留めた。フロントの斜め後方から撮影しているもので、カウンターに来る客の姿を確認できるようになっている。

「そういえば、神谷良美の時は見ていないな……」

「何ですか？」富永が振り返った。

「チェックインするところだ。俺がホテルに来た時には、もう済ませて部屋に入っていた」

「あ、そうでしたね」

「森元と前島の時は俺もフロントにいたからわかっている。神谷良美がチェックインした時の映像を出してもらえないか」

「何か気になることでも？」

「そういうわけじゃないが、一応見ておこうと思っただけだ」

了解です、といって富永はモニターの操作を始めた。かなり慣れた手つきだ。ずっとここにいるからだろう。

フロントの映像が昨日のものになった。神谷良美がカウンターに近づいていく様子が映っている。タイムスタンプの表示は十五時〇二分だ。

神谷良美の荷物は旅行バッグだけだ。女性のフロントクラークが応対を始めた。神谷良美は宿泊票に記入した後、バッグから財布を出し、クレジットカードをフロントクラークに渡している。フロントクラークはカードの写しを取り、神谷良美に返す。さらにカードキーを入れたフォルダを渡す。神谷良美はカウンターから離れた。

「特に変わったことはないな」

「もう一度御覧になりますか」

「いや、もういい。それより、あっちも見ておこう。大畑夫妻がチェックインした時のものだ。俺はフロントにいなかった」

「今日の何時頃でした？」

「たしか午後五時ぐらいだったと思う」

富永が映像を早送りし、再生した。タイムスタンプは十五時過ぎだ。そこから四倍速で再生し、十六時ちょうどになったところで再生速度を通常にした。

「あっ、係長ですね」富永がいった。

ロビーを横切って新田がフロントに戻ってくる様子が映っている。それから間もなくひとりの女性客がやってきた。三輪葉月だ。山岸尚美が応対をしているが、途中から三輪葉月は新田を見ている。知っている顔だと気づいたのだろう。

「ここはいい。倍速で飛ばしてくれ」

そういえば三輪葉月は今頃何をしているのだろうか。佐山涼に関する情報を欲しているかもしれないが、仲間たちとクリスマス・パーティを楽しんでいることを教えてやるような義理も余裕もない。それに山岸尚美によれば、新田のことを疑っているかもしれないらしい。向こうがチェックアウトするまで顔を合わせないのが賢明だろう。

「おっとそこだ」新田は声をあげた。画面に大畑信郎の姿が現れたからだ。

大畑はカウンターに立ち、山岸尚美に話しかけている。渡された宿泊票に記入する様子は、どこかぎこちない。偽名を書くのは慣れていないせいだろう。

山岸尚美に何か訊かれ、財布を出してきた。現金払いだからデポジットが必要なのだ。財布から抜いたのは、ちょうど十万円か。

その後の手順も型通りだ。カードキーを受け取り、カウンターを離れていく。だがエレベータホールに向かう前に、ロビーのソファに近づいた。そこに座っていたのは、彼の妻だった。大畑だけを見ていたので気がつかなかった。

「もう一度、最初から再生してみてくれ。大畑がカウンターに近づいた時より、もっと前からだ。よし、そこからでいい」

再び映像が動きだした。大畑夫妻が現れ、妻のほうはソファに向かう。大畑はカウンターにやってきた。ここからは先程と同じだ。

「ちょっとストップ」新田は映像を停止させた。「画像を拡大できないか」

「できます」

四分割されていた映像が、モニターいっぱいに拡大された。

「いいぞ、動かしてくれ」

動画の再生が始まった。新田の目は大畑の妻に向けられている。ストップ、と再びいった。「これ、何をしてると思う？」妻の姿を指して訊いた。「スマホを横に置いて、時刻を合わせているように見えます」

「腕時計を外してますね」富永がいった。

「そうだよな。そうとしか見えない。で、俺は今日の昼間、これと同じことをしている人を見ている」山岸尚美のことだ。

新田はスマートフォンを取り出し、稲垣に電話をかけた。

「尾崎一課長が直々《じきじき》に警察庁を通じて入管に問い合わせてくださったそうだ」稲垣がいった。「おまえの読みが当たっていた。大畑夫妻は今日、成田に到着している。イギリスからだ」

「時差は九時間ですね。日本を出たのは、いつですか」

「十一月二十日だ。約一か月前ということになる」

「すると入江悠斗が殺害されるよりも前です。大畑夫妻は、過去三つの事件には直接は関与していないということになります」

「そうだな」

管理官、と新田は立ったまま机に両手をつき、稲垣のほうに身を乗り出した。

「ここは賭けに出るしかないんじゃないでしょうか」

稲垣が、じろりと睨《ね》め上げてきた。「どういう賭けだ？」

「大畑夫妻に当たるんです。今夜、彼等が何かを企んでいるとしても、あの二人だけは間違いなく初参加です。そこを突けば落とせると思います」

同感です、と背後から声をかけてきたのは梓だ。

「待っているだけでは埒《らち》があきません。このままでは後手に回るおそれもあります」

稲垣は新田と梓を交互に見た。「潜入捜査のことを明かすのか」

「やむをえないでしょうね」新田が答えた。

「大畑夫妻が何も話さなかったらどうする？　ほかの共謀者に連絡し、犯行を中止にするだけかもしれん」

「話すまでは解放しません」

稲垣が目を剝いた。

「拘束するというのか。どんな名目で？」

「裏技を使います」

「裏技？」

管理官、といって新田はさらに顔を近づけた。

「大畑夫妻の息子を殺した女性は、まだ生きています。彼等だけは、恨みを晴らせていない。そしてこれまでの事件に関与していないのなら、今の時点で犯行を断念すれば、罪に問われない可能性が高い。その点を強調し、仲間を裏切るよう説得するのは難しくありません」

稲垣は横を向き、目を閉じて拳を額に当てた。その姿勢を十秒ほど続けた後、新田たちを見上げた。「夫婦を別々に尋問するわけか」

「当然です」梓が答えた。「新田警部が大畑信郎を尋問してくださるのなら、私は妻のほうを引き受けます」

それで結構、と新田はいった。

「どうやって二人を引き離す？　突然部屋を訪ねていって、旦那さんだけ外に出てください、なんてことをいおうものなら警戒されるだけだぞ。一旦ドアを閉めた後、夫婦で口裏合わせをされるかもしれない」

「そこは大丈夫です。俺に考えがあります」

新田は梓と二人でフロントに行くと、大畑夫妻の部屋に電話してほしい、と山岸尚美に頼んだ。さらに、何をどのように話すかを詳しく説明した。

山岸尚美はメモを取りながら首を傾げた。

「奇妙なことを話すんですね。変だと思われないでしょうか」

「だからあなたに頼むんです。俺が電話をかけたんじゃ、本物の雰囲気が出ません」

「わかりましたけど、今すぐにかけるんですか」

お願いします、と新田は頭を下げた。隣では梓も倣っている。

山岸尚美が受話器を取り上げ、番号ボタンを押した。間もなくその顔に笑みが浮かんだ。

「小林様、お休みのところ誠に申し訳ございません。フロントクラークの山岸と申します。じつはつい先程、別の部屋にお泊まりのお客様から連絡がございまして、小林様の御主人に、0911号室に来てくださるよう伝えてほしい、とのお言付《ことづ》けを頼まれました」

0911号室は森元雅司が使っていた部屋だ。

「はい、さようでございます。名前を訊かれたら、マルチバランスといえばわかるはずだとおっしゃっていました。……はい、マルチバランスです。……お名前をですか？……いいえ、スタッフがそのようなお問い合わせに答えるようなことはございません。小林様のお名前は先方が御存じでした。……はい、それ以上のことは何も。……ではよろしくお願いいたします。失礼いたします」山岸尚美は電話を切り、受話器を置いた。

「電話に出たのは旦那のほうですか」新田が訊いた。

「そうです」

「どんな様子でしたか」

「不審がっておられました。マルチバランスという言葉には心当たりがあるような感じでしたけど、なぜ小林三郎という名前で泊まっていることを知っているのかが不思議な御様子でした。自分たちをホテル内で見かけ、名前を従業員に尋ねたのかなとおっしゃったので、そのようなお問い合わせに答えることはございません、と」

「そりゃあ不思議だろうなあ。だけど、それだけに餌に食いついてくるはずだ」新田は梓を見た。「行きましょう」

０９１１号室のカードキーを手にし、新田は梓と共にエレベータに乗った。九階と十五階のボタンを押す。大畑夫妻の部屋は１５０１号室だ。

「大畑が部屋を出たら、新田警部に電話します」梓がいった。「エレベータに乗るのを見届けてから１５０１号室を訪ねるつもりです。この制服を着ていますから、ホテルのスタッフだと思って奥さんはドアを開けてくれるでしょう」

「了解です。尋問が終わったら、お互いに連絡することにしましょう。それまでは大畑を足止めしておきます」

「わかりました。私もそちらから連絡があるまで奥さんのそばにいます」

エレベータが九階に到着したので、新田だけが降りた。もしやすでに大畑信郎が部屋の前に来ているのではと思ったが、さすがにまだいなかった。そのかわりに廊下をサンタクロースが歩いていた。白い袋を提げているが、中身はプレゼントだろう。すれ違う時に会釈すると、男性スタッフは照れ臭そうに笑った。

新田はカードキーを使い、0911号室に入った。ネクタイを少し緩めようとした時、スマートフォンに着信があった。梓からだ。

「新田です。大畑は？」

「私がエレベータを降りたら、入れ違いに乗りました」

「わかりました」

新田は電話を切り、ドアのほうを向いた。

いよいよ仮面を外す時が来たようだ——。

30

チャイムが鳴った。新田は深呼吸をひとつしてから入り口に向かった。ドアを開けると大畑信郎が立っていた。

「お待ちしておりました」

大畑は新田を見て、意外そうに瞬きした。「あなたが森元さん……ですか？」

『マルチバランス』の本名を知っているようだ。ただし会ったことはないらしい。

「いえ、違います。これにはいろいろと事情がありましてね。とりあえずお入りください」

新田は外に一歩踏み出し、腕を大畑の後ろに回して背中を押した。大畑は抵抗せず、状況が呑み込めない表情のまま、部屋に入ってきた。室内を見回し、「森元さんは？」と訊いた。

「ここにいるのは私とあなただけです」大畑に逃げられるのを防ぐため、新田はドアを背にして立った。「申し訳ありません。あなたをここに呼びたくて、噓をつきました」

途端に大畑の目に警戒の色が浮かんだ。「どうしてホテルの人が私に噓なんかを……」

「失礼。こんな格好をしていますが、私はホテルの人間ではないんです。本当は、こういう者です」新田は内ポケットから警察手帳を出し、身分証を示した。

大畑の顔に明確な動揺が浮かんだ。「警察が……」

「ある捜査のため、スタッフに扮しています」

「すると、やっぱり誰かが通報したんですね」

「通報？　何のことです」

「違うんですか」

新田はライティング・チェアを大畑の前に移動させた。

「まずはお掛けになってください。あなたからはじっくりと話を聞く必要がありそうだ。これは職務質問だと御理解ください。我々警察官には不審人物に対しては多少プライベートなことも質問する権限がある。答えたくなければ答えなくても結構ですが、その場合はあなたに対する不審度が増すだけなので、そのつもりでいてください」

大畑は不安げに視線を彷徨《さまよ》わせながら椅子に腰掛けた。

「さて、では最初の質問です」新田は大畑の前に立ち、相手の胸元を指差した。「あなたは小林三郎という名前でチェックインしておられますが、それは本名ですか」

瞬時に大畑の顔から血の気が引いた。その頰は強張っている。

「答えてください。本名ですか。念のためにいっておきますが、奥様にも別の者が話を聞いているはずです。嘘をついても、すぐにわかります。お互いのためにも無駄なことはやめておきましょう」

大畑は自分を落ち着かせるように瞼《まぶた》を閉じ、呼吸を何度か繰り返した後、ゆっくりと頷いてから目を開けた。

「おっしゃる通りです。本名ではありません」

「本当の名前は？」

「大畑……信郎です」

「証明できるものをお持ちですか」

大畑は上着の内側に手を入れ、財布を出してきた。そこから運転免許証を抜き取り、新田のほうに差し出した。それは事務棟の会議室で能勢から見せられたものと一致していた。

結構、と新田はいった。ここからが本番だ。

「では大畑さん、次の質問です。あなた方御夫婦は、なぜ今夜このホテルに泊まることにしたのですか」

「それは……答えたくありません」

「なぜですか」

「すみません。それもいえません」大畑は深く首を折った。

新田は一歩前に出て、大畑を見下ろした。

「困りましたね。こんなことはしたくないのですが、答えていただけないのなら、この部屋から出てもらうわけにはいきません」

大畑が顔を上げた。驚きの表情を浮かべている。

「さっき、答えたくなければ答えなくていいと……」

「あの時点ではそうでした。単なる職務質問でしたから。でも今は違います。あなたは偽名を使って宿泊していることを自供されました」

「それが罪になるんですか」

「なります」新田は断言した。「旅館業法第六条一項では、宿泊施設の営業者は宿泊者の氏名、住所、職業その他の事項を記載する名簿を備えるよう定めています。そして二項では、宿泊者は営業者から求められた場合には、そうした事項を告げるよう定めています。もし宿泊者が虚偽の内容を宿泊票などに記した場合には、拘留又は科料に処されます。あなたのケースは、これに当てはまりますよね」

稲垣にいった「裏技」とは、このことだ。ただし実際に適用されたことは殆どない。予想外だったらしく大畑は、途方に暮れた顔を左右に振った。その目は泳いでいる。

「どうしますか。おそらく奥様も同様の質問を受けているでしょう。奥様は、もうお話しになっているかもしれない。あなたも話したらどうですか。それともせっかくのクリスマス・イブだというのに、夫婦別々でお過ごしになりますか」

大畑は両手で頭を抱えていたが、やがて頷いた。

「わかりました。お話しします。ええと、質問は何でしたっけ?」

「今夜、このホテルに来た理由です。先程、通報という言葉をお使いになりましたね。つまり今夜このホテルで何か不穏な事が起きると知っているんですか」

「いや、知っているわけではなく、皆さんのやりとりを読んでいるうちに、私もそんな気がしてきて……」

「やりとり?」

「ファントムでのやりとりです」

「ファントム? 何ですか、それは。もう少しわかるように説明していただけますか」

大畑は強張った表情のまま、白髪交じりの頭を掻いた。

「すみません。思いもよらない展開で頭が混乱しています。いきなり説明しろといわれても、どこから話せばいいのかわからなくて」

「だったら最初から話してください」

「最初……ですか。ええと、何が最初ということになるのかな」

「息子さんが殺害された事件が発端ではないかと思うのですが」

大畑は驚いたように新田を見上げたが、すぐに首を縦に揺らした。

「私たちのことは何もかも御存じなんですね。そう、あの事件です。もっと厳密にいえば、事件が終わった後です。犯人の女性が不起訴になったと知らされた日から、別の苦悩が始まりました」

「やはり検察の決定には納得できませんでしたか」

「しろというほうが無理です」大畑は訴えるようにいった。「たしかに息子にも落ち度があったかもしれない。精神安定剤が必要になるほど相手の女性を傷つけたのはけしからんと思います。だけどそれで命を奪われるなんて理不尽すぎます」

「相手の女性は記憶がなかったと主張したそうですが」

「それが本当かどうかは怪しいじゃないですか。精神鑑定って、それほど絶対的なものなんですか」大畑は、ぶるぶると頬を揺らすように顔を左右に振った。「私にはそうは思えない」

「それで？　どうしたんですか」

「納得できない思いを誰かと共有したいと思って、いろいろと調べました。そのうちにインターネットで、被害者遺族たちが情報交換しているサイトを覗くようになったんです。そういったところには家族を殺された人々の辛い心境が切々と語られていて、苦しんでいるのは自分たちだけじゃないんだなと少しだけ救われた気がしました」

でも、と大畑は首を傾げて続けた。

「ちょっと違うんです。そこに書かれている苦しい気持ちは、私たちが感じているものとは微妙に違いました。何が違うのか、はっきりとはわからないんだけれど、そう思うんです。そんな時、ひとつのブログに出会いました」

「ブログのタイトルは？」

「『不可解な天秤』というものでした。開設者は『マルチバランス』という人でした」

そういった後、何かを思いついたように大畑は新田を見上げてきた。「あのブログは御存じなんですよねえ？　だからここへ呼びだすのに、マルチバランスという名前を使ったんじゃないんですか」

「こちらのことは気になさらず、話を続けてください」新田は促すように右手を出した。

大畑は、ふっと吐息を漏らしてから改めて話し始めた。

「お読みになったかもしれませんが、ブログに書かれているのは、日本は罪の大きさに比べて罰が小さすぎるという主張でした。人を殺したのに刑期が二十年以下とか、犯人が少年だと刑務所に入りさえしないことがあるとか、刑罰を重くしたら刑務所の運営が面倒だから軽くしているんじゃないかと思えるケースがとても多い、と書いてありました。それを読んで、これだと思いました。自分たちの求めていたものはこれだ、まさに自分たちの気持ちを代弁してくれているって。その後は毎日のようにチェックするようになりました」

「読むだけですか。何らかのアクションを起こしたりはしなかったんですか」

大畑は頷き、やりました、と答えた。

「このブログを運営しているのはどんな人だろうと思い、メールを出してみました」

「どういう内容ですか」

「まず、いつもブログを読ませてもらっています、とても共感できます、と書きました。それから、自分の息子が被った事件について少し詳しく記しました。もちろん実名は伏せましたけど」

「返事は来ましたか」

「すぐに来ました。あなたの気持ちは大変よくわかる、そういう人たちのためにブログを運営している、と書いてありました。それがきっかけで、その後も何度かメールのやりとりをしました。そのうちにお互いの本名も明かすようになりました」

「先方の本名は？」

「森元雅司さんです」

パズルのピースが集まり始めた、と新田は手応えを掴んだ。

「さっきの様子から察すると、あなたは森元さんと直にお会いになったことはないようですね。やりとりをしたのはメールでだけですか」

「その頃はそうです」

「その頃は、というのは？」

「ある時、森元さんから誘いを受けたんです。同じ悩みを持つ人たちと、もう少し踏み込んだ話し合いをする場を運営しているので、そこで一緒に語り合わないかって。そこに参加するには特別なアプリが必要だけど、ふつうのものと違って格段にプライバシーが守られているから、どんなことを話しても平気だという話でした」

梓が見抜いていた通り、ダークウェブが使用されていたようだ。

「参加したんですね」

「しました。もし不快感を覚えたり、自分とは考えが合わないと思ったら即座に脱会すればいい、といわれてましたし」

「そこはどんなところでしたか」

新田の質問に、大畑は呻くような声を漏らした。

「説明するのは、とても難しいです。順番通りに整理してお話しするのは到底無理なので、見たことと知ったことを思い出すままに話すということでよろしいでしょうか」

「それで結構です。お願いします」新田は懐から手帳とボールペンを出した。

大畑は空咳《からせき》をひとつしてから話し始めた。記憶がはっきりしているところは口調が明瞭だが、曖昧なところでは考え込むように口籠もった。時系列が乱れることも多く、しゃべっている途中で訂正することも何度かあった。

新田は時折質問を挟んだりしながら、事情を理解していった。それはおおよそ、次のような内容だった。

そのネット集会の名称は『ファントムの会』といった。そこには様々な人が参加していた。共通しているのは、理不尽な事件で愛する者を奪われたにも拘らず、事件を起こした張本人たちには軽微な刑しか下されず、そのことで今も苦しんでいるという点だ。

驚くことに参加者の多くは、自らの正体がばれるのを承知で、犯人の実名を含め、事件の詳細を明かしていた。母親を強盗殺人犯に奪われた『マルチバランス』が森元雅司という名であることは、大畑はすでに知っていたが、少年の暴力によって息子を植物状態にされ、ついには失った『無念母』が神谷良美という女性で、リベンジポルノによって娘が自殺に追い込まれた『ハート料理人』が前島隆明という人物だということは、ネットを少し検索すれば判明した。

そして彼等が正体を暗に明かすのには理由があった。たとえば大畑が最初に参加した際には、こんな書き込みがあった。

『無念母さん関連です。入江悠斗の就職先を突き止めました。大田区多摩川《おおたたまがわ》二丁目にある機械整備工場です。先日発見したSNSに投稿されていた画像に会社の入り口が映り込んでいます。つまり、あのアカウントは当たりだと思います。』

『あのSNSに書かれていた熊本料理の居酒屋、先日ちょっと覗いてみました。庶民的な店ですが、馬肉のコースとか高級なメニューもあります。入江悠斗はなかなかいい暮らしをしているのではないかと思いました。』

『無念母です。では今後、あのSNSは入江悠斗のものだと思って読むことにします。みなさま、情報ありがとうございます。』

『マルチバランスさん関連。高坂義広の近況。狛江市にある産廃工場で働き始めた模様。住所は不明です。』

『狛江市なら私の地元です。何とかして確認してみましょう。知り合いに建築関係者もいます。』

『マルチバランスです。ありがとうございます。』

『産廃業者というのは気になりますね。リサイクル関連で家庭を訪問するような仕事だと、悪い病気が出るおそれがありそうです。』

大畑は読み続けるうちに『ファントムの会』の目的を理解した。

単にお互いを慰め合うだけの場ではなかった。犯罪内容に見合わない軽い刑罰を受けただけで自由を得た犯人たちの近況に繋がる情報を、メンバーが力を合わせて収集、交換しているのだ。曖昧で不確かな情報でも、複数の人間が様々な角度から検証すれば、次第に精査されていくというわけだ。

特殊なアプリを使っているのも当然だ。こんなものが警察当局の目に留まったら、厳重に注意されるに違いなかった。

しかしメンバーたちは、それぞれの犯人に対して特に何かをするわけではない。ただひたすらどんなふうに生きているかを監視し、情報交換しているのだ。

そんなことをして何になるのだ、という人もいるだろう。だが大畑には彼等の気持ちが痛いほどよくわかった。

表向き、犯人たちは更生したことになっている。だが『ファントムの会』のメンバーに、それを受け入れている者はいなかった。人間性など何も変わっていないのではないか、あの司法判断は間違っていたのではないかと疑い、それを何とか証明しようとしているのだ。

何度か参加するうちに、大畑も自分たちのことを詳しく打ち明けたくなった。その頃には妻もやりとりを読むようになっており、二人で相談し、書き込んでみた。それまでは、息子を殺した犯人が刑事責任能力がないという理由で不起訴になったと書いていただけだったが、時期や経緯など詳しい状況を説明した。前例に倣い、犯人の名前が長谷部奈央であることも明らかにした。

　途端に反応があった。いくつかのキーワードをヒントにネットで調べ、どの事件なのかを確認し、作り話ではないことを知ったのだろう。皆が同情してくれた。

『そんなでたらめな話があるなんて俄《にわか》には信じられなかったのですが、本当にあったのですね。人を殺しておいて罰せられないなんて、絶対にあってはいけないと思います。』

『昔、多重人格を装って殺人罪を逃れようとした男の話を映画で見たことがあります。詐病という言葉が使われていました。その映画では演技だとばれるのですが、精神鑑定が常に詐病を見抜けるとは思えません。』

『リトルマンさんに強く同情します。息子さんが殺されたのに犯人は罰せられないなんて、想像しただけで気が変になりそうです。犯行時の記憶がないなんて絶対に嘘に決まっています。その女の動向に目を光らせて、嘘だということを証明すべきです。』

　それらのひとつひとつが大きな励ましになった。この世界で自分たちは孤独じゃないと思えた。

　自分も犯人の近況を知りたいと書いたところ、お手伝いさせていただきます、という反応がいくつも返ってきた。嬉しかった。彼等は『リトルマン』と名乗る人物の本名が大畑信郎であることをすでに知っているはずだった。

そんな頃、ある人物と出会った。地元軽井沢の教会へ日曜礼拝に行った際、隣に座った女性だ。見かけない顔だと思っていたら、向こうから話しかけてきた。礼拝に出るのは初めてらしい。

「キリスト教なんて、これまで全く縁がなかったんです。ただ少々辛いことがありましてね、なかなか立ち直れなくて、それでちょっと覗いてみようかと思った次第です」

「お身内に不幸でも？」

はい、と女性は頷いた。「先日、娘が亡くなりました」

「お嬢さんが……。そうでしたか。御病気で？」

「いいえ、何といいますか……事件に巻き込まれまして」

えっ、と声を漏らしただけで言葉が出なかった。すみません、と女性は小声で謝った。

会話はそれで途切れたが、礼拝が終わって教会を出た後、何となく一緒に駅に向かうことになった。

歩きながら女性は、すみませんでした、と再び詫びの言葉を口にした。

「あんな話を聞かされて、いい気持ちがするわけないですよね。どうか、忘れてください」

「いえ……私のことなら気になさらず。似たようなものですから」

「似たような？」

「はい。息子が思いも寄らない形で命を落としました。何年も前のことですが」

「息子さんが……」相手は絶句した。

その後、二人でコーヒーショップに入った。

相手は尾方道代《おがたみちよ》と名乗った。聞けば彼女の娘が亡くなった経緯も気の毒なものだった。小学校から帰宅する途中、バイクにはねられ、全身を強く打って死亡したのだ。しかもバイクは現場から逃走していた。後に逮捕されたが、運転していた十七歳の少年は無免許だった。パトカーに追われている最中の出来事だったらしい。

「犯人の少年は保護処分とかで少年院に入れられました。でも、あんなところはすぐに出られるそうじゃないですか。娘が死んで悲しいのは当たり前ですが、そのことも納得できなくて悶々としています」

悔しい気持ちはよくわかった。そういうと、話を聞いてもらえてよかった、と彼女も少し救われた表情をした。

大畑も息子を失った事件について話した。犯人が刑事責任を問われないというのがどうにも納得できず、息子は無駄死にしたとしか思えない、死刑は無理としても何らかの形で罪を償わせるのが当たり前だと思ってしまう自分たちが変なのかと苦悩する日々だ、と正直に打ち明けた。

よくわかります、と尾方道代は何度も頷いていた。

彼女は東京在住で、今回は仕事の関係で軽井沢に来たが、ふだんはめったに来ないらしい。それならと連絡先を交換した。

その日以来、時々メールのやりとりをするようになった。ある時、『ファントムの会』について教えてみると、是非参加したいとのことだった。早速手続きを取った。

詳しいことを事前に説明しなかったので、参加した尾方道代は、やはりかなり驚いたようだ。ああいうことを話し合う場だとは思わなかった、とメールに書いてきた。

あなたも娘さんの件を打ち明けたら、少年院から出てきた犯人の近況を摑めるかもしれませんよと送ったところ、考えてみます、という答えが返ってきた。

チャットルームで尾方道代は『デスマスク』と名乗っていた。彼女の絶望感が伝わってくるハンドルネームだと思った。

『デスマスク』はあまり発言しなかったが、ある時、こんな書き込みをした。

『リトルマンさん関連です。長谷部奈央と思われるSNSアカウントを見つけました。年齢や出身地、学歴などが一致しています。大学はわけあって二年で中退とあります。』

いきなりで驚いた。どうやって調べたのかと問うてみた。

『長谷部奈央の高校の同級生について片っ端からSNSを探していたところ、ナオという人物の投稿がありました。そこから追跡して見つけました。』

さらりと書いているが容易ではなかったはずだ。尾方道代がそんなことをしてくれているとは思わなかった。

大畑は早速、『ナオ』なる人物のSNSを確認してみた。するといきなり目に飛び込んできたのは、派手な服を着て巨大なパフェを食べている姿だった。『デカ盛りオリジナルパフェ完成！　今度レシピをのせまーす。』とあり、ピンク色のハートマークが並んでいた。長谷部奈央の画像は、死んだ誠也のスマートフォンにたくさん残っていて、飽きるほど見ていた。どちらかというと地味な印象だった。だから一瞬別人かと思ったが、じっくりと顔を眺めているうちに、同一人物だと確信するようになった。

ほかの投稿も見てみたが、猫と遊んだり、スケートボードをしたりと、楽しそうなものばかりだった。

それを目にし、大畑はやるせない気持ちになった。

この状況をどのように受け止めればいいのだろうか。投稿を読むかぎり、長谷部奈央は過去に自分が起こした事件をすっかり忘れているように思われる。何ひとつ引きずることなく、青春を謳歌《おうか》している。

犯行時の記憶がないのだから当然と諦めるべきなのか。むしろ、ひとりの若者が忌まわしい過去から解放されてよかったと喜んだほうがいいのか。

大畑は割り切れなかった。自分はそんな聖人君子ではない。そんな思いを『ファントムの会』で吐露すると、同調する声が集まってきた。

『リトルマンさん、あなたの感情は正常です。自分の子供を殺した人間が楽しそうに生きているのを見て、心穏やかでいられるわけがありません。仮に記憶がなかったとしても、自分が犯した罪のことは警察や検察から聞かされていて知っているはずで、償う気持ちがないというのは全く不誠実な態度です。許せません。』

『この女の親は何を考えているのでしょうか。私が親なら遊びほうけることなど決して許さないし、こんなふうにSNSで発信することも禁じます。全く信じがたい話です。リトルマンさん、この女を改心させる方法を一緒に考えようではありませんか。』

これらの声は大畑たちの心をほんの少しだけ和ませてくれた。わだかまりを抱えていることは悪ではないと思えた。

「その後も、定期的に『ファントムの会』に参加しました。そこでいろいろと話し合ったり、情報交換したりしました。私は皆さんと違い、あまり情報提供はできなかったのですが、長谷部奈央のSNSを読んだ感想などを書き込み、複雑な思いを吐き出させてもらっていました。ところがそれから少しして、思いがけないことが起きたんです」

「どんなことですか」新田は訊いた。

「ほかでもありません。入江悠斗が殺されたんです」大畑は目を剝いていった。「『ファントムの会』のメンバーなら、驚かないわけがありません。緊急でネット会議が開かれました」

そこではまず『無念母』が発言したらしい。

彼女によれば、すぐに刑事が来てアリバイを訊かれたそうだ。

『幸い、しっかりとしたアリバイを証明できましたから疑いが晴れましたが、できなかったら今でも疑われていたかもしれません。』

犯人は捕まっていないようだ。ほかのメンバーが、今の心境を『無念母』に訊いた。

複雑です、というのが彼女の答えだった。

『入江悠斗を憎んでいなかったといえば嘘になります。では死を望んでいたかと問われると答えに悩みます。私は彼に償ってほしかったのです。彼の近況を摑んで以来、償いの姿勢があるかどうかを見極めようとしてきました。でもそれはとうとうわからないままです。もう苦痛から解放されるかもしれないと思う一方、釈然としない気持ちはあります。』

大畑は、この文章に激しく動揺した。『無念母』の気持ちはよくわかった。犯罪者たちは刑期を終えれば事件から解放されるかもしれないが、被害者や遺族たちにとっては永久に心の傷として残るのだ。

ほかのメンバーたちからも同調する意見が相次いだ。お疲れ様でした、ゆっくり休んでください、と書いている者もいた。

この時点では、入江悠斗が殺されたことと自分たちは無関係だと皆が思っていた。事情が変わるのは、それから約二週間後だ。今度は高坂義広が殺害された。高坂は『マルチバランス』こと森元雅司の母親を殺した犯人だ。

再び『ファントムの会』のメンバーが招集された。

自分も警察から疑われました、と『マルチバランス』は告白した。しかし事件が起きた日は出張で東京を離れており、疑いを晴らすことができたということだった。

『高坂が殺されたことには、正直かわいそうだとはちっとも思いません。死んで当然、いえ殺されて当然の人間だと思っていましたし、その気持ちは今も変わらないです。ただ皆さんも気になっていると思いますが、入江悠斗が殺されてから、まだ二週間しか経っていません。こんなことがあるのだろうかと首を傾げるばかりです。』

皆の発言も、『無念母』の時とは微妙にニュアンスが違っていた。果たしてこれは単なる偶然なのかと全員が疑心暗鬼になっているようだった。天罰という表現を使う者もいたが、同意する書き込みはなかった。

そしてそれからわずか四日後、今度は村山慎二が殺された。ここに至り、『ファントムの会』での議論は次元の違うものとなった。

『この会を作った者として誓っていいますが、私は事件には一切無関係です。ここの存在も部外者には秘密にしています。』そう断言したのは『マルチバランス』だ。彼に続いて、『無念母』や『ハート料理人』も同様の宣言をした。

だが、どう考えても、一連の事件が『ファントムの会』と無関係とは思えなかった。どこかで繋がっていなければおかしいのだ。

メンバーの中に犯人がいるのか。だとすれば、なぜこんなことをするのか。それぞれに憎むべき相手はいるが、殺してくれとは誰も頼んでいない。

いろいろとやりとりをしたが、真相解明には一歩も近づかなかった。

やがて、これからも誰かが殺されるのだろうか、という話になった。

『ファントムの会』のメンバーは固定されてはいない。新たに入ってくる者もいれば、去っていく者も多い。現在、主にやりとりをしているのは七名程度と思われた。

そんな時、大畑は長谷部奈央のＳＮＳを確認し、驚くべき投稿を目にした。

『急遽アメリカに行くことになりました。一年ほど帰りません。クリスマスの日に旅立ちます。前日のイブは贅沢にホテルライフを楽しもうと思います。超一流といわれるコルテシア東京。今から楽しみです。』

愕然とした。謎の暗殺者は、この投稿を見て、どうするだろうか。『ファントムの会』の加害者たちが次々に葬られている。次なる標的は長谷部奈央ではないのか。

この目で確かめねば、と思った。

「だから今夜、このホテルに来たというわけです。妻に相談したところ、自分も行きたいというので、急遽滞在していたイギリスから二人で帰国しました」

語り終えた後、大畑信郎は真っ直ぐに新田を見つめてきた。その目に偽りの色はなかった。嘘ではないだろう、と新田は思った。驚くべき内容だが、創作にしては出来過ぎているし、何よりすべてにおいて辻褄《つじつま》が合っている。

「偽名を使ったのはなぜですか」

「それはもちろん、万一事件が起きた時、宿泊者リストに私たちの名前があったらまずいと思ったからです。犯人ではないかと疑われかねません」

「予約時に登録した電話番号は？　あなたのものではないですよね」

「あの番号はでたらめです。仮にホテルからの連絡を受けられないせいで泊まれなくなったとしても、それはそれで仕方がないと思いました」

新田は拍子抜けしつつも納得した。大畑たちは必ず泊まらなければならないわけではなかったのだ。

新田のスマートフォンに着信があった。梓からだ。ちょっと失礼と大畑にいって電話に出た。

「はい、新田です」

「梓です。こちら、奥さんの事情聴取が終わりました。収穫が多いです」

「そうでしょうね。こっちも間もなく終わります」電話を切ってから改めて大畑の顔を見た。「ここへ来ることを、『ファントムの会』のメンバーたちには知らせましたか」

「いえ、知らせてはいないです。ほかの方々がどうされるかも知らないです。でも皆さんは日本に住んでおられるから、ホテルに泊まろうとする人もいるのではないかとは思いました。もしかすると警察に通報する人がいるかもしれないとも」

先程の通報というのは、このことらしい。森元雅司から会いたいという連絡があったと聞き、疑わずに部屋にやってきたことにも説明がつく。

だが今の話を聞いたかぎりでは、犯人に繋がる手がかりはない。

「あなたと奥さんはホテル内を動き回っておられましたね。何をしていたんですか」

「それは、あの……捜してたんです」

「捜してた？　何を？」

「だから長谷部奈央という女性をです。SNSを見たら、このホテル内を映した画像がアップされていたので、そこに行けば見つけられるかもしれないと思って。見つけたからといって、何かをするつもりではなかったのですが……」

そういうことか、と新田は合点がいった。おそらくほかの者たちもそうだろう。だから同じような場所をうろついていたのだ。

「長谷部奈央のSNSを教えていただけますか」

はい、と答えて大畑はスマートフォンを出した。しょっちゅう見ているからだろう、慣れた手つきで操作し、「これです」といって画面を新田のほうに向けてきた。

「ちょっとお借りします」新田はスマートフォンを受け取り、映っている長谷部奈央の顔を拡大した。

ぎくりとした。よく知っている顔だったからだ。

佐山涼と一緒にいる女性――沢崎弓江にほかならなかった。そういえば彼女たちはスーツケースを持っていたし、成田空港行きリムジンバスの乗り場を訊いていた。エレベータの中で別の女性から、アメリカ行きを羨ましがられてもいた。犯行当時の地味な印象の顔写真とは様変わりしていたので、まるで気づかなかった。

これは大きな手がかりだ。ターゲットを特定できたとなれば、犯行の阻止は格段に容易になる。

「ここに来てから、『ファントムの会』のメンバーとやりとりをしましたか」スマートフォンを返しながら新田は訊いた。

「いいえ、していません。個人間でメッセージをやりとりすることはありませんから」

「じゃあ、ほかに誰が来ているか、全く知らないわけですね」

「そうだったんですが、ひとりだけ会いました」

「会った？　どこで？」

「最上階の展望コーナーです。でも黙礼しただけで、言葉は交わしていません。何となく気まずかったものですから。向こうもそうだったんでしょう」

「ちょっと待ってください。どうしてその人がメンバーだとわかったんですか。顔を知っていたんですか」

「その人だけは知っています。だって、尾方さんでしたから」

「尾方さん？　軽井沢の教会で会ったという？」

「そうです。尾方道代さんです」

第五の人物だ。マークすべき人間が、新たに増えたことになる。

「何時頃のことですか」

「ええと、今から一時間ほど前だったと思います」

新田は時計を見た。午後十一時三十分になっていた。

「大畑さん、御自分たちの部屋に戻ったら、チェックアウトまでは外に出ないでくださ い。これは強制ではありませんが、捜査に御協力いただきたい」

「あ……わかりました」

「急ぎますので、お先に失礼」そういい残し、新田はドアを開けて外に出た。

小走りで従業員用エレベータホールに向かいながら梓に電話をかけた。待ちかねていたのか、はい、とすぐに返事があった。

「新田です。こちらも終わりました」

「では、これから部屋を出ます。新田警部、尾方道代という女性についてお聞きになりましたね」

「聞きました。大畑夫妻が展望コーナーで出会ったそうですね」

「管理官に連絡し、今夜の宿泊者リストを確認してもらいました。そういう名前の女性は泊まっていないということです」

「つまり偽名を使っているわけだ」

「そうなると、私たちがこれから行くべきところはひとつですね」

「その通りです」新田は答えた。「警備員室で会いましょう」

一旦電話を切り、エレベータに乗る前に稲垣にかけた。繋がるなり、「梓から聞いた。怪しい女が新たに見つかったそうだな」と向こうから切りだしてきた。

「これから警備員室のモニターで確認します。それから今夜のターゲットが判明しました。佐山涼と一緒にいる女性です。沢崎弓江の名前で宿泊していますが、本名は長谷部奈央。大畑夫妻の息子を殺した犯人です」

「何だとっ」稲垣が声のトーンを上げた。「間違いないのか」

「この目で確かめました。間違いありません」

「一体どういうことだ？」

「それは後ほど詳しく説明します」

今はゆっくり話している余裕はない。電話を切った。

従業員用エレベータの扉が開いた。中には三人のサンタクロースが乗っていた。何となくばつの悪い思いをしながら新田は乗り込み、地下一階のボタンを押した。警備員室は地下一階だ。サンタたちは、別々の階でひとりずつ降りていった。

警備員室に行くと、すでに梓の姿があった。防犯カメラのモニターを操作する富永の後ろに立っていた。

「展望コーナーの映像を探しているんですね」新田は梓に訊いた。

「そうです」

「大畑の奥さんからの事情聴取は順調にいきましたか」

「はい。思ったよりもスムーズでした。賭けに出て正解でしたね」そういってから梓は、ふっと吐息をついた。「『ファントムの会』の話には驚きました」

「全くです。それから一点、大事なことが判明しました」

新田は、沢崎弓江の名前で泊まっている若い女が長谷部奈央であることを話した。

「その女性は今どこに？」梓が訊いた。

「自分たちの部屋でパーティをしているはずです。ひとりではないので、部屋にいる間は心配ないと思われます」

「それらしき二人が見つかりました」富永がいった。「この人たちじゃないでしょうか」

新田はモニターを覗き込んだ。静止画の中では年配の男女が寄り添うように立ち、夜景を眺めている。後ろ姿だが、上着の色から男性は大畑信郎だと確信した。

梓も女性のほうを指し、「奥さんに間違いありません」といった。

「映像を動かしてくれ」新田が指示した。

動画の再生が始まった。大畑夫妻は夜景を眺めつつ、時折周囲を振り返ったりしている。間もなく窓から離れたが、不意に大畑信郎が足を止めた。さらに小さく頭を下げた後、妻と共に画面から消えた。次の瞬間、ひとりの女性が現れた。方向から察すると大畑夫妻とすれ違ったはずだ。つまりこの人物が尾方道代ということになる。

そうか、と新田は呟いた。「そういうことだったのか」

「何ですか、新田警部」

「この女性は一連の事件の犯人か、もしくは重要な鍵を握っています。偽名で泊まっているのではなく、尾方道代のほうが偽名なんです。本名は三輪葉月といいます」

「新田警部の大学時代の同級生だという……」

「不可解な要求に得心がいきました。佐山涼の動向を調べてほしいといっていましたが、本当に知りたかったのは一緒にいる長谷部奈央のことだったんです」

新田はスマートフォンを出し、三輪葉月の番号に発信した。電話はすぐに繋がった。

「こんな時間にどうしたの？　佐山涼に何かあった？」三輪葉月が訊いてきた。

「知らせたいことがある。今、どこにいる？」

「部屋だけど。ねえ、何があったの？」

「電話では説明しにくい。これからすぐに行く」そういうと返事を待たずに電話を切った。

「どうするつもりですか」梓が尋ねてきた。

「こうなったら小細工は無用です。こちらの正体を明かし、問い詰めます」

「それなら私も同席します」

「いや、ここは俺に任せてください。俺と二人だけのほうが口を割る可能性が高いと思いますから。梓警部には管理官への状況説明と、万一三輪が犯人で、抵抗したり逃走を図った場合の備えをお願いしたいのですが」

梓は一瞬不満そうな表情を浮かべたが、すぐに頷き一歩近づいてきた。新田の上着の前を合わせてボタンを留めると、にっこりと笑った。

「新田警部のホテルマン姿を見られなくなるのも間もなくのようですね」

彼女らしくない行動に、新田は少し戸惑った。

「寂しがるのはまだ早いです。梓警部」

「その通りですね」新田から離れ、梓は厳しい顔つきに戻った。「では、よろしくお願いいたします」

「任せてください」新田は踵を返し、ドアに向かった。

31

チャイムのボタンを押すと間もなくドアが開き、三輪葉月の顔が現れた。「どうぞ」

失礼します、といって新田は部屋に入った。

例によって三輪葉月はソファに腰掛けた。「で、知らせたいことというのは何？　佐山涼が何かやらかしたの？」唇には笑みが浮かんでいるが、目には警戒の色がある。

「彼等は今、仲間たちと部屋でパーティを楽しんでいる。幸いなことにマリファナ・パーティではなさそうだ」

「そう、それはよかった。で？」

「仲間たちは午前零時までに部屋を出ることになっているが、佐山はどうやって部屋から追い出すつもりだ？　それとも佐山も共犯か？」

はあ、と三輪葉月は眉根を寄せた。「何をいってるの？」

「狙いは長谷部奈央、そうだろ？」

途端に眉間の皺が消え、メイクの施された目が大きく見開かれた。「どうしてその名前を知ってるの？」

「俺たちの捜査対象者だからだ」

「捜査？」

新田は警察手帳を出し、身分証を示した。それが何なのか三輪葉月が気づくまでに、数秒を要した。彼女は口を半開きにしたまま身分証と新田の顔を交互に見た後、嘘でしょう、とかすれた声でいった。「嘘よね？　からかってるんでしょ？」

新田は近づいていき、テーブルに手帳を置いた。

「元検事なら警察手帳は見慣れてるだろ？　気が済むまで調べろ」

だが三輪葉月は手帳には触れようとせず、新田の顔を凝視し続けている。「信じられない。本当に現役なの？」

「だから、疑うなら手帳を見ろといってるんだ」

「ちょっと待って。つまりこういうこと？　現役の警察官でありながらホテルマンに化けているわけ？　化けるだけじゃなくて、実務もしている」

「そうだ」

「信じられない。あなたにそんな才能があったんだ」

「疑ってたんじゃないのか。女性スタッフに俺のことを根掘り葉掘り尋ねたらしいが」

「あなたがホテルに転職したこと自体は全く疑ってなかった。だって、本物のホテルマンにしか見えなかったもの。あたしが知りたかったのは、このホテルと警察の関係。何か特殊なパイプでもあるのかなと思ったのよ」

「なぜそんなことを知りたかったんだ」

「だってそれは、もし何かがあった時、すぐに対応してほしかったから」

「何かとは？」

「わからない。とにかく奈央ちゃんのことが心配だった」

「奈央ちゃん？」

「ねえ、どうしてそんな格好をしてるの？　やっぱりこのホテルで何かが起きるわけ？」

新田は答えず、テーブルに置いた警察手帳を取り、三輪葉月の顔を見ながら内ポケットに収めた。彼女の表情に演技の気配は感じられない。

「こちらから質問だ。まず長谷部奈央との関係を教えてもらおうか」

三輪葉月は気まずそうに口を閉ざしてから目を伏せ、呼吸を何度か繰り返してから顔を上げた。「同じ施設にいて、共同生活を送ってる」

「施設？」

「精神障害のある人たちを対象に、自立生活に向けたサポートを行うことを売りにした個室型グループホーム——あたしが読んだパンフレットには、そんなふうに書いてあったんじゃないかな。場所は神奈川県三浦市」

「君はそこに入っているのか」

そう、と三輪葉月は何でもないことのように答えた。

「うちの施設は、あたしのようなうつ病患者が大半なの」

「うつ病……君が？」

「入居してからずいぶん良くなったけど、その前は何日もベッドから出られないことがあった。生きているのも嫌になった。離婚したのは、それが原因」

話す口調は明るい。それが余計に彼女の苦しい胸の内を表しているようだった。

「長谷部奈央もそこに？」

「ええ。彼女のように別の精神疾患を持つ人も少なくない。入居してきた時、彼女は誰とも口をきかなかった。それじゃあよくないと思って、あたしから近づいたわけ。最初は鬱陶しいおばさんだと思ったでしょうけど、次第に心を開いてくれるようになった。そのうちに自分のことも話すようになって、ある時打ち明けてくれた。恋人を殺したって」

「事件の詳細は？」

「全部聞いた。あなたも当然知ってるんでしょ？」

　ああ、と新田は頷いた。

「痛ましくて、やるせない事件よね。亡くなった男性は気の毒だと思う。恋人がいてもほかの異性に気持ちが移るなんてことはざらにあるし、責められるような話じゃない。奈央ちゃんだって、それはわかってる。だから苦しんでる」

「苦しんでる……どんなふうに？」

「ひと言でいえば罪の意識に苛《さいな》まれてる。だけど実際には、もっと複雑。だって記憶がないんだもの。ある日気づいたら恋人が死んでいて、殺したのは自分だと知らされたのよ。懺悔《ざんげ》や反省をするにしても、何に対してすればいいのかわからない。罪の意識がない、ということ自体が罪だとも思っている」

　新田は頭を揺らすように頷いた。「それはたしかに複雑だな」

「奈央ちゃんは遺族のことも気にしてた」

「遺族というと、殺された恋人の両親か」

「もちろん、そう」

　大畑夫妻ということになる。「どんなふうに？」

「彼の両親たちは今、どうしているんだろうか。どうしているんだろうか。事件について、息子を殺した女について、どう思っているんだろうか。もちろん憎んでいるに違いないんだろうけど、その憎しみはどれほどのものなのか。知るのは怖いけれど、知らないままでいるのは一層罪深いような気がする——そんなふうにいってた」

「その気持ちは何となくわかるような気がするが……」

いいことが書かれているわけがないとわかっているのにエゴサーチしたくなる気持ち、とでもいえば適切だろうか。

「だからこういったの。それ、あたしが調べてあげようかって」

「君が？」

「これでも元検察官。調査のノウハウは持っているし、各方面にそれなりにコネもあるから難しくない。もちろん奈央ちゃんの名前は決して出さないといった」

「長谷部奈央は何と？」

「少し迷ってたけど、最後には調べてほしいって」

「で、調べたんだな」

「調べた。殺された男性の両親は軽井沢にいた。あたし、わざわざ軽井沢に出向いたのよ。嘘のプロフィールとか偽名を用意して」

「その偽名は何という？」

「オガタミチヨ。どんな字を書くかというと——」

「それは後でいい」新田は右手を出して制した。「話を続けてくれ」

三輪葉月は新田を見つめ、小さく首を縦に振った。どうやらある程度の事情は把握した上で尋ねているようだ、と察した顔だ。

「あたしが近づいたのは殺された男性の父親で、知っていると思うけど名前は大畑信郎さん。毎週日曜日に教会に行くことは事前に調べておいたから、そこを狙って近づいた」

大畑信郎に声をかけ、理不尽な形で娘を失った哀れな母親を演じ、意気投合したことを三輪葉月は簡潔に説明した。その内容は大畑信郎から聞いた話と一致していた。

「大畑さんたちが長谷部奈央のことをどう思っているか、本人に伝えたのか」

「もちろん。そのために調べたのだし、奈央ちゃんも聞きたがった。どう伝えるかは迷ったけれど、オブラートに包んでも意味がないと思ったので包み隠さず話した」

「長谷部奈央の反応は？」

「辛そうだったけれど、割と落ち着いていた。彼女にしても、大畑さんたちに許してもらってるとは露程も考えていなかっただろうし」

「それから？」

「あたしの役目は、そこまで。後は彼女に委ねることにした」

「委ねる？　どういうことだ」

するとと三輪葉月は、ソファの背もたれに身を任せ、大きな動作で足を組み替えた。

「ねえ新田君、どうしてあたしがそこまでやったと思う？　不起訴になった殺人事件の被害者遺族の居場所を見つけて、軽井沢まで行ってお芝居をしてくるなんて、ずいぶんと手間のかかる仕事だと思わない？　こんなことをいったら下品だけど、それなりにお金もかかった」

「長谷部奈央が君のお気に入りだったから、じゃないのか」

「それだけじゃ、ここまでしない。あたしは答えが知りたかった」

「何に対する答えだ」

三輪葉月は首を傾げて少し考える様子を見せた後、「罪と向き合う方法……かな」と自分に問いかけるようにいった。「新田君は、いつから警察官になろうと思った？」

「どうしてそんなことを訊く？」

「オーケー、いいたくないわけね。あたしは中学生の頃から将来は法曹界に入ろうと決めていた。やがて検察官になると、悪を追及することに没頭した。でも次第に疑問を感じるようになった。いくら刑罰を与えても、反省しない被告人があまりにも多いから。自分が犯した罪と正面から向き合っていないんじゃ意味がない。そこで被告人に寄り添うには弁護士になったほうがいいと思って、転身した。ところが弁護士も無力だと痛感した。結局のところ裁判なんて、罪の重さを賭けた検察と弁護側のゲームに過ぎないと思った。その罪を犯した人間の内面なんて誰も考えちゃいない。自分はこのままでいいのか。こんなことのためにがんばってきたの？　そんなことで次第に思い悩むようになり、体調に異変をきたした。それがうつ病の始まりってわけ」

　三輪葉月の話を聞き、新田にも同意できる部分があった。これまでに何人もの犯罪者を捕まえてきた。彼等の公判で証言台に立ったこともある。被告人が真に反省していると思えたケースは数えるほどしかない。大抵は弁護士から指導された反省の演技をしているだけだ。土下座をする被告人もたまにいるが、反省ではなく命乞いに近い。

「奈央ちゃんの告白を聞いて、強い関心を抱いた。彼女はまさに自分の罪と向き合っていなかったから。いいえ、向き合えなかったというべきね。そんな彼女が被害者遺族と関わったらどうなるか、どう変わるのか、興味が湧いた。だから遺族たちのことを調べてやることにした。それだけでなく、交流できるようにお膳立てした」

　聞き捨てならなかった。「彼女に何をしたんだ」

「大畑さんと私が作った架空の人物——尾方道代のメールアドレスを教えたの。ついでに尾方道代という女性の詳しいプロフィールも。そうしていった。もしあなたが、もっと深く大畑さんたちの内面を知りたいと思うなら、これを使って連絡したらいいんじゃないかなって」

「それ……本当か」

「この期に及んで、なんで嘘なんかいうのよ」

「その後、君はどうしたんだ。大畑さんと連絡は取ってないのか」

「取るわけないでしょ。あたしの出番はそこまで」

「『ファントムの会』は？」

「ファントム？　何それ」

新田は体温が一気に上昇するのを感じた。鼓動も速くなった。

大畑信郎がメールでやりとりしていた相手は、三輪葉月ではなく長谷部奈央だったのだ。『ファントムの会』に参加し、神谷良美らと意見を交わしていたのもそうだ。

「なぜ君は今夜、このホテルに来たんだ？　長谷部奈央のことが心配だったといったな。どう心配だったんだ？」思わず早口になるのを抑えられない。

「佐山君から聞いたのよ。イブの夜に奈央ちゃんたちとパーティをするって」

新田は目を見開いた。「佐山は知り合いだったのか」

「彼も一時期、あたしたちの施設にいたの。ほんの短い間だったけど親しくなって、時々お酒を飲んだりしてる。その時に今夜のことを聞いたわけ。奈央ちゃんに、お金は自分が出すからホテルで贅沢なクリスマス・パーティをやろうと誘われたって。しかも奈央ちゃんは翌日にアメリカへ行くといっているらしいの。変だと思った。ある時期から急に金髪にしたり、行動が明るくなったり、おかしいと感じていたところだったし。絶対に何かあるんじゃないかと心配になって、それで様子を見に来たというわけ。すると、たまたま新田君がいたから利用しようと思いついた。捜査していたなんて、夢にも思わなかった。ごめんなさい。騙したことは謝る」三輪葉月は、ぺこりと頭を下げた。

「教えて、何の捜査なの？　奈央ちゃんにどう関係してるの？」

それらの質問には答えず、新田はスマートフォンを出した。電話をかけた先は警備員室にいる富永だ。

「はい、富永です。ちょうどよかった。連絡しようと思っていたところでした」

「何かあったのか」

「ついさっき、１６１０号室から佐山涼の仲間たちが出ました。連中、ふざけてますよ。サンタクロースの格好をしたままなんです」

「仲間の三人だけが部屋を出たのか」

「だと思います」

「何だその言い方は。人数を確認してないのか」口調が尖った。

「それが連中、時間を置いて、ひとりずつ部屋を出たんです。ちょうどプレゼントを配るホテルスタッフのサンタがいろんな部屋を出入りしているもんだから、紛らわしくて……。今、再生して確認します」

新田は腕時計を見た。午前零時を過ぎたところだ。プレゼントの受け取りが一番多い時間帯だと誰かがいっていた。

すみません、と富永がいった。「見落としていました。部屋を出たのは四人でした」

「四人っ」

つまり、現在部屋に残っているのはひとりだけだ。

新田は何もいわずに電話を切り、部屋を飛び出した。後ろで三輪葉月が何かいったようだが、それどころではない。廊下を駆けながら山岸尚美に電話した。

「はい、山岸です」

「新田です。大至急、マスターキーを持って１６１０号室に来てください。お願いします」

わかりました、といって彼女は電話を切った。非常事態だと気づいたのだろう。理由を尋ねたりしないところはさすがだ。

エレベータに乗り、十六階に上がった。扉が開くなり外に出て、１６１０号室に向かって廊下を走った。

なぜか部屋の前に先客がいた。梓だった。新田を待ち受けるように立っている。

「梓警部、管理官から何か指示があったんですか」

梓は真剣な目を新田に向けてきた。

「新田警部、提案です。五分だけ待ちましょう」

「待つ？　何を待つんですか」

「彼女に……長谷部奈央に時間をあげましょう」

「何をいってるんです。彼女が何をする気なのか、わかってるんですか」声を低く抑えていった。万一にも部屋にいる長谷部奈央に聞かれてはならない。

「わかっています。自ら命を絶とうとしている——そうですよね。すべての事件の犯人は彼女だった」梓も小声でいった。「尾方道代として『ファントムの会』に参加するうち、メンバーたちに代わって復讐を果たすのが自分の役目だと思うようになった。そして最後には自分も死ぬ。それが償いだと信じている」

梓の言葉に新田は愕然とした。

「どうしてそこまで知ってるんですか。三輪とのやりとりを聞いていたわけでもないのに」そこまでしゃべったところで気づき、新田は自分の上着を確かめた。襟の裏に黒いものが貼り付けられていた。盗聴器だ。さっき梓が服の襟に触れたことを思い出した。

「新田警部、どうせ極刑です」梓がいった。「本人もわかっています。今度は逃れられない。だったら願いを叶えさせてやりませんか。五分だけ待ちましょう。五分経ったら部屋に入って、もしまだ生きていたら逮捕する、それでどうですか」

「だめです。そこをどいてください」

「彼女は、もう十分に罰を受けています。罪を償おうとしています」

「どいてくれといってるんだ」

梓は立ち塞がるように両手を広げ、苦悶の表情を浮かべた。

「考えてください。彼女を追い詰めたのは誰か。何が彼女を狂わせたのか。刑務所に入れたり、死刑にすることだけが正義ではありません」

「正義？　そんなものはどうだっていいんだよっ」新田は思わず叫んでしまった。

新田さん、と後ろから声が聞こえた。山岸尚美が駆け寄ってくるところだった。

「その部屋の鍵をあけてください」新田は１６１０号室を指した。

山岸尚美が新田たちの脇をすり抜け、ドアに近づいた。だが彼女がマスターキーを使おうとするのを、梓がセンサーを手で隠して妨害しようとした。

「何するんですっ」新田は梓の肩を摑み、引き寄せようとした。

次の瞬間、自分の腕がねじ曲げられたかと思うと、身体が浮いていた。気がつくと床に倒され、梓に腕を締め上げられていた。

新田は顔を上げた。山岸尚美がドアを開け、部屋に入るのが見えた。梓が、あっと声をあげた。その瞬間を逃さず、新田は反撃に出た。素早く身体を起こすと、逆に梓の腕を背中に回し、床に腹這《はらば》いにさせた。

その直後、きゃあ、と悲鳴が部屋から聞こえた。山岸尚美の声だ。

新田は立ち上がった。ドアは完全には閉まっておらず、ドアガードが挟まれていた。山岸尚美が咄嗟《とっさ》にやったのだろう。ドアを開け、中へ飛び込んだ。

「来ないでっ」女の声が空気を引き裂いた。

白いドレスを着た長谷部奈央がナイフを手に立っていた。そのナイフに血がついているのを見て、ぎくりとした。

そばで山岸尚美が倒れていた。右腕を押さえる左手の隙間から血が滲み出ている。

「ナイフを捨てなさい」相手を刺激しないよう、新田は穏やかな口調を心がけていった。

「出ていって」長谷部奈央が、か細い声でいった。「お願いだから出ていって。私をひとりにして」

「そんなことはしちゃいけない。誰も君に死んでほしいとは思っていない」

「……あなた、誰？」

「命を粗末にする権利など誰にもないと思っている人間だ」

新田は長谷部奈央の手元を見つめた。ナイフを順手に持っているが、攻撃してくることはないだろう。山岸尚美が負傷したのは、成り行き上のことと思われた。ナイフを順手で握っているかぎり、自分の身体を刺すのは難しい。

「私は償いたいの。償わせて。お願い」

「だったら生きなさい。生きて、償うべきだ。そんなものは償いじゃない」

長谷部奈央の顔に一瞬の迷いが生じたように見えた。その視線が揺れている。

「君のことを大事に思っている人だっている。三輪葉月さんも、その一人だ。俺だってそうだ。たった今から俺にとって大事な人間になった。だからそんなことはやめるんだ」

だが彼女は何かを吹っ切るように激しく首を振ると、ナイフを逆手《さかて》に持ち替え、頭の上まで振り上げた。

「君は何を知った？」新田は叫んだ。長谷部奈央が動きを止めたのを見て、声を落としてさらに続けた。「恋人を殺した記憶はないのかもしれない。でも今はどうだ？　三人の人間を殺した記憶はしっかりとあるはずだ。過去にどんなことをしていようとも、いずれも生きていく権利のあった人間たちだ。君の行為は本当に贖罪《しょくざい》か？　正しいことか？　ある人にいわせれば、君はどうせ死刑になるらしい。だからここで死なせてやればいいと。だけど俺はそうは思わない。君には罰ではなく時間を与える必要がある。自分が救われる道は本当はどこにあるのか、それを考える時間だ。そうして気づいてほしい。君を救えるのは、君自身だけなんだって」

長谷部奈央はナイフを振り上げたまま、硬直したように動かない。新田はゆっくりと近づいていった。彼女の目は虚空に向けられていた。それを確認しつつ、新田はその腕を摑み、慎重にナイフを奪った。

長谷部奈央、と新田はいった。

「君を傷害と銃刀法違反の現行犯で逮捕する」

操り人形の糸が切れたように、長谷部奈央は崩れ落ちた。床に蹲《うずくま》り、わあわあと泣き始めた。
気配を感じ、新田は入り口を見た。梓真尋が放心したように立っていた。

32

［長谷部奈央の供述］
運命の出会いがあったのは、大学二年になったばかりの頃です。キャンパスを歩いていたら、ひとりの男子学生がギターを弾きながら歌っていました。初めて聞く曲だったんですけど、メロディの美しさに心を摑まれました。思わず足を止め、聞き入りました。演奏が終わると向こうから、「気に入ってくれた？」と声をかけてきました。はい、と答えて、曲名を訊いたら、自分が作った曲でタイトルは決めてないというので驚きました。
それが大畑誠也さんでした。四年生だけど、じつは二度も落第していて年齢は私より四つも上でした。卒業する気なんかはなくて、将来は音楽で食べていきたいんだといいました。バンドを組んでいるそうです。
「これから練習があるけど、よかったら見に来る？」と誘われ、少し迷いましたが、その日は特に予定がなかったので行くことにしました。

案内された場所は何かの倉庫でした。そこでほかのメンバーと会いました。彼等の練習を聞いて、とてもびっくりしました。すごく上手だし、独創性もあるし、今すぐにでもプロになれるんじゃないかと思いました。

その日以来、彼等のファンになりました。ライブをすると聞けば何としてでも駆けつけたし、練習にはなるべく立ち会い、自分にできることがあれば手伝いました。

でも正直いうとバンドのファンではありませんでした。私が見ていたのは誠也さんだけでした。彼の歌声を聞いていられたら幸せだったんです。音楽的才能も含めて、彼のすべてを愛していました。そのうちに彼のほうも私の気持ちに気づいてくれて、付き合うようになりました。恋人ができたのは生まれて初めてで、夢みたいでした。

ある時、誠也さんに訊いてみました。私のどこが好きなのって。彼の答えは、俺を男としてじゃなく、アーティストとして見てくれているから、というものでした。前に付き合っていた彼女からは、あたしと音楽とどっちのほうが大事なの、とよく訊かれてうざかったといいました。それを聞いて、どきりとしました。じつをいうとそう尋ねたいと思ったことが時々あったからです。でも、「そんなこといわれたらドン引きだよね」と同調するふりをしました。

それ以来、誠也さんに多くを求めないよう心がけました。大畑誠也という才能溢れる人間に関われて、時には恋人として扱ってもらえるだけで十分だと自分にいい聞かせたんです。彼が音楽活動に専念できることを最優先して、自分の願望は抑え込みました。

　そんな思いに応えるように誠也さんたちのバンドは少しずつ人気を高めていって、ライブハウスがいっぱいになるようになりました。人気が出れば誠也さんに近づいてくる女性も増えます。誠也さんも拒んだりせず、いつも親しげに対応します。嫌だけど我慢しました。誠也さんを問い詰めたりもしませんでした。ほかの女性と仮に何かあったとしても所詮遊びで、私との関係とは違う、と信じたかったんです。誠也さんが時々いってくれる、「俺のことを本当に理解しているのは奈央だけだ」という言葉が心の支えでした。

　でも、やっぱり自分を騙してたってことなんでしょうね。その反動は身体にきちゃいました。ある時期から急にいろいろとおかしくなったんです。異様に身体が重かったり、立つこともやっとという感じで、食欲はないし、耳鳴りはするし、あと頭痛もひどかったです。眠れないのにベッドから出られなくて大学を休むことが増えました。

　病院に行ったら不安障害といわれて、精神安定剤を処方されました。たしかに薬を服用したら症状は改善しました。動けるようになったら、すぐに誠也さんに会いにいきました。早く会わないと彼の心がほかの女性に移ってしまうかもしれない、と思ったからです。

　お医者さんからは気分転換をしなさい、といわれていました。今の生活のどこかに原因があるはずだから、全く違う人間関係を築いたり、生活習慣を変えてみることが必要だというんです。

だけど私は何ひとつ変えませんでした。私の生活の中心は誠也さんです。彼が変わらないかぎり自分も変わらない。当たり前のことだと思いました。

誠也さんは変わりませんでした。自由奔放に曲を作って、歌って、遊んで、お酒を飲んで、そしてたぶん多くの女性と関係を持っていたと思います。でも仲間たちは私にいいました。「奈央ちゃんがいるから、あいつは好き放題ができるんだ」って。

わかってる、と私はいつも余裕の笑みを見せました。そうしなければいけないと思ったんです。

夜中に身体が震えることがありました。町を歩いていて、突然吐き気に襲われたりもしました。そんな時には精神安定剤を飲みましたが、効き目は明らかに薄れている感じです。ひとつの医療機関で処方できる薬の量はかぎられているので、別のクリニックに行って、薬をもらいました。いけないと思いつつ、一回の服用量を増やしていきました。頭はぼんやりしますけど、気持ちは楽になるんです。

ちょうどその頃、誠也さんの態度に変化がありました。どことなくよそよそしいんです。気のせいだと思いたかったんですけど、そうじゃないという確信もありました。彼を変えたのはある女性ボーカリストです。ライブ会場で二人が一緒にいるところを見た瞬間にわかりました。彼女を見つめる誠也さんの目には、私には見せたことのない情熱的な光が宿っていました。

単なる浮気なら、いつものことだと受け流せたかもしれません。だけど今度ばかりは違うと思いました。誠也さんはその女性の人間性だけでなく、才能にも惹《ひ》かれているんです。私とは共有できない、もっと次元の高いものを見つけたのだと思います。

素直に嫉妬すればよかった、と今は思います。悔しい気持ちを誠也さんにぶつけて、泣きわめけばよかったって。呆れられて、捨てられただろうけど、そうするべきでした。

でもそうはしませんでした。やっぱり見て見ぬふりをしました。誠也さんの心の変化に気づいていないお芝居を続けたんです。そのために必要なのは薬でした。神経を鈍らせないと耐えられませんでした。

そんな時、誠也さんから連絡がありました。大事な話があるので部屋に行ってもいいか、というんです。いいよと答えつつ、絶望的な気持ちになりました。たぶん彼は別れを切りだすつもりです。

無様になっちゃいけない、と自分にいい聞かせました。取り乱したりせず、別れるのは辛いけれどあなたの幸せのために身を引く、という態度を示せば、もしかすると心変わりしてくれるかもしれない、なんて都合のいい想像をしました。

でもすごく悲しかった。これまでのような楽しい日々はもう永遠に来ないのかもしれないと思うと、無性に悲しかった。泣きながら無我夢中で抽斗から薬を出し、いつもより少し多めに飲みました。いつもの量というのが、すでに異常な量だったのに。

そして意識を失った――ようです。気がついた時には病院のベッドにいました。

ごめんなさい。少し休ませてもらってもいいですか。

どこまで話しましたっけ？　ああ、病院で目を覚ましたところですね。そうです、何も記憶がありませんでした。なぜ自分がこんなところにいるのか、どうして左腕に包帯が巻かれているのか、さっぱりわかりません。先生も看護師さんも事情を教えてくれませんでした。

やがて知らない女性と男性が病室に入ってきました。自己紹介するのを聞き、驚きました。どちらも警察官だったからです。

女性の方から、誠也さんと最後に会ったのはいつかと尋ねられました。それで考えようとすると混乱しました。いつだったか、思い出せないんです。

女性はバッグからスマートフォンを出してきて、「これがあれば思い出せますか」と訊きました。それは私のものでした。

なぜ警察が持っているのかわからないまま、スマートフォンを受け取り、真っ先にメッセージを確認しました。最後に届いたのは誠也さんからのものでした。大事な話があるので部屋に行ってもいいか、というものでした。それで、彼が部屋に来ることになっていたことを思い出しました。気持ちを落ち着かせようとして薬を飲んだことも。ところがその後の記憶がありません。いくら思い出そうとしても、何も浮かんでこないのです。

二人の警察官は顔を見合わせていました。どちらも困っている様子でした。

すると女性警官が写真を出してきて、「これに見覚えはありますか」と訊きました。そこに写っているのはペティナイフでした。なぜこんなものを見せられるのかわからないまま、私が使っているものに似ていると答えたら、部屋のどこにしまっているかとか、最後に使ったのはいつかとか、おかしなことばかり訊かれました。

たまらず私は、何があったのか教えてほしい、と二人に頼みました。

ちょうどその時、病室のドアが開き、別の男性が入ってきて、封筒を女性警官に渡しました。彼女は封筒から一枚の紙を取り出すと、長谷部奈央さん、と改まった口調でいいました。さらにこう続けたんです。

あなたに逮捕状が出ています。大畑誠也さんを殺害した疑いで逮捕します――。

すみません、もう一度休憩させてください。それから……お水を一杯いただけますか。

警察署の取調室でも、検事さんの前でも、同じことしかいえませんでした。何も覚えてませんといって、ただ謝るだけです。

あの日に何が起きたのかは、父が雇った弁護士さんから教えてもらいました。私のことを考えて、かなりマイルドな表現を使っておられたようですけど、私の心を奈落の底に落とすには十分なほどひどい内容でした。聞いているうちに何度も目眩を起こしました。

到底信じられない話でしたけど、事実なんでしょう。それなら罰せられて当然だと思ったし、むしろ早く罰してほしかったです。死刑でいいし、できることならすぐにでも死にたかった。死ねなかったのは、拘置所も鑑定留置された病院も見張りが厳しかったからです。

だから不起訴になって釈放されるとわかった時は、頭の中が真っ白になりました。嬉しいなんて気持ちは全くなくて、どうしてどうして、と疑問だけが頭の中でぐるぐる回っていました。

両親は喜んでくれたけれど、私の扱いに困っているのは明らかでした。最初にしたことは離婚です。目的は私の名字を変えることで、母の籍に入ったので、正式な名前は沢崎奈央になりました。

その後は神奈川県にある施設に預けられました。精神障害を持つ人を対象にしたグループホームです。

家族は引っ越しました。不起訴になったとはいえ、長女が殺人事件を起こしたとなれば、それまでと同じ社会生活を送るのは難しいからです。申し訳なくて顔向けができず、面会には来なくていい、といいました。とはいえ、時々は来てくれます。そのたびに気まずい時間を過ごすだけなんですけど。

幸い、お金には苦労しませんでした。十分な生活費が送られてきたし、母名義のクレジットカードもあったからです。スマホの名義も母です。そうはいっても、贅沢をする機会などありませんでした。

施設では共同生活が基本でしたけど、ほかの人たちとは距離を置いていました。人と交わるのが怖かったからです。

でも世の中にはいろんな人がいます。そんな私に近づいてきた女性がいたんです。三輪葉月さんです。最初は癖の強い人だなと思ったけれど、次第に打ち解けるようになりました。ユーモアがあるし、話していて楽しいと思いました。でも、心の片隅では不安でした。私の過去を知れば、この人もきっと離れていくだろうなと思ったんです。だからある時、思いきって打ち明けました。私は人を殺してるって。

葉月さんの反応は予想外なものでした。少し沈黙したけれど、「ふうん、そうなの」と表情を変えずにいったんです。驚かないんですかって訊いたら、「だってここはそんな人ばかり。みんな何かをしでかしてる。まともじゃない何かを。あたしだって、そう」そんなふうにいったんです。

私は事件について詳しく話しました。といっても記憶にはないから、弁護士さんたちから聞いた話を伝えただけなんですけどね。葉月さんは最後まで真剣に聞いてくれました。

その後、あなたはどう受け止めているの、と葉月さんから訊かれました。もう全部吹っ切れたのって。

誠也さんのことを思い出さない日はないと答えました。思い出したくないという気持ちと、忘れたくないという気持ちの両方があるって。自分が殺したという事実を認めつつ、じつは現実としては受け止めてないのかなと思ったりもすると答えました。

御家族のことも気になっているといいました。息子を殺した女について、どう思っているんだろうって。

すると葉月さんが思いがけないことをいいました。それなら自分が調べてあげるというんです。遺族たちの現在の心境を聞き出してくるって。そんなことできるのって訊いたら、任せておいてと彼女はいいました。

それから二週間ほどが経った頃、葉月さんが私の部屋を訪ねてきました。驚いたことに彼女は誠也さんのお父さん、大畑信郎さんと会ってきたそうです。大胆にも犯罪被害者遺族を装ったとのことでした。

大畑さんから聞いたことを、葉月さんは詳しく話してくれました。御両親は未《いま》だに納得できず、苦しんでおられるそうです。予想通りとはいえ、やはり胸が痛みました。

もっと深く大畑さんたちの内面を知りたいのならこれを使ったらいいといって、葉月さんは二つのメールアドレスを教えてくれました。一方は大畑信郎さんのもので、もう一つは葉月さんが扮した『尾方道代』という女性のものでした。そちらはウェブメールらしく、パスワードが横に書いてありました。

こうして思いも寄らない情報が手に入ったわけですが、どう扱っていいものか、私にはわかりませんでした。とりあえずメールを使えるようにスマートフォンを設定したところ、間もなく受信がありました。アドレスを見て、どきりとしました。大畑信郎さんのものだったからです。

先日はありがとうございました、から始まるメール文には、被害者遺族の無念な思いを共有できたことに対する感謝の言葉が並んでいました。そして、もしよければ今後も意見交換をしてもらえないか、とありました。

驚き、困惑しました。大畑信郎さんは、まさかメールを出した相手が、自分たちの憎むべき女だとは夢にも思っていないでしょう。

どうすればいいか、丸一日考えました。無視はできませんでした。とはいえ本当のことなど書けません。悩んだ末、尾方道代として返信することにしました。葉月さんはその架空の女性のプロフィールを細部にいたるまで決めてから大畑さんに接触したそうで、その内容は詳しく教わっていました。尾方道代ならばどんなふうに返事するかを懸命に考え、こちらもあなたに会えてよかった、これからもやりとりしてもらえたら嬉しい、という内容を送信しました。

すぐに反応がありました。同意してもらえてよかった、同じような苦悩を抱えている人たちをほかにも知っているので、機会があれば紹介したい、というようなことが書かれていました。

その日からメールのやりとりをするようになりました。大畑信郎さんの文面からは、単なる悲しみや怒りではなく、それらを乗り越えるためにはどうしたらいいかわからなくて悩んでいる様子が伝わってきました。読むのは辛くてキリキリと胸が痛んだけれど、目をそらしちゃいけないと自分にいい聞かせました。これこそが自分に与えられた罰なのだと思うことにしました。

何度目かのメールで大畑さんが意外なことを提案してきました。ほかの被害者遺族たちとのネット上の談話に参加しませんか、と誘ってきたんです。

断る口実がなかったし、そこでどんなやりとりが交わされているのかを知りたい気持ちもありました。試しに一度参加して自分には合わないと思えば抜けたらいい、という大畑さんの言葉に背中を押され、参加することにしました。

『ファントムの会』で交わされている内容には驚きました。毎日のように様々な事件が起きていることはわかっていたけれど、被害者遺族たちの苦悩がこれほど多様だとは想像していませんでした。しかもその苦しみは、どれほど時間が経っても緩和されることはなく、遺族たちの心を残酷なまでに蝕《むしば》んでいくんだと痛感しました。

遺族たちが、不当に軽い刑罰しか科されなかった犯人の、その後の生き様を監視しようとする心理は理解できました。その目的は、犯人は一向に更生などしていないと確認することでした。確認し、さらに憎しみを増幅させているんです。その憎しみが生きる糧《かて》となっているようにさえ思えました。

私は申し訳ない気持ちでいっぱいになりました。自分は更生しているだろうかと考えた時、答えが出せません。犯行時のことを覚えておらず、反省すらしていないように思うからです。施設で静かに暮らしているからといって、償いになるとも思えません。

その考えが浮かんだのは、何度か『ファントムの会』に参加した後です。遺族たちの苦悶に触れているうちに、彼等が呪縛から解放されるのは憎しみの対象がこの世から去った時だけだと思うようになりました。『マルチバランス』と名乗る遺族が典型です。彼は母親を殺した強盗殺人犯が死刑にならなかったことに、事件から二十年が経った今も拘《こだわ》っていました。つまり死刑になっていれば、気持ちの区切りができたはずなのです。

それなら、私が死刑執行人になればいいんじゃないか、と思いました。

一旦頭に芽生えた思いつきは、強烈な義務感を伴って頭の中で急速に膨らんでいきました。自分にできる贖罪があるとすれば、これしかないとさえ思うようになりました。罪人たちを裁いた後は、もちろん自分も命を絶つつもりです。そこまですれば許されるんじゃないか、と思いました。

『ファントムの会』では、入江悠斗、高坂義広、村山慎二の名前と居場所が明らかになっていました。いずれも東京都在住です。私はそこに、新たにもう一人の情報を追加することにしました。長谷部奈央、つまり私の情報です。SNSを開設し、その存在を『ファントムの会』で明かしました。SNSには、わざと派手で明るい記事ばかりを投稿しました。処刑されるにふさわしい人間に仕立て上げたほうがいいと思ったからです。

処刑手段については一切迷いませんでした。誠也さんを殺した時と同じ方法を使おうと思いました。正面からナイフで胸を刺すんです。もっとも、その時のことを覚えているわけではないです。どのようにして誠也さんを殺したのかは、刑事さんや検事さん、弁護士さんから聞かされただけです。私としては赤の他人がやったことだとしか思えません。でもそれではだめだと思いました。自分の行為として、きちんと自覚する必要があると思いました。だから同じ方法を選ぶことにしたのです。

それから入江悠斗、高坂義広、村山慎二の行動を自分の目で確認することにしました。といっても、さほど難しい作業ではありませんでした。『ファントムの会』のメンバーたちが、あらゆる情報網を駆使して、彼等の生活ぶりを報告してくれていたからです。それによって入江悠斗がどの道を歩いて通勤しているか、高坂義広が仕事帰りにどこの定食屋で食事をし、どの道を通って帰るか、そして村山慎二がどのあたりで客引きをしているか、を知り得ました。

商店街の喫茶店で入江悠斗が通過するのを待ち、あとをつけました。何度か繰り返すことで、アパートの周囲には人気がまるでないことがわかりました。彼の後ろ姿を見て、最初のターゲットにしようと決めました。年格好が誠也さんと似ていたからです。

十二月一日の午後九時過ぎ、アパートを訪ねました。宅配便業者の制服に似た作業着と帽子に身を包み、空の段ボール箱を抱えていました。

ドアホンを押し、お届け物です、といったらドアが開きました。入江悠斗は全く警戒していませんでした。重たいので中までお運びしますといって、段ボール箱を両手で抱えたまま部屋に入りました。玄関先に段ボール箱を置いて、「サインをお願いします」といって伝票とボールペンを差し出しました。

入江悠斗は段ボール箱の上に伝票を置き、サインを書き始めました。その間に私は後ろのポケットに隠し持っていたナイフを右手で握りしめていました。

はい、といって入江悠斗が伝票を返してきました。何度も頭の中でシミュレーションした通りの状況です。ナイフを構え、身体ごとぶつかっていきました。ナイフの刃は思った以上に抵抗なく、深々と彼の身体に突き刺さりました。その瞬間に思ったのは、砥石で丹念に研いだ甲斐があった、ということでした。

ナイフを引き抜くと、入江悠斗は胸を押さえてしゃがみこみました。声も出しませんでした。私はぼんやりと、その様子を眺めていました。こんなふうだったんだろうか、と考えました。あの日、私はこんなふうに誠也さんを刺し、こんなふうに誠也さんは死んでいったんだろうか、と。

死ななかったら何度も刺す気でしたが、入江悠斗は動かなくなっていました。作業着を脱ぎ、段ボール箱を持って部屋を後にしました。

帰宅してからも、気持ちは不思議なほど落ち着いていました。むしろ、何かから解放されたような充実感がありました。もしかすると、これでようやく本当の罪人になれたと思えたからかもしれません。

高坂義広は帰宅途中を狙いました。相手は酔っていたし、動きも鈍く、こちらが女性だということで安心していたらしく、刺されるまで逃げる素振りすら見せませんでした。倒れた後、まだ動いていたのですが、誰かが来たらまずいので、そのままにして逃げました。あの様子ならきっと息絶えるだろうなと思いましたし。

村山慎二は、もっと簡単でした。何しろ、向こうのほうから声をかけてきたのです。しかも暗がりに連れていかれました。刺された時も、何が起きたかわからなかったのではないでしょうか。

　こうして三人の処刑が終わりました。『ファントムの会』のメンバーが戸惑っていることは知っていました。そこで最後の処刑が行われる時と場所を知らせようと思いました。SNSにアメリカ行きとホテル・コルテシア東京に泊まることを書いたのです。もしかするとイブの夜にはホテルに来て貰《もら》えるかもしれないと思いました。あのSNSは、いわば招待状だったのです。

　コルテシア東京を選んだのには理由がありました。以前葉月さんから、「世界で最も安全といわれるホテル」として聞いていたからです。過去に二度も殺人事件が起きそうになったけれど、警察によって阻止されたそうですね。そこでもし殺人が起きたら、きっと大きなニュースになります。そうすれば一連の被害者たちの共通点も明かされて、不当に軽い刑罰で苦しんでいる被害者遺族たちにも注目が集まると思ったのです。

　でもクリスマス・イブに若い女性がひとりで泊まるのは不自然です。だから佐山涼君を誘いました。彼とは葉月さんを通じて仲良くなっていました。私がお金を出すから、イブの夜に仲間を集めてパーティをやろうといったら、すぐに彼は乗り気になりました。翌日からアメリカに行くという話も信じてくれました。

　大事なのは、私の死が自殺だと見抜かれてはいけないということです。いずれはばれるでしょうけれど、事件をセンセーショナルなものにするには、まずは他殺に見せかける必要があります。そのために私は、本当にアメリカ行きの航空券を手配しました。パスポートも用意しました。スーツケースには荷物を詰めました。

難しいのは、佐山君たちをどうするかでした。遺体が見つかったら、真っ先に怪しまれるでしょう。だから顔をわからないようにして、ひとりずつ部屋から出ていってもらうことにしました。幸い、イブの夜には『サンタ・プレゼント』という企画があり、ホテルスタッフがサンタに扮して部屋を訪ねて回ると知りました。それを利用しようと思いました。私は佐山君たちに、サンタの格好のままでホテルを出られたら賞金を出す、というゲームを提案しました。彼等は乗ってきました。

もちろんそんなトリックも、警察にはすぐに見破られるでしょう。だけど部屋を出たサンタの正体を突き止めるのに何日間かはかかるはずです。それで十分なのです。

ホテルでは楽しみました。いろいろなところに行き、撮影してはSNSに投稿しました。それには二つの目的があります。こんなにはしゃいでいる女が自殺するはずがない、と警察に思わせるのが一つ。もう一つは、もしかするとホテルに来ているかもしれない『ファントムの会』のメンバーたちと会えるかもしれないと期待したのです。

昨夜は本当に楽しかったです。あと数時間で、この世からいなくなれる、すべての苦しみから解放されると思うと、心が浮き立ちました。

あと少しだったのに。

もう死ねるはずだったのに。

白いドレスに着替えて、あとはナイフを胸に突き刺すだけだったのに。

今もよくわかりません。どうして、あの女性が急に入ってきたんですか。びっくりしてナイフを振り回してしまい、怪我をさせてしまったのはすまないと思いますけど……。

それに、どうして警察が潜んでいたんですか。あのホテルで私が死のうとしていること、なぜわかったんですか。

死なせてくれればよかったのにって今も思っています。私が死ねばすべてが終わったのにって。

でも違うんですか？　私が生きている意味、私が救われる道なんて、本当にあるんでしょうか――。

33

ホテル・コルテシア東京のブライダルコーナーの奥には個室がある。結婚式や披露宴の予定が決まったカップルと詳細な打ち合わせをするための部屋だ。プライバシーに関わる資料をテーブルに広げたりするので、周囲と隔離されている必要があるのだ。

朝早くに警視庁本部で沢崎奈央の取り調べを終えた後、新田は再びホテルに戻ってきて、この部屋で待機している。時刻は午後一時を少し過ぎたところだ。

病院に運ばれた山岸尚美は、付き添った女性捜査員によれば元気にしているらしい。出血量のわりに傷は深くなく、動かすのにもあまり問題はなさそうだという。しかし当分は仕事には復帰できないのではないか。本人に対しては無論のこと、ホテル側にも正式に詫びを入れなければ、と新田は考えていた。

だが、それだけでは済まないな――。

民間人を捜査に巻き込み、怪我を負わせてしまったのだ。救急車で運ばれているところを目撃した者もいるだろう。ＳＮＳ隆盛の時代、今度ばかりは世間をごまかせない。潜入捜査自体の是非が問われるおそれもある。おそらく誰かが責任を取らねばならない。

そこまで考えが及んだ時、ノックの音がした。どうぞ、と応えながら腰を上げた。

ドアが開き、富永が顔を見せた。「お連れしました」

「入ってもらってくれ」

富永に促され、おずおずと姿を見せたのは神谷良美だ。その目には警戒とおびえの色が浮かんでいる。

新田は彼女に微笑みかけた後、部下に向かって小さく頷いた。富永は部屋の外で一礼し、ドアを閉めた。

「どうぞ、おかけになってください」新田はソファを勧め、彼女が座るのを見届けてから向かい側のソファに腰を下ろした。「突然刑事が現れたので戸惑われたでしょう?」

はい、と神谷良美は細い声で答えた。

「チェックアウトしようとしたら、さっきの人から呼び止められたんです。警察の者ですけど、捜査に御協力くださいって。何をするんですかと訊いたら、部屋で待機してほしいと。ホテルには話をつけてあるということでした」

「私がそういう指示を出したんです」新田は身分証を提示した。「警視庁捜査一課の新田といいます」

神谷良美は瞬きを繰り返した。

「警察の方だったんですか。何度かお見かけしましたけれど、ホテルの人だとばかり思い込んでいました」

「昨日まで、正確にいえば今朝未明までホテルの制服を着ていましたからね。あなた方を至近距離で見張るためには、ホテルマンに化ける必要がありました」

「すっかり騙されました」神谷良美は少し頰を緩めた後、すぐに真剣な目になった。「見張っていたということは、今も私を疑っておられるんですね。入江悠斗さんが殺された事件で」

「申し訳ありませんでした」新田は頭を下げた。「部下に命じて、行動を監視させていました。御自宅にいらっしゃる間もずっと」

神谷良美は力のない笑みを浮かべた。

「仕方がないと思います。私が警察の人間だったとしても、真っ先に疑うでしょう。事実、私はずっと恨んでいましたからね。入江悠斗さんのことを。でも信じてほしいんですけど、私はやっていません」

「ええ、わかっています」新田は頷いた。「犯人は逮捕されました。昨夜遅く、このホテルで」

神谷良美は目を見張り、すうっと息を吸った。

「やっぱりそうだったんですか。パトカーと救急車がホテルの前に止まるのが窓から見えたので、何かあったんじゃないかと思っていました」

「あなたはこのホテルで事件が起きることを予期していたんですか」

「予期というほど確信していたわけではないです。でも起きるとしたら、ここしかないと思いました」

「翌日には彼女——長谷部奈央さんがアメリカに旅立ってしまうから……ですか」

神谷良美は、はっとしたように口を開いた。「どうしてそれを?」

「さっき私はいいましたよね。あなた方を至近距離で見張るためにホテルマンに化けた、と。あなた、ではなく、あなた方と。我々が見張っていたのは、あなただけではないんです。あなたにはお仲間がいますよね。苦しみを分かち合える同志が。彼等のことも見張る必要がありました」

新田の言葉を聞き、神谷良美は得心のいった顔になった。

「私のほかにも、このホテルに来た人がいたんですね。そうじゃないかとは思っていましたけど」

「そのうちのお一人から、すでに詳しい話を聞いています。あなたたちが参加していたSNSのことも」

「そうだったんですか」神谷良美は視線を落とした後、何かに気づいたように顔を上げ、目を見張った。「もしかすると、その方が犯人だったんでしょうか。まさか森元さん？それとも前島さんとか……」

新田は首を左右に振った。

「違います。あなたのお仲間は犯人ではありませんでした。御安心ください」

「そうでしたか。それで……昨夜は誰も殺されなかったんですよね」

「はい、我々が未然に防ぎました。長谷部奈央さんの命は奪われていません」

よかった、と安堵したように呟いた後、神谷良美は上目遣いに新田を見た。「犯人は、どこの誰だったんでしょうか」

「今の段階では申し上げるわけにはいきません。いずれ報道でお知りになる時が来るかもしれませんが」

「どういう人なのかも教えてはもらえないんですか。動機とか……」

「どんな動機だと思いますか」

「それは……やっぱり、人の命を奪った者に対して正当な罰がくだされないことに義憤を感じたとか、そういうことなのかなと思っていたんですけど」

「そうですか。まあ、そう思うでしょうね」

「違うんですか」神谷良美は意外そうな顔をした。

「あなた方の無念な思いに同情しての行為であったのはたしかなようです。ただ、義憤を感じて、というのはちょっと違うかもしれません」

神谷良美の怪訝な表情は、釈然としない胸の内を表していた。

「こちらから質問します。あなたが参加していたSNSの名称は何といいますか」

「聞いておられないのですか」

「確認です。あなたの口から聞きたいんです」

神谷良美は深呼吸をしてから唇を開いた。「『ファントムの会』です」

新田は頷いた。「あなたが関わった経緯を話していただけますか」

はい、と返事をしてから神谷良美はゆっくりと話し始めた。その内容は大畑が語った内容と共通点が多かった。

息子の文和を失ったショックは大きかった。何年経っても事件を忘れられず、入江悠斗を憎む気持ちも消えず、苦しんでいた。そんな時、森元のブログに出会い、刺激を受けた。やがて森元に誘われ、『ファントムの会』に入った。そこで前島や大畑とも知り合った。ただしあくまでもネット上だけで、実際に会ったことはなかった。

「あそこに入会し、救われたような気持ちになったのは事実です。自分と同じように苦しんでいる人がいて、この気持ちを理解してもらえると思うと、とても楽になりました。それ以上に、自分を嫌いになっていくのを防げたんです」

「自分を嫌いに？　どういうことですか」

神谷良美は悲しげに目を伏せた後、力のない笑みを浮かべた。

「誰かを憎み続けるって、エネルギーのいることなんです。そのくせ、そこから新しいものは何も生まれないし、自分を幸せにしてくれるわけでもない。それがわかっているのに憎み続ける自分のことが、ひどく卑しい人間のように思えて、だんだんと嫌いになっていくんです。だけど『ファントムの会』に入って、自分だけじゃない、みんなそうなんだと知り、ほっとしました。憎しみっていうのは心の弱さから生じるものだろうけれど、その弱さを恥じる必要はないんだと思えるようになりました」

「そんな中、今回の事件が起きたわけですね」

神谷良美は吐息を漏らした。「驚きました」

「入江悠斗が殺されたと知った時は、どんな気持ちでしたか」

「複雑……でしたね。憎しみをぶつける相手が突然いなくなって、呆気《あっけ》ないというか物足りないというか、とにかく宙ぶらりんな変な気持ちでした。もしかしたらこれで解放されるのかなとか、いろんなことに決着がつけられるのかなあとも思ったんですけど、全然そんなことはなくて、もやもやとした思いがずっと胸の中にあります」

「どうせなら自分の手で殺したかった、とか？」

神谷良美は目を閉じ、上体が傾くほどに首を横に倒した。しばらくそうした後、元の姿勢に戻り、目を開けた。

「私が女だからでしょうか。そんなふうに思ったことは一度もないんです。むしろ、入江さんを殺した人のことを考えました。どんな人が、どういう理由で殺したんだろうって。だって、もし息子と同じような目に遭った人がいて、その人の遺族が恨みを晴らしたのだとしたら悲しいじゃないですか。入江さんは何も反省していなかった、息子の死は無駄だったってことになりますから」

神谷良美の言葉に嘘の響きはなかった。彼女の目に宿る真摯な光にも曇りは認められなかった。新田は自分の胸が熱くなるのを感じた。

「でもそうではないとすぐにわかったわけですね。『ファントムの会』のほかの会員たちの身にも次々と同じことが起きたことで」

「戸惑いました。お聞きになったのなら御存じだと思いますけど、何が起きているんだろう、誰がやっているんだろうって、会員同士でもSNSで話し合いました。でも誰も何も知らなかった。そんな時、長谷部奈央さんがアメリカに行くことになって、出国前日にホテル・コルテシア東京に泊まるらしい、という情報が駆け巡ったんです」

「それで自分もホテルに泊まろうと思ったんですね」

「特に深い考えがあったわけではないんです。泊まったところで自分には何もできないだろうなと思っていました。そもそも長谷部奈央さんが狙われるとはかぎりません。でももしかしたら犯人に会えるかもしれないと思いました。私が泊まれば、それに気づいた向こうから近づいてくれるんじゃないかと期待しました」

「期待……犯人に会いたかったんですか」

「会いたかったです。会って話をしたかった」

「どんな話を？」

「まず理由が知りたかった。なぜこんなことをしているのか。そうして、もし私たちに同情してやったのだとしたら、とんでもない勘違いだといいたかったです」

「どのような勘違いを？」

「殺したって刑罰にはならないということです。刑罰には反省が伴わなくてはならないと思います。自分の犯した罪と向き合ったかどうかが大事で、私はそれを知りたかったのに、永遠にわからなくなってしまいました」神谷良美の声が響いた。この部屋で彼女が初めて見せる強い感情の証だった。だがそれを恥じたのか、すぐに俯いた。「すみません。大きな声を出しちゃって」

新田は少し考えた後、内ポケットからスマートフォンを取り出した。

「入江悠斗さんの遺体が見つかった後、我々は入江さんの日頃の行動を徹底的に調べたわけですが、ひとつ奇妙なことがわかりました。スマホの位置情報によれば、入江さんは毎週土曜日の夕方、延々と町中を歩き回っていたんです。約二時間です。その間、どこかの店に入るわけではありません。ただひたすら歩くだけです。ウォーキングにしては不自然な点がある。時折止まり、数分間も同じ場所に留まっている。散歩じゃないかという者もいましたが、私は腑に落ちませんでした。二十四歳の若者が、毎週土曜日に近所の散歩なんてするでしょうか」

神谷良美は当惑した表情で聞いている。新田の話がどこに向かうのか見当がつかないのだろう。

「最近になり、入江さんの行動の意味がわかりました。実際に何度も歩いてみて、ようやく気づいたんです。入江さんが時折立ち止まっていた場所には共通点がありました。歩道に、これがあったんです」新田はスマートフォンの画面を神谷良美のほうに向けた。

ぼんやりと画面を眺めていた彼女の目が、不意に見開かれた。大きく息を吸い、口元を片手で覆った。

「御覧の通り、点字ブロックです。入江さんは近所で点字ブロックの敷かれているところを回っていたんです。何のためか。やがて目撃者が見つかりました。その人によれば、点字ブロックの上に駐められていた自転車を、一台一台移動させていた若者がいたそうです。写真を見せて確認しました。入江さんに間違いない、ということでした」

「点字ブロックの自転車を……」

「もうおわかりですね。入江さんは自分の犯した罪を忘れてなどいませんでした。心の底から悔いていたんじゃないかと思います。文和さんを死なせてしまったことは、もう取り返しがつかない。だからせめて、文和さんから注意されたことは忘れないようにしようと思ったんじゃないでしょうか。文和さんが示そうとした正義を尊重し、敬意を払っていた。それがその行動だったと私は思います」

「それ、見せていただけますか」

どうぞ、といって新田はスマートフォンを渡した。神谷良美は食い入るように画面を見つめている。その目が充血し始めていた。

「山岸さんにおっしゃったそうですね。憎しみなんかは人生にとってただの重たい荷物だけど、それを下ろす方法は一つしかない。ところがそれも失ってしまったって」

「山岸さん？　ああ、あの時の女性ですね。はい、そんなことをいいました」

「荷物を下ろす方法というのは、許すということだったんですね。あなたは入江悠斗さんを許せる日が来るのを待っていた」

神谷良美は顔を上げた。その目には涙が溜《た》まっていた。

「おっしゃる通りです。でもこれで、ようやく前を向いて歩きだせます」

よかった、といって新田はハンカチを差し出した。

34

沢崎奈央の逮捕から約一か月後——。

コルテシア東京のロビーを見渡し、新田は深いため息をついた。追加捜査のために部下を何度かここへ差し向けたが、新田自身が訪れるのは神谷良美から話を聞いた日以来だ。もっと早く来たかったのだが、公私共に忙しく、今日になってしまった。しかも自分から思い立って足を運んだのではない。

新田さん、と呼びかけられた。声が聞こえてきたほうを見ると、山岸尚美が近づいてくるところだった。今日は彼女も制服ではなく、ふつうのスーツ姿だった。

「どうしてあなたがここに？」

「総支配人にいわれたんです。新田さんがいらっしゃるはずだから、ロビーで出迎えてほしいと」

「そうでしたか。でも、ここで働いているわけではないんですね」

「現在の私の正式な職場は、ここではないですからね。でもいい機会だということで、長期休暇を取ることにしました。その間、ホテル生活を楽しませていただいています」

「なるほど。あの、それで山岸さん――」新田は相手の右腕を見た。「怪我はもう大丈夫なんですか」

「はい。元々、かすり傷ですから」彼女は右手をひらひらと動かした。

「すみませんでした。お見舞いにも行けず」

「見舞いだなんて。病院にいたのは最初の日だけです。しかも半日でした」

「あなたには、またしても大変な迷惑をかけてしまいました。心からお詫びします」新田は小さく頭を下げた。周りに人がいなければ、土下座をしたいところだった。

「いえ新田さん、謝らなければならないのは私のほうです。聞きました。警察をお辞めになるそうですね」

新田は顔を上げた。「誰からそれを？」

「二日前、稲垣さんが総支配人に会いにいらっしゃいました」

「管理官が？」

「迷惑をかけましたとお詫びに来られたんです。その時、新田さんが辞表を出したことをお話しになったそうです」

「そうでしたか」

「私のせいですよね」山岸尚美は悲しげな目を向けてきた。「私が余計なことをして怪我をしてしまったから、その責任を取らなくてはいけなくなったんですよね」

「違います」

「でも——」

あの時、と新田はいった。

「あなたが部屋に飛び込まなければ、沢崎奈央は死んでいたかもしれない。その場合でも俺は辞表を書いていたと思います。連続殺人の犯人を突き止めながら、逮捕する前に死なれるなんて、捜査責任者としては最大級の失策ですからね。あなたのおかげで、それは回避できました」

「そういっていただけると少し気が楽になりますけど……」だが山岸尚美の悄然《しょうぜん》とした表情は変わらない。

新田は話題を変えることにした。

「ところで管理官が来たのなら、総支配人は俺に何の用があるのかな。折り入って話したいことがあるから来てほしいといわれたんですけど、謝罪を求められるんだろうと思っていました」

山岸尚美は苦笑を浮かべ、手を振った。

「総支配人は、新田さんに落ち度があったなどとは露程も考えておられないと思います」

「それならいいんですけどね。だったら、用件は何だろう。山岸さんは何か聞いてはおられないんですか」

「何も伺ってはおりません。ここでお出迎えするようにいわれただけです。とりあえず総支配人に、新田さんがいらしたことを伝えても構いませんか」

「お願いします」

山岸尚美はスマートフォンで電話をかけ始めた。その表情は、まだ硬い。藤木が新田を呼んだ理由が、自分の負傷に関係しているのではと危惧しているのかもしれない。

辞表を出すことに、新田は些かの躊躇いもなかった。事件の内容が詳しく報道され、犯行の特異性に注目が集まると同時に、警察の捜査方法を問題視する声も大きくなった。何より、一般人に怪我をさせたというのが痛恨だった。上層部は静観の模様だが、誰も責任を取らなくて済むとは思えなかった。そしてそれをするのは自分の役目だと新田は思った。捜査一課長はもちろんのこと、稲垣からも慰留の言葉は出なかった。新田はそれを、自分のプライドを尊重してもらえたのだと受け止めている。

ただ一人、抗議をしてきた者がいる。梓真尋だ。話があるといって電話で呼びだされた。

顔を合わせるなり、あなたが辞表を出すのはおかしい、と彼女はいった。

「誰がどう考えても、悪いのは私です。沢崎奈央への同情心から一時の気の迷いに惑わされ、とんでもない間違った判断をしてしまったことは生涯の不覚です。あの時、新田警部が彼女にかける言葉を聞き、初めて気づきました。罪人をどう罰するかだけではなく、救うことも考えるべきなんだと。罪を償うことと自らを救うことは同じなんだって。それが見えていなかった迂闊さを、たぶん一生悔いるでしょう。処分されるべきは私です。管理官にもそのように進言したのですが……」

「何といわれました？」

「余計なことはいうな、と」

「そうでしょうね。俺が提出した報告書に、あなたの行動は出てこない。あの場にあなたはいなかったことになっている。いない人間を処分する理由はない」

「だけどそれでは――」

「お父さんはお元気ですか」梓の言葉を遮り、新田は訊いた。

「えっ？」

「あなたのお父さんです。元は刑事だったそうですが、今はどうしておられますか」

「平穏な隠居生活を送っていますが……」

「それはよかった」新田は笑った。「あなたが辞表を書いたからといって、実質的な捜査責任者だった俺がお咎《とが》めなしってことにはなりません。辞めるのは一人でいい。あなたは警察官を続けるべきだ。お父さんを失望させちゃいけません。その点、うちの親父はアメリカ企業の脱法を手助けしている悪徳弁護士でね、息子が刑事なんていう割の合わない汚れ仕事をしているのは我慢ならなかったみたいだから、辞めたと聞けば小躍りするんじゃないかな」

「新田警部……」

「女性に投げ飛ばされたのは初めてです。あれだけの合気道の腕前があるなら、きっと何でもできる。庶民を守ってください、俺の分まで」そういって新田は握手を求めた。

梓真尋は、もう反論してこなかった。決意の籠もった目で見返してくると、はい、と力強く答えて右手を出してきたのだった。

能勢とも話した。彼は新田を止めたりはしなかった。「まさか私より先に新田さんが警視庁を去るとは夢にも思いませんでした」といわれただけだ。

「お互いが民間人になったら、二人で飲みに行きましょう」

新田の言葉に、「はい、楽しみにしています」と能勢は笑った。

沢崎奈央のことを考えた。彼女はまたしても鑑定留置されたようだ。だが今度は前のような判定は出ないだろう。刑事責任を問われることになる。

聞くところによれば、神谷良美や森元雅司、前島隆明、そして大畑夫妻までもが減刑を嘆願しているらしい。とはいえ判決がどうなるかは不明だ。

そんなことを回想していると、新田さん、と山岸尚美が声をかけてきた。

「総支配人が、すぐに来てくださいとのことです」

「わかりました」

二人並んで歩きだした。

「山岸さんは、いつまでこちらに？　またロサンゼルスに戻るんですよね」

「それが、そうはならないかもしれません。元々期間限定で、いずれは戻ることになっていました。いい機会ではないかと総支配人からいわれているんです」

「そうなんですか。で、あなたはどうしたいんですか」

「正直、迷っているところです。向こうでやり残したことがあるような気もするし、鍛えたスキルをこちらで発揮したいようにも思いますし」

「いい悩みですね。いずれにしても前向きだ」

「新田さんは――」そこまでいったところで山岸尚美は口籠もった。「ごめんなさい。何でもありません」

彼女が何をいいたかったのかはわかった。

「俺は、しばらくのんびりさせてもらいます。あなたと交代で、久しぶりにアメリカに行ってみるのもいいかな。クソ親父とも長い間会っていないので」

そんなことを話しているうちに総支配人室の前に着いた。山岸尚美がノックをした。どうぞ、と藤木の声が聞こえる。

山岸尚美がドアをあけ、失礼します、といって一礼した。

「新田さんをご案内いたしました」

彼女から促され、新田は部屋に足を踏み入れた。

藤木が椅子から立ち上がった。

「新田さん、お忙しいところをお呼び立てして申し訳ありません」

「忙しくはありません。御存じだと思いますが」

ははは、と笑いながら藤木はソファを勧めてきた。

だが新田はすぐには座らず、直立して相手に正対した。

「総支配人、お礼が遅れて申し訳ありません。先日は捜査に御協力いただき、誠にありがとうございました。また従業員の皆さんの安全は保証するといいながら、その約束を果たせなかったこと、心からお詫び申し上げます」そういって深々と頭を下げた。

「頭を上げてください。謝罪なら稲垣さんからしていただきました。山岸君も大した怪我ではなかったし、その話はここまでにしておきましょう。まずはお掛けになってください」

はい、と答えて新田はソファに腰を下ろした。

「では私はこれで」山岸尚美が部屋を出ようとしたが、「いや、君も残ってくれ」と藤木がいった。「君にも一緒に話を聞いてもらいたいんだ」

わかりました、といって山岸尚美はその場に留まった。

藤木が新田の向かい側に座り、柔らかい笑みを寄越《よこ》してきた。

「稲垣管理官から伺いました。警視庁は極めて優秀な人材を失うようですね」

新田は肩をすくめた。「優秀なら辞表を書くようなことはないと思いますが」

「警察は所詮お役所ですからね、ルールを柔軟に運用するという発想がない。その点、ホテルは違います。何しろルールを作るのは我々ではない」

「ルールを作るのはお客様、でしたよね」

「その通り」藤木は満足そうに頷いた。「問題はそのお客様に、いかに快適に過ごしていただけるかです。そのためには、より一層安全な環境を用意する必要がある。今回のことで、改めて痛感しました。そこで考えました。現在の警備体制をより盤石なものにしようと。具体的には、外部だけに頼らず、専門の警備部門を新設することにしました」

「警備部門を……」

「だから、あなたをお呼びしたのです」藤木は身を乗り出し、続けた。「新田浩介さん、あなたにホテル・コルテシア東京の警備部マネージャーを引き受けていただきたい」

はあ、と新田は間の抜けた声を出してしまった。「何ですって？」

「聞こえませんでしたか。あなたに、今後もこのホテルを守っていただきたい。そうお願いしたのですよ」

驚きのあまり言葉が出なかった。思考回路がうまく働かない。新田は助けを求めるように山岸尚美のほうを見た。

すると彼女は最上の微笑を浮かべていった。

「ようこそ、ホテル・コルテシア東京へ」

単行本　二〇二二年四月、集英社刊（書き下ろし）

取材協力　ロイヤルパークホテル

東野圭吾

マスカレード・ホテル

集英社文庫

不可解な連続殺人事件。容疑者もターゲットも不明。次の犯行場所がある一流ホテルということだけが判明。潜入捜査に就く若き刑事と女性フロントクラークがコンビを組んだ!?　傑作ミステリー長編。

東野圭吾

マスカレード・イブ

お客様の仮面を守り抜くのが、フロントクラークであるヒロインの仕事。犯人の仮面を暴くのが、刑事であるヒーローの職務。あの二人が出会うまでの、それぞれの物語。すべてはここから始まった!

集英社文庫

東野圭吾

マスカレード・ナイト

練馬で若い女性の他殺体が発見。警視庁には一通の密告状が届く。犯人はホテル・コルテシア東京のカウントダウン・パーティに現れる!? 刑事・新田浩介とホテルスタッフ山岸尚美、あの名コンビが復活！

集英社文庫

集英社文庫

マスカレード・ゲーム

2025年 3 月25日　第 1 刷　　　　定価はカバーに表示してあります。

著　者　東野圭吾《ひがしのけいご》

発行者　樋口尚也

発行所　株式会社 集英社
東京都千代田区一ツ橋2-5-10　〒101-8050
電話　【編集部】03-3230-6095
【読者係】03-3230-6080
【販売部】03-3230-6393(書店専用)

印　刷　TOPPAN株式会社

製　本　TOPPAN株式会社

フォーマットデザイン　アリヤマデザインストア　　　マークデザイン　居山浩二

ISBN978-4-08-744747-7 C0193